Ronso Kaigai
MYSTERY
250

死の濃霧

The Adventure of
the Bruce-Partington Plans
and Other Stories

延原 謙［訳］
中西 裕［編］

論創社

The Adventure of the Bruce-Partington Plans and Other Stories
2020
Edited by Yutaka Nakanishi

目次

死の濃霧　延原謙翻訳セレクション

凡例

一、「仮名づかい」は、「現代仮名遣い」（昭和六一年七月一日内閣告示第一号）にあらためた。

一、漢字の表記については、原則として「常用漢字表」に従って底本の表記をあらため、表外漢字は、底本の表記を尊重した。ただし人名漢字については適宜慣例に従った。

一、難読漢字については、現代仮名遣いでルビを付した。

一、極端な当て字と思われるもの及び指示語、副詞、接続詞等は適宜仮名に改めた。ただし意図的な当て字、作者特有の当て字は底本表記のままとした。

一、あきらかな誤植は訂正した。

一、今日の人権意識に照らして不当・不適切と思われる語句や表現がみられる箇所もあるが、時代的背景と作品の価値に鑑み、修正・削除はおこなわなかった。

一、作品標題、著者名は、底本の仮名づかいを尊重した。漢字については、常用漢字表にある漢字は同表に従って字体をあらためたが、それ以外の漢字は底本の字体のままとした。

死の濃霧

コナン・ドイル

（一）

千九百――年の十一月の第三週。倫敦《ロンドン》の町々はすっかり黄色な濃霧に包まれて月曜から火曜にかけては、通りを越した向側《むこうがわ》の家さえ、定かに解らぬほどだった。

それが更に二日もつづいて、四日目の朝となったが、窓外を見渡すと、今日もまた、重たげな濃霧がうずまきとなって流れて行く。窓框《まどわく》には露の玉が油のように結晶している。気短かで、活動好きなホームズはもう堪らなくなって、熱病に冒されでもしたかのように、室内をのべつに歩いてみたり、爪をかんだりして、脾肉《ひにく》の嘆《たん》に悩んでいた。

「ワトソン君、新聞に何か変ったことはないかい？」

しかし新聞には、何処《どこ》をたたいても、平凡な、たわいのない種ばかりで、物珍しい犯罪記事など一ツもない。ホームズは呻きながら、またコツコツと、歩き出した。

「倫敦の犯罪者なんて、存外あまいものだね」ホームズは歩きながら云う。「どうだワトソン君、あの窓の外は！　盗賊《どろぼう》でも、殺人犯でも、こうした日には、思い切り倫敦の町を荒し廻れるはずだがなあ」彼は鼻を鳴らして軽蔑の意を示しながら、「僕が犯罪者でないことを倫敦は感謝するがいいのだ」

「実際そうだ！」私は気持よく同意を表《ひょう》した。その時、女中が一通の電報を手にしてはいって来た。ホームズは開封してみて、笑い出した。

「ホーッ！　何事か起ろうというのだ？　兄のマイクロフトの御入来《ごじゅらい》とは珍しい！」

「兄さんが来るのに何も不思議はないじゃないか？」私はこう訊ねた。

「いや、そうじゃない。兄には軌道がある、そして軌道の上ばかりを走っておる。ペール・メールの下宿と、ダイオヂェネス倶楽部《クラブ》と白堊館《ホワイト・ホール》と――それだけが兄の軌道だ。一度――そう、たった一度、兄はここへ来たことがあるきりだ。どんな故障が起ったか知らんが、ベーカー街《ストリート》へ来るなんて明らかに脱線だ」

「説明はしてないのだね？」

ホームズは兄からの電報を私に見せた。

『カドガン・ウェスト事件ニツキ面会シタシ直グ行ク。マイクロフト』

「カドガン・ウェスト？」

「列車の事件だろう。しかし、君はあの兄がどういう男だかを知っておるかね？」

私はホームズの口から、マイクロフトが英国政府の何部とかを受持っているということを聞いたことがある。でそういうとホームズはクックッ笑い出した。

「その通りだ。兄は英国政府の下で働いている男だ。いや、或る意味では、兄はしばしば英国政府そのものだと言っても過言ではないだろう」

「エッ！」私はびっくりした。

「驚くのは無理もない。兄は年俸僅かに四百五十磅《ポンド》の属官で何等の野心もなく、名誉も尊称も受けない男だが、英国にとってはかけがえの無い人物となっておる」

「それはまたどうして？」

「なに、マイクロフトの仕事が全く独得なものだからだ。それも独力で築いて来たのだ。後にも先きにもちょっと無かろうという種類のものだ。兄は、非常に組織的な、非常に整頓した頭脳《ブレーン》の持主で、その中に事実や材料を蓄積するに驚嘆すべき能力がある。まず、現代では世界一だろう。政府では、各省各部にわたって、四方八方から断案を彼のところへ持ち込むのだ。早い話が、まるで中央手形交換所のようなもので、各種の断案が彼の脳裡で清算《バランス》を施されるわけになる。兄以外の当路者《とうろしゃ》がすべて専門家だとすれば、兄はあらゆる部門に通ずるということを専門とするのだ。例えば、或る大臣が、海軍の問題と、印度《インド》の問題と、加奈陀《カナダ》の問題と金銀両貨制度上の問題とにわたった或る問題について、いろいろの材料が欲しいとする、いいかね。その場合大臣は、それぞれの専門の方面から種々の材料や報告を集めることが出来る。けれども、その場合、全体としてのその問題に一ツの焦点《フォーカス》を与えると同時に、それら個々の要素が互いにいかに影響を与え合うようになるであろうかということについて、即席に確答をなし得るものはわがマイクロフトあるのみである。政府では、初め、マイクロフトを一ツの近道であるとし、利器であるとして使い出した。が、今では兄は英国にかけがえのない男となった。彼の偉大な頭脳の中には、あらゆるものが、キチンと並べられてあるのであり、その一ツ一ツをまた咄嗟の間につかみ出してみせることが出来るのだ。今日まで、彼の一言がわが英国の国家政策を左右した歴史は一再にとどまらないのだ。彼は外のことは一切考えない。ただ、僕が兄を訪問して、僕自身の小さな問題の上に、兄の助言を乞うような場合には、智力上の実験として、打寛《うちくつろ》いで話をしてくれるぐらいのものだ。――だというに、今日はまたどうした風の吹廻しでベーカー街へ駕《が》を枉《ま》げようというのだろう？　これはおそらく重大事件に相違ないね。しかしカドガン・ウェスト事件というのは若い男が進行中の列車の上から墜落して自殺をとげた事件だろう。何も盗まれてもおらんようだし、兇行を思わせるような特別の形跡もないという。そうだったね。君？」

「検死の結果、かなり有力な新事実が発見されたということだが」と私はいった。

「でも、その事件について兄がやって来るというからには、何か非常に驚くべき事件かとも思われるがね」こういってホームズは安楽椅子《ソファー》へ身を埋めて、

「ワトソン君、もっと事実を研究してみようではないか」

「男の名はアーサー・カドガン・ウェストといった。二十七歳で、未婚者で、ウールイチ造兵廠《ぞうへいしょう》の事務員だ」

「官吏だ。ね。その点、兄のマイクロフトとの関係に御注意だ！」

「カドガンは月曜の夜突然ウールイチの町から姿を消した。最後に彼にあったものは許婚《いいなずけ》のヴァイオレット・ウェストベリー嬢で、この女をカドガンはその日の夕方七時三十分というに、夜霧の中で唐突《とうとつ》に置去りにした。別段口論をした様子も無いし、従って、女が事件の主因となったものとは思えない。次の幕には、彼はもうつめたい死骸として、地下鉄道のアルドゲート停車場の構外にあたる地点で、一工夫《こうふ》の発見するところとなった」

「何時に？」

「火曜日の朝六時に停車場に面した、隧道《トンネル》の入口の、東の方から歩いて行くと線路の左側に、線路からちょっと離れて横わっていた。頭部は粉砕されていた――負傷は、列車から墜落した際受けたものらしくも見える。死体の位置から察する時は車上から墜落したものとのみ認定されるのだ。もし、これが附近の地上から運び下されたものとすれば、停車場の構内を通り抜けなくてはならないはずだ。そこには改札夫が必ず立っている。墜落致死は絶対に確かだ」

「なるほどね。それで事件ははっきりした。男は、生きていたにせよ、死んでいたにせよ、或る列車から墜落したか、突飛されたのでなくてはならん。そこまではよい。それから？」

「惨死体の発見された側の軌道を走る列車は西から東に向うもので、その中には市内列車もあれば、郊外のウイルレスデンその他の連接駅から来るのもある。青年が死に出遭った時夜更けてこの方向に走りつつあったのであることは確かだとされている。ただし、彼がどの駅で該列車に乗込んだかは明言のしようがない」

「乗車券が勿論それを語るであろうが」

「ポケットには乗車券がなかったのだ」

「乗車券がなかった！　フン、ワトソン君、それは妙だ。乗車券を見せなくては、どの駅でも、地下線のプラットホームにはいることが出来んわけだがなア。恐らく、青年はそれを身体につけていたものだろう。そして、何者かのために奪去られたのだろう。どの駅で青年が乗車したかをくらますためにね、それは有り得べきことだ。それともまた青年が車内で落してしまったものだろうか？　これまた可能である。では、強奪された形跡はないのだね？」

「無いのだ。明らかに。新聞に青年の所有物の表が上っている。財布には二磅《ポンド》十五志《シルリング》はいっていた。また首府州県銀行ウールイチ支店の小切手帳も持っていた。そこから青年の素性がわかったのだ。第三に、その夜の日附の、ウールイチ劇場の燕尾服席《ドレッスサークル》観劇券が二枚あった。最後に、青年の専門に関する図面の何枚かを束にして持っていた」

　ホームズは満足の叫び声をあげた。

「判った！　ワトソン君！　英国政府――ウールイチ造兵廠――技術上の図面――兄のマイクロフト。

連鎖はもう申分がない。だが……兄が来たようだ、――もし僕にして、誤なくんば」

やがて、丈《せい》の高い、マイクロフト・ホームズの姿が、部屋の中へ案内された。頑丈で、息づんだような身体つきが、見るからに、無細工な、のろくさい人を思わせるが、額つきのいかにも偉人らしい、深く凹《くぼ》んだ両眼のいかにもすきの無いしっかりした人物である。そのマイクロフトに続いて、我々の旧い友である倫敦警視庁のレストレード君――痩せて端厳な――が姿をあらわした。

二人の沈痛な顔色は、何かしら重大問題の勃発したことを予想させた。探偵は無言のまま握手をした。マイクロフトは外套をかなぐりすてて、安楽椅子の中へポックリと身を落した。

「非常に困った事件なのだ、ホームズ」とマイクロフトがいった。「わしは自分の習慣を破ることを極端に嫌うが、この際それを言ってはおられん。シャム国が目下ああした状態なので、わしが役所を空けることは非常に困ったことなのだが、何しろ英国の危機だからね。わしは首相がこれほど転倒しておられるのを見たことが無い。海軍省では、蜂の巣をひっくりかえしたような騒ぎだ。お前はもう事件のことは読んだだろうが？」

「二人して今読んだところです。技術に関する図面とは何のことですか？」

「アア、そこが要点であるのだ！　まだ秘密の漏洩しないのは、何より幸だ。これが洩れた日には、新聞は気が狂うだろう。カドガンのポケットに持っていたという図面は、ブルース・パーチントン式潜航艇の設計図だ」

マイクロフトが、問題をいかに重視しているかは、彼のいかにも荘重な口振によって、直ちに読まれた。ホームズと私とは、何が出るかと耳をそばだてた。

「この事については、お前もすでに聞いたことと思うが？　いやお前ばかりでなく、もう誰でも知っとることと思う」

「まあ名称だけは」

「この設計のいかに重大であるかは、とても言葉にはつくせない。政府の凡ての機密の中で、これほど念入りに守られたものは、後にも先きにもないのだ。というのは、この式の潜航艇が活動するようになればその圏内においては、海戦というものが不可能になる——お前はそう信じても誇張ではない。二年前に、予算の中から膨大な事業費を捻出して、設計やら研究やらを急いだものだ。機密を保つためにはあらゆる手段を竭《つく》した。設計は約三十ばかりの特許を含んだ非常に複雑なもので、造兵廠の隣りの或る安全な役所の精巧な金庫の中に保管されて、そこには盗難よけの扉《ドア》や窓も装置されたのだ。であるから、どう考えても、役所の中から図面の盗出されようはずはないのだが。しかも我々は今それを倫敦の真中で、惨死した一事務員のポケットの中から発見したのだ。政府の見地からみれば、ただただ恐慌という外はない」

「しかし、貴方がたは既にそれを奪返《とりかえ》したのではないですか？」

「いやいや、シャーロック。我々の苦しむのはそこだ。我々はまだ奪返していない。ウールイチから奪われたのは三十枚の内の十枚だ。その中、七枚だけはカドガンのポケット中にあった。しかし、最も大切な三枚というのが紛失している——盗まれたのか、消失《きえう》せたのか。シャーロック、お前は万事をなげすててこの事に当ってくれ。いつもの警察事件などは断然中止してね。お前は国際的の大問題を解決しなくてはならんのだ。カドガンが何故図面を取出したか、紛失した三枚の行方は何処《いずこ》か、ウエストはどうして死んだか、死体はあの発見された場所へどこから来たものか、犯罪がどうして手際よく遂行されたか？　これらの問題に対する解答を是非与えてもらいたい。お前の国家に竭すところは甚大なのだからね」

「何故兄さんは自身解決しようとなさらんのですか？　私の眼に見えることなら貴方にだって見えるはずです」

「そうかも知れん、シャーロック。しかし、これは、詳細を探知しなければならぬ問題だ。詳細をわしに、報告してもらいたい。すれば、わしは、安楽椅子の中からででも、お前に立派な専門的の意見を与えることが出来るだろう。あちらこちらを駈ずり廻ったり、車掌に手をかえ品をかえして審問を試みたり、眼鏡をかけて顔を変えてみたり――そうした術《すべ》が何でわしの柄なものか。問題の解決の出来るのは、お前一人だとわしは信ずる。もしお前が来年度の賞勲録にお前の名を見出したいならば……」

我が友シャーロックは唇辺《しんぺん》に微笑《ほほえみ》を浮べて、頭《かしら》をふった。

「私は勝負をただ勝負としてやる心算《つもり》です。が、この問題は確かに興味があるだろうと思います。問題の中を覗込むのはさぞ愉快でしょう。では、も少し事実を……」

「わしはこの紙に、大切なことは残らず略記しておいた。またここに宿所姓名を三ツ四ツ書いたものがある。これはお前に役に立つものだ。図面の実際の保管の任に当っておるものは有名な軍事専門家のジェームス・ウォルター卿だ。氏は国家に仕えて既に頭《かしら》に霜をおいた紳士で、いかな高貴の家柄へ出入しても賓客として大切にされる人だ。殊に卿の愛国心ときては一点の疑惑を挟《さしはさ》む余地もない。氏は金庫の鍵を持っている二人の官吏中の一人だ。それから、図面があの月曜の就業時間中には役所内にあったことが確かなのだ。そして、ジェームス卿が午後三時頃にその鍵をもって倫敦へ帰ったことも疑のない事実である。氏は、事件の起った当時、即ち月曜の日の宵を、バークレー街のシンクレア海軍大将の邸宅で過したことが解っている」

「その事実には証人があるのですか？」

「そう――氏の弟にあたるヴァレンチン・ウォルター陸軍大佐は、氏がウールイチを出発したことを証明したし、シンクレア大将は、氏の倫敦に到着したことを証明した。そこでジェームス氏はこの事件に直接の関係がないことになる」

「今一人の鍵の持主は？」

「首席事務員で製図家であるシドネー・ジョンスンだ。彼は今年四十歳の妻帯者で、子供も五人ある。口数の少ない、むっつりとした男だが、とにかく官辺での気受が非常によい。同僚にこそ人気がないが、非常な勉強家だ。彼自身の陳述によると、彼は月曜日には、退庁後自宅でずーっと夜を過したということである。尤《もっと》も、この事を証明したのは、彼の細君一人きりだ。その細君は、夫が保管している鍵はその晩、夫の時計の鎖と一緒にあったと云った」

「では、カドガン・ウェストのことを話して下さい」

「カドガンは十年間任官していて、相当に功労もある。彼は直きにかっとなる短気な男だという評判だが、人間は極く一本気な、正直な男だ。カドガンに疑わしい点はない。役所ではシドネー・ジョンスンの次席であった。職務上カドガンは毎日あの図面に親しく接触しておったわけだ。彼の外には、手に触れるものは誰もないのだ」

「その晩、金庫の鍵は誰がかけたのです？」

「シドネー・ジョンスンだった。首席事務員の」

「なるほど。ですが、そうときまれば、何人《なんびと》が盗んだかも、すっかり釈明したわけでしょう。実際図面が次席事務員のカドガンのポケットに発見されたのですからな。それが、もう決定的の事実ではないでしょうか？」

「そうも見える、シャーロック。がそれだけにまた不可解な点も多いのだ。第一それなら、カドガンは何故それを盗んだのかということになる」

「大金になるからでしょう？」

「それは――何千磅という金は楽に得られる」

「ところで、外にどうでしょうか？　倫敦へ持って来ようというような目的は？」

「いや、思い当らん」

「では、我々はこの点に仮定の第一歩を置いて進まなくてはなりますまい。青年のカドガンが図面を盗出したと。それには合鍵を一ツ作らなければならないと――」

「一ツではない。三ツも作らなくてはならんのだ。第一に建物の入口を開け、それから室《へや》の扉を開けなくては金庫へ達せられんのだからね」

「ではそれだけの鍵を模造したのだとします。カドガンは秘密を金にするべく図面を倫敦へ持って来た。疑もなく、翌《あく》る朝までには、人知れず金庫の中へ戻しておくつもりでですな。それが倫敦へ来ておる間にこの始末となった」

「どういう風に？」

「ウールイチ町へ地下線で帰る途中、殺されて客車から放り出されたのだと想像することが出来ます」

「なるほど。死体の発見されたアルゲート駅は、ロンドン橋《ブリッヂ》、即ち、彼がウールイチ町へ帰るべき途中の停車場と想像される。ロンドン橋よりかなりにウールイチの方へ近づいた地点である」

「実際彼がロンドン橋を通過したであろうと想像すべき理由は沢山にあります。彼は列車中で、他の何人かと会談に熱中しておったとも思われます。会談は次第に兇暴な光景《シーン》と変って行った。そして、彼は一命を失った。恐らく彼は車室を逃れ出ようと試みた結果、軌道の上に墜落して、あえない最期を遂げたものでしょう。相手は扉をピタリとしめた。丁度霧が深かったので、何も見えなかった……」

「現在の我々の知識では、それ以上の巧みな説明は出来んようだ。が、それだけでは、まだ触れてお らぬ点が多過ぎるではないか、シャーロック。単に理窟からいえば、青年カドガンは、あの図面を倫敦へ持って行こうと決心したということがいえる。まず、外国のある密偵と会見の約束をして、その晩はそのためにあけておいただろうといえる。けれど、事実はどうだろう? 彼は観劇券を二枚もって、許婚の女を半分道ほど劇場の方へ連れて行って、突然夜霧の中に姿を没してしまったのだという」

「女をだしにつかったのです」先刻《さっき》から、二人の会話をじれったそうに聞いていたレストレードがこういった。

「実に妙な事件だ。これが第一の仮定に対する反駁だ。第二の反駁は――我々はカドガンが倫敦へ到着して外国の密偵と会見したものとしばらく仮定しておく。その場合、彼は翌る朝までに書類を戻しておかなくてはならん。でないと、直ちに発見される恐れがあるから。ところで、彼は十枚を持って行ったのに、ポケットには七枚しか無かった。他の三枚はどうなったか? またかれは確かに、自分から進んで、図面を何人かに与えようという意志は無いはずだ。すれば、また、図面の報酬がどこにあるかが疑問となるのだ。死体のポケットの中には大金がはいっていそうなものだのにな」

「それは私には完全に説明が出来ます」レストレードはまた横やりを入れた。「私はこの仮定については、少しも疑を見出しません。――カドガンは図面を金にするために盗出した。いわゆる密偵にも会見した。ただ、報酬の額《たか》で折合がつかなかった。カドガンは図面をもって家に帰ることになった。密偵は後を尾《つ》けて来た。列車内で密偵はカドガンを殺した。一番重要な三枚の図面だけを引抜いて、死体を客車から投《ほう》り出した――。どうです、これで辻褄《つじつま》がすっかり合うでしょうが?」

「乗車券は何故持っていなかったのだろう?」

「乗車券があると、密偵の家に一番近い停車場の名が解ることになる。それでは密偵が困るので、青年を殺しておいて、乗車券を奪取ったものです」

「名論々々、レストレード君」ホームズがこういった。「君の論旨はよくまとまっている。しかし、それが事実なら、最早万事休矣《きゅうす》です。一方においては売国奴が死んでおるし、他方においては、ブルース・パーチントン式潜航艇の設計図が恐らくすでに大陸の某国へ飛んでいるだろうし、もう手のつけようがないですな」

マイクロフトは飛上りざまに叫んだ。

「実行すること、シャーロック――あくまでも実行することだ! わしの直観はこの説明に全然反対である。お前の全力を出し切りなさい。犯罪の場所へ直行しなさい! 関係者一同に会いなさい! 草を分けても捜索しなさい! お前の生涯のうち、この事件ほど国家に重く奉仕する機会はまたとないのだから」

「よろしい!」ホームズは肩をすぼめた。

「さあ、ワトソン君！　それから、レストレード君、我々と一二時間つきあってくれたまえ。我々は第一にアルドゲート停車場へ行って調べることにしよう。では、さようなら。兄さん。夕方までには何等かの報告を差上げます。ただ、あまり期待していただかないように」

（二）

それから一時間の後、ホームズと警視庁のレストレードと私との一行は、アルドゲート地下停車場のすぐ前面の隧道の入口の軌道上に立っていた。鉄道会社からは、非常に腰の低い、赭《あか》ら顔の老人が代表者として来た。

「ここが、青年の死体の横わっておった場所でございます」

老人は線路から三呎《フィート》ばかりはなれた一地点を指さしていった。

「上から墜ちて来たものではありません。というのは、御覧の通り、ここの壁には、地上へ通ずる窓のようなものが全然無いのですからな。従って、青年は列車の中から落ちたものに相違ございません。その列車は、私共の調べました限りでは、月曜の真夜中にここを通過した列車だという見込でございます」

「車内に暴行の形跡があったか無いか、無論調べたでしょうな？」

「そんな形跡はございませんでした。乗車券もありませず――」

「開け放しの扉のあったという報告もなかったでしょうか？」

「はあ、ございませんでした」

「我々の方には、今朝新事実があがったのです」レストレードはこういった。「月曜の夜の十一時四十分に、このアルドゲートを通過したというある乗客の証言によると、その人は列車が停車場に到着しようというすぐ前に、何かこうドタリと丁度線路の上へ人間でも落ちたような物音をきいたそうです。しかし、あの通りの濃霧で、何も見えなかったというのです。したが、ホームズ君は――ありゃどうしたことだ？」

それらの話を他処《よそ》にホームズは、全面に緊張の色をただよわせながら、トンネルの入口の線路の上をしきりに見つめている。その線路はトンネルの中からカーヴをなして走って来ているのだ。アルドゲートは乗継駅だ。従って、転轍器《ポイント》の大仕掛のことといったら、まるで蜘蛛の網のようだ。ホームズはこの転轍器の上に、探求の眼を熱心に据えているのだ。鋭い、すきのない顔付、キリッとした唇、ピリピリと震えつつある鼻孔、大きな額――それらは、こうした緊張の場合に、私の見てよく知っているものだ。

「転轍器々々々」彼は低い声でいった。

「転轍器？　それがどうしたのです？」

「僕の想像するところでは、こうした大仕掛な転轍器は全線中にたんとあるまいと思う？」

「はあ、殆ど外には無いでしょう」鉄道の老人がいった。

「それからこの曲線《カーヴ》だ。転轍器とカーヴ。しめた！」

「どうしたのです、ホームズ君？　手がかりがもうあったので？」

「想像――徴候に過ぎんのです。それだけです。しかし、事件はだんだん面白くなって来た。類のない、全く類のない事件です。が、それにしても――これは何故だろう？　線路の上に出血の痕跡のないのは？」

「はあ、出血らしいものは殆どございませんでした」

「しかし、かなり重傷を受けたはずですが？」

「骨は砕けておりました。しかし外部にはさしたる負傷もなかったようです」

「それにしても、多少の出血がありそうなものだが、どうでしょう、その暗黒の中で物の落ちる音を聞いたという乗客の乗っていた客車を調べるわけにはゆかんでしょうか？」

「それはどうもむずかしいでしょうな、ホームズさん。その列車はもう編成を解いてしまって今ではちりぢりに分れて配車されているのですから」

「ホームズ君、確かに」とレストレードがいった。「客車は一輛毎に精しく検査したのですよ。現に私も見たのです」

自分より鈍い頭に対して、我慢のならないのが、ホームズの持前のもっとも明白な欠点の一つだ。

「僕が調べたいのは、次第によっては、客車ではないかも知れん」ホームズは早や身体の向きをかえた。「ワトソン君、僕等のここでやるべき役目はもうすんだ。レストレード君、もうこの上君の御厄介を煩わす必要がない。僕等はこれからウールイチへ行って調べなくてはならんから」

ホームズはロンドン橋で、兄のマイクロフトに宛てて電報をうった。文言を私に見せた。こう書いてあった。

『暗中ニ光明ヲ得タルモノノ如キモ、ソハ風前ノ燈ノミカ。トニカク、ベーカー街宛ニテ、現ニ英国ニ居住スト知ラルル外国ノ密偵モシクハ国際的間諜等ノ完全ナル一覧表（イズレモ宿所明記ノコト）ヲ使ニ持タセテ送レ——シャーロック』

（三）

「ああしておけば何かの役に立つだろう、ワトソン君」二人がウールイチ行列車の車室に席を占めた時ホームズはこう囁いた。「とにかくこんな大物の事件を我々に推薦してくれたについては、確かに兄のマイクロフトに感謝してよい」

彼の熱心な顔には、張りつめた精力の色が依然として輝いていた。それが私には何か新たに暗示的な思想の糸が彼の頭の中で織なされつつあることを物語っているように思われた。実際、僅か二三時間前に、霧に閉込められた家の中で、部屋着をきて無聊《ぶりょう》にいらだっていたホームズとは別人の観があると私は思った。

「材料はここにある。観察の眼界もきまっておる。しかし、その材料をいかに展開させたらよいかという可能性を解し得ない僕の頭は凡そ鈍《どん》だね」

「僕には今でもさっぱり見当がたたない」

「終局のことを言えば僕にだって暗黒だ。が、僕は、我々をはるか遠方までも導いてくれる一ツの観察だけは握ったつもりだ。あの青年はどこかほかで不幸に遭遇したのだよ。死骸はあの列車の屋根の上に横えられてあったのだよ」

「屋根の上に！」

「毛色の変った事件ではないか！　しかし、事実をよく考えてみよう。死体が、転轍器の附近、すなわち、転轍器の装置のために、その附近に差蒐《さしかか》る列車が、盛んにガチャンガチャンと上下震動を始めるその地点で、発見されたということは果して偶然に過ぎないのであろうか？　その地点では、もし車輛の屋根に物体が乗っていたとしたら、震動のために落下するはずの場所ではなかろうか？　転轍器の装置があっても、車内のものには少しの影響も与えないわけだが。とにかく、死体は屋根から落下したものか、さもなければ、非常に不思議な偶然が行われたのだ。しかし、まだここに出血の有る無しという問題がある。勿論、死体が、どこか他の場所で血を流してきた後なら、線路の上には痕跡なんかはないはずだが」

「まだある、乗車券の問題が！」私はこう叫んだ。

「そうだ。我々には、何故乗車券を持っていなかったかという説明がつかなかった。が、それもやがて解決がつくだろう。万事辻褄があうのだから。恐らく、恐らく……」

しかし、ホームスは深い瞑想の中に陥った。間もなく、列車はウールイチ停車場へ到着した。彼は馬車を呼んで、マイクロフトから渡された例の紙をポケットから取出した。

「これから、少し訪問に廻ってみたいと思う」ホームズはこういった。「まずジェームス・ウォルター卿から真先に始めるかな」

大官ジェームス卿の邸宅は、テームズ河に望んで、美しい緑の芝生の斜堤《スロープ》をもった立派な構えであった。二人が近づいて行った時、霧が晴間を見せて、うすい、水のような日光が顔をのぞかせていた。呼鈴に応じて執事が出て来た。

「ジェームス卿は！」執事の顔はいかにも厳そかだ。「ジェームス卿は今朝お歿《な》くなり遊ばしました」

ホームズの驚きは一方《ひとかた》でなかった。

「え、それは！　どうしてまた歿くなられたのです？」

「まあ何卒《どうぞ》おはいり下さいまし。弟御様のヴァレンチン大佐に御面会あそばしては――？」

「是非お目にかかりたいものです」

私達は薄ぐらい応接へ通された。間もなく、非常に脊《せい》の高い好男子で、短い顎髯を生やした、五十恰好の人が出て来た。死んだという科学者の弟に当る人だ。気違いじみた眼《まな》ざし、紅らんだ両頬、櫛を入れない頭髪――すべてはこの家《や》を襲うた突然の不幸の痛手をまざまざと物語っていた。言葉も、何を言ってるのか、聴きとれないほどだった。

「――あの恐るべき怪聞のためです。兄のジェームス卿は非常に名誉を重んずる男なので、あんな事件に出会《でっくわ》して、おめおめとは生きてはいられなかったのです。何しろ兄は、かねがね自分の専門部の成績のあがっていることを誇りにしていたのですから。今度のことは豪《えら》い打撃でした」

「我々は、ジェームス卿にお目にかかって、事件の解決に資するような事実を参考までにおうかがいしたいと思って参ったのですのに」

「わたしは断言する、貴方がたや、我々すべてにとって謎であることは、兄にもやはり謎であったろうということを。兄は官憲の乞うままに、既に知っとる限りのことは残らず物語って歿くなったのです。兄は当然カドガン青年に罪あるものと信じていました」

「貴方御自身この事件について何か手がかりのようなものでも発見なさりませんか？」

「いや、わたしは、読んだり聞いたりした以外の事は一向に知らんので……。ホームズさん、御覧の通り、わたし等は今気も転倒しておる。なるべく一ツ簡単にきり上げていただきたいですが」

「いやどうも実に思いがけない展開だ」私達が再び馬車の人となった時、ホームズはこういった。「老人は天然の寿命で死んだのか、覚悟の自殺をしたのか、どうも疑わしいようだ。もし自殺だとすると、義務を果さなかったがための自決だと見てもいいだろうか？　とにかく、少くともこの問題の解決は未来に待たなくてはなるまい。さあ、今度は、カドガン・ウェストの家の番だ」

ウールイチの町はずれの、ささやかではあるが家具の好く整った家に、カドガンの不幸な親が住んでいた。老母は悲嘆のあまり気が遠くなっているので、私達の参考人としては、全然役に立たなかった。

が、彼女の傍には色の蒼ざめた若い女がすわっていた。女はヴァイオレット・ウェストベリー嬢だと自ら名乗った。ヴァイオレット、すなわち、死んだ青年の許婚で、あの不幸の夜、男を最後に見た当の女であるのだ。

「ホームズさん、私《わたくし》には何が何やらさっぱり解りませんので」と女がいった。「私はもうあの災難のあった夜から、まんじりともしないで、明けても暮れても考えづめに考えているのでございます。事件の本当の意味はどうなのだろうと存じまして。カドガンはこの世で一番心のさっぱりとした、昔の武士のような、愛国心に富んだ男でございました。ほんとうに自分に託された国家の秘密を売るほどなら、あの人は自分の右の腕を斬り捨ててしまった方がましだと思うでございましょう。あの人を知ってて下さる皆様は、こんな不合理な不自然な話はないと申して下さります」

「しかし、事実は御覧の通りでしょう、お嬢さん？」

「そ、そうでございます。ですから、私にはまるで見当もつきませんので」

「カドガン君はお金の方の心配はなかった方《かた》ですか？」

「はい、あの人は、それは慾のすくない方でして、それに俸給は余るほどだったのでございます。何百磅という貯金もしておりまして、来年の正月には私と結婚をするはずでございましたのに」

「何か心に亢奮しとるような様子はなかったでしょうか？　どうかお嬢さん、絶対に包まず仰有《おっしゃ》っていただきたいものです」

ホームズの炯眼は、早くも女の態度に、何かしら変化の起ったのをチラリと見てとった。女は色ばみ、そしてたじたじとなった様子だ。しかし、遂に本当のことをいい出した。

「はい。私はあの人の心の中に何かしら心配のあることは感じておりました」

「長い間？」

「いえ、先週一ぱいぐらいのものでございましたろうか。何かしら思案にあまって、苦しんでおるようでございました。それで私は、一度訊ねてみました。あの人は、ある問題の起っておることは確かだと申しました。そして、それは自分の役所の方のことに関係したことだと云いました。『何しろ重大な問題だから、こればかりはお前にも打明けられないのだ』とか申しまして」

ホームズは沈痛な顔色になっていた。

「先きを話して下さい、お嬢さん。たとえカドガン君の不利益になりそうなことでも。事件の展開によってはどうなるものか、我々にも解らんのですから」

「ほんとうに私もう何も申上げることがございませんのです。あの人が何か私に云いそうにしたように見えたことも一二度ございましたけれど。もっとも、或る晩、その秘密が重大であるということはきかせてくれました。私、あの人が、外国の秘密探偵がその秘密を握ろうとして大金を提供しようとするに相違ないと申したことを憶出《おもいだ》します」

ホームズの顔色はますます厳かになってきた。

「それから？」

「何人か売国奴が出てきて、設計図を手に入れようと思うなら雑作はなかろう――こんなことも申しておりました」

「それをおききになったのは、極く最近のことですか？」

「はい、極く最近のことでした」

「それから、あの最後の夜の模様を話して下さい」

「私共は劇場へ行くはずでございました。霧があまりに深いので、馬車はききませんでした。私達は歩いてまいりました、お役所のすぐ傍を通りました。その時、唐突《だしぬけ》にあの人が霧の中にバタバタと駈出して行って、そのまま消えてしまったのでございます」

「何とも言わずに？」

「いえ、あの、『アッ！』といったようでございましたが、それが最後となったのでございます。私はどの位霧の中に待っておりましたか解りません。オオ、ホームズさん、貴方のお力におすがりいたします。何卒カドガンの名誉をお救い下さいまし！」

ホームズは打沈んだ調子で首を縦横にふった。

「さあワトソン君。また歩みを転じよう。僕等の次の目的地は書類の紛失した当の役所でなくてはならん」

（四）

馬車はまたガラガラと軋っていった。

役所では首席事務員だというシドネー・ジョンスン氏が私達を迎えた。彼は、ホームズの名刺を見て私達を丁寧に応接した。痩せた、愛嬌の無い、眼鏡をかけた中年の男で、頬はこけ、両手は神経の緊張のためにブルブルと震えているのが見えた。

「どうも飛んだことになりまして、ホームズさん！　所長の歿くなられたのを御承知でしょうな？」

「我々は今所長のお宅から廻って来たのです」

「もう何もかも乱脈です、所長は急死なされる、カドガン・ウェストは死ぬ、書類は盗まれるで。しかし、あの月曜日には扉をキチンと閉めおいたのですがな――。もう考えるさえも恐ろしい気がします。人もあろうにあのカドガン君が、あれほどの売国的大罪を犯そうとは！」

「では、貴方はカドガン君の罪を信じますな？」

「外に考えようがありません。しかもわたしは自分を信ずるようにカドガン君を信じたくも思うのですが」

「月曜に役所をしまったのは何時でしたか？」

「五時でした」

「貴方が閉められたのですな？」

「わたしはいつでも最後まで残っていますので」

「で、設計図はどこにあったのですか？」

「あの金庫の中です。わたしは自分で入れました」

「ここには夜番が居ないのですか？」

「居るには居ますが、何分、外の建物の方も受持っているものですからな。軍人上りの爺さんで絶対に信用の置ける男ですが、あの晩には、何も目にしなかったということでした。勿論、あの通りの濃霧で」

「仮りに、カドガン君が、退庁後に建物の中に忍込もうという腹だったとすれば、書類を手に入れるまでには三ツの鍵が必要でしょう？」

「そうです。外の鍵と、建物の入口の鍵と、金庫の鍵と三ツ」

「そして、あのジェームス・ウォルター卿と貴方とだけがそれだけの鍵の保管者なのでしょう？」

「いや、わたしは扉の方の鍵は持ちません――金庫のだけです」

「ジェームス卿は几帳面な習慣の方でしたか？」

「そうでしたとも。三ツの鍵は一ツの輪に下げておられたようです」

「あの晩、卿が倫敦へ行かれた時、鍵も持参されたでしょうか？」

「そう仰有っておられましたが」

「そして、貴方の鍵も、あの晩身体から放した覚えはないのですな？」

「決して」

「では、カドガン君は――もし彼が犯人だとすればですな――合鍵を作って、持っておらんければならんはずだったのです。しかし、あの死体にはそれがなかった。今一ツ――もし、ここの事務員が設計図を金にするつもりなら、原図を盗出すよりは自分で複製を作る方がむしろ仕事が楽なはずではないですか。よくあるやつですが？」

「それには技術上の専門的の知識がかなりに必要です」

「しかし、少なくとも、ジェームス卿と貴方とカドガン君とにはその知識が……」

「ホームズさん！　どうも困ります。何だかわたしまで事件の中へ引張り込むようなことをなさっては。現にカドガン君の身体から原図が出てきているではありませんか。そ、そんな……」

「そこです。実に奇妙な話です。模写をこしらえる立派な腕を持っているのに、大危険を犯してまで原図を盗もうとするとは」

「奇妙？　実際、奇妙には違いありません。しかも彼は実行したのです」

「穿鑿《せんさく》すればするほど、ますます説明のつかなくなるのがこの事件だ……。そこで、三枚だけが盗まれたのだと……その三枚が最も多く機密に属する部分だという話で？」

「その通りです」

「貴方の許可を得て、これから構内を一ツ廻って見たいものです」

ホームズは金庫の錠前と、その室の扉と、最後に窓の鉄扉《アヤンシヤター》とを調べた。が、窓の外の芝生の上を歩んだ時、ホームズの顔には初めて緊張の色が漲ってきた。そこには桂樹《ローレル》の茂みがある。五六本の枝がへし折られた形跡がある。ホームズは拡大鏡を取出して念入りに調べはじめた。それから、地面《じべた》の上にかすかに残されてある靴跡だ。最後に、ホームズは、その首席事務員にこころみに鉄扉を閉じてみてもらった。ホームズは私に指さしをして見せた――観音開きの扉《シャター》が真ン中でキチンと合わないのだ、すなわち、外から室内の有様をうかがうことが出来るのだ。

「もう三日も経っている。手がかりになりそうな痕跡も消滅するはずだ。これもその通り、役に立つかも知れんがたたないかも知れん。さあ、ワトソン君。我々はもうウールイチに用事はない。結局、労して功なしか。倫敦へ帰ればまた便りもあろう」

しかし二人はウールイチの停車場をはなれる前に、一ツの思いがけない収穫を加えた。それはこうである。切符売場のある駅員が我々に確信をもって語ったところによると、駅員は、月曜の夜、カドガン・ウェストが――彼はカドガンの顔だけは知っていたのだ――八時十五分発ロンドン橋行の列車で倫敦へ向ったのを見たというのだ。カドガンは独りきりで、片道三等乗車券を買った。駅員は青年の非常にいらだっているのに驚いた。妙にもずもずと震えていて、釣銭を指先につまむ事さえ出来なかったほどで、駅員が手伝ってやったということだ。時間表を参照してみると、八時十五分発の列車は、カドガンが例の女を七時半に置去りにした足で乗ることの出来る最初の列車だ。

「さあこれからが綜合だ、ワトソン君」

列車中で三十分も沈黙を続けていたホームズが、口を切った。こんな難解な事件は近来にないことだ。ようやくにして一進すれば、そのため却って一退するという形だ。が、まず大体において進行しているものと認めてよい。

「ウールイチで試みた我々の調査の結果は、大体において青年カドガンの罪状を裏書するものである。しかし、あの窓はどうだったろう。あれを見るとまたおのずから推測が違ってくるようだ。まあこれは想像に過ぎんが、たとえば、カドガンが誰か外国の国事探偵にでも言い寄られたものと仮定したら？　もっとも、この仮定を成りたたせるためには、両者の間に、この事を決して口外はせぬとか何とかの黙契があったに相違ないという前提をおいてかからなければ少し拙《まず》いが。しかしただ許婚の女には思いあまって輪廓の一端を洩らした形になる。ところで、例の夜だ。あの夜青年は女を連れて劇場へ行こうという街上で、突然、夜霧の中に、例の国事探偵とおぼしい人影が役所の方向をめがけて行くのを認めた。青年は気早な熱血児である。義務の前には何ものもない。やにわに怪しい男を追躡《ついじょう》して、あの役所の窓の外に来て、賊が書類を盗出すのをみた。そして後を追蒐《おいか》けた——とこう推測するなら、僕等は、犯人が設計図を模写する腕があるのに、わざわざ原図を持出すのは可笑《おかしい》ではないかという例の難点を征服することも出来るわけだ。ここまではまず無難だ」

「それから？」

「それからが困難だ。第一に誰しも次のように想像するだろう——その際カドガンのとるべきだった第一の行動は、怪物を引捕えて大声に急を告げるべきはずではなかったかと。そうだ、カドガンは何故そうしなかったのか？　犯人が役所の上官ででもあったのか？　そうすれば、青年の行動は説明が出来る。それとも犯人がカドガンを霧の中でうまくまいたのでカドガンは直ちに倫敦へ乗込んで、犯人自身の室から——青年が犯人の住所を承知のことと仮定する——犯人を引立てるつもりだったのだろうか？　しかしこの仮定と、青年の死骸が、七枚の図面をポケットに入れて、倫敦地下線の列車の屋根の上に横っていたという事実との間には、まだまだ大きな空隙《ギャップ》がある。が、ここで僕の直覚は、今後一ツ反対の方向から活動するように僕に命ずる。兄のマイクロフトが僕の要求した住所姓名の表を注文通りに調べてくれるなら、我々の進むべき道が二ツの方向に展開されて、最後の目的に到達するのもあるいは遠いことでないかも知れん」

（五）

ベーカー街には、果して一通の封筒が我々の帰りを待っていた。速達で届けてあったのだ。ホームズは一目見て、それを私の方へ押やった。


『細かな蠅は数多きも、大物は数えるに足りないようである。参考になるほどの者はまず、
アドルフ・マイエル――ウェストミンスター区大ジョージ街十三番地。

ルイ・ラ・ロザエル――ナッティング・ヒル区キャムデン館。

ユーゴー・オーベルシュタイン――ケンシントン区コールフィールド遊園地十三号。

ぐらいのところであろう。この中《うち》オーベルシュタインは月曜日には倫敦にいたが今はどこへ行ったか姿が見えぬ。御身が幾分なりとも光明を認められたことを歓ぶ。内閣は御身が最後の報告をもたらさん時を鶴首《かくしゅ》して待ちつつある。最高の方面から唯今代表者が急派せられた。国家は全力を挙げて御身を後援するであろう、御身にしてその必要を感ぜん日には、――マイクロフト』

ホームズは倫敦の大きな市街地図をひろげて熱心にのぞき込んだ。と、直ちに彼は満足げな叫び声を発した。やがて私の肩をたたきながら快活に、ワハハハハハと笑出して、

「僕はちょっと出かけてくる。ちょっとした偵察に過ぎないのだ。然《しか》り、わが忠実なる友にしてまたわが伝記作者なる君を行動の顧問とせずして、我れいかでか大事をなさんやである。一二時間したら帰ってくる。退屈なら、ペンをとって構わず書きはじめていてくれたまえ。僕等がいかにして国家を救ったのかという物語の序文をでもね」

が、ホームズは何時間たっても帰らなかった。時は十一月だ。日が暮れてからの宵が永い。私は我慢がならなくなった、けれども、九時を報ずると間もなく、一人の使いがホームズの手紙をもってやって来た——

『只今ケンシントン区、グローセスター街の料理店ゴルデニで夕飯を食べつつある。直ぐに御来援あらんことを。その節、鉄槌《かなてこ》一個、小形の角燈一個、鑿《のみ》一挺、拳銃一個御用意下されたし——S・H』

すぐさま私は以上の品々を外套の中に忍ばせて、指定の料理屋まで乗つけた。ホームズはこの華美《はで》な伊太利《イタリア》料理店の入口に近い小さな円卓子《まるテーブル》に席をしめていた。

「夕飯はもう済んだね、君は？　では珈琲《コーヒー》とキュラソーをつきあいたまえ。品物は持って来てくれたろうな？」

「ここに……、外套の中に」

「有り難う。では、外出後に僕のとった行動をかいつまんでお話しておこう。これからの方針についても打合せをしておこう。ワトソン君、もう君にはカドガンの死体が列車の屋根の上に置かれてあったのだという僕の推測を全然信じてくれることと思う。この事は、僕には、青年の落ちたのが車室の中からではなくして屋根の上からだという推測を信じ出した瞬間から既にはっきりしていたのだ」

「橋の上から落ちたものとは考えられないかね？」

「それは不可能だといいたい。君がもし客車の屋根を検査するなら、君は屋根がこころもち蒲鉾《かまぼこ》型を呈しているのを見出すだろう。であるから、我々はカドガンが屋根の外へ落ちてきたものではなくして置かれたものだと断言することが出来るのだ」

「では、どういう具合に置かれたのだろう？」

「さ、そこが問題なのだ。これにはただ一ツ可能な方法があり得るのだ。君は、地下線の西区《ウエストエンド》辺には、ところどころに空間のあるのに気がついているだろう。僕も、実際に走る時、頭の上に時々窓のようなものを見たことを憶出す。そこで、列車が、何かの理由で、そういう窓の真下に停った時、何者かがあって、列車の屋根の上に死体を横えようとする。そうした仕組に困難があるだろうか？」

「フーン！」

「僕は、先ほど、地図を見て、今倫敦を留守にしているという例の国際的密偵の巨魁の住家《すみか》が、この地下線の真上に当っていることを確かめて、躍り上るほどに嬉しかった。君は少しく面喰ったようだった」

「なるほど、そうだったのか」

「フン、コールフィールド遊園地十二号のユーゴー・オーベルシュタイン氏が僕の対象となったのだ。そこで僕はまずグローセヌー街停車場から行動を開始した。一人の駅員がトンネルの中を案内してくれたので非常に助けになった、そしてコールフィールド遊園地のオーベルシュタイン氏の住宅の裏階段の窓が、丁度地下線の真上に開かれているということ、更に、一層根本的な事実、即ち、地下線はグローセスター街停車場で他の大鉄道と交叉しているため、地下線の列車が時々数分間遊園地の真下で停車させられることがあるという事実を知らせて、僕をよろこばしてくれたのだ」

「素敵だ！　素敵だ！　君はもう獲物を得たのだ」

「そこまでは――ハハハハ……、そこまではね。さてワトソン君、僕はその住宅の裏手の様子は確かめたので、その後、今度は正面から訪問してみて、実際オーベルシュタインが留守で家は無人になっていることを確かめた。家はかなりの家だが、部屋々々は装飾を取去ってある様子だった。主人はたった一人の従者とここに住んでいるわけだが、従者とは実は主人の信用を握っている腹心の男だろう。ここで我々の注意しなくてならんのは、オーベルシュタインは獲物の処分のために大陸の方へ出蒐《でか》けはしたものの、高飛びしようという腹は少しもないのだということだ。何故といって、彼は逮捕状などを心配する理由は毛頭もないのだから。まして、家宅捜索を受けようなどとは夢にも思わないはずだ。が、その家宅捜索を――そうだ、素人《しろうと》家宅捜索を――これから僕等が決行しようというのだ」

「ホームズ君！　捜索状もないのに！　それは困る！」

「ハハハハハハ。宜《よ》い宜い、君は通りで見張をしていてもらおう。侵入罪の方は僕が引受ける。今は細事に拘泥しとる時ではない。僕等は決行しなくてはならんのだ」

私の諾答で、二人は食卓《テーブル》から立上った。

「君の言うのは正当だ、ホームズ君。僕等は決行しなくてはならんのだ」

ホームズは私の手を握りしめた。一瞬間、ホームズの眼には、私が今まで見たことのないような、何ともいえぬ優しさがあらわれた。

「目的地はここから半哩《マイル》ほどだ。が、急ぐ必要はない。しかし例の道具を落さんように頼むよ、ワトソン君。君が嫌疑を受けて逮捕でもされた日には、それこそ目も当てられん結果になるからな！」

（六）

コールフィールド遊園地十三号の、彼の家は倫敦の西の涯の、中期ヴィクトリア朝風の、割合に地味なそして多柱式な玄関のついた建物の立ち続いている一劃の中にある。隣りの家には子供の集りでもあると見えて、キャッキャッという可愛らしい声やピアノの音が夜の沈黙を破っている。霧はまだ低くあたりに立罩《たちこ》めていて我々の姿を深く衣の中に包んでくれた。ホームズは角燈を点して、厳重な扉の上にかざしてみた。

「ここには閂《かんぬき》もかかっておれば、錠も下されておる。僕等は下の方の凹庭《アレア》から忍込んだ方がよさそうだ。あそこの所には巡査にうるさく邪魔された場合に、匿れるに都合のいい拱門《アーチウエー》がある。ワトソン君、ちょっと手を貸してくれたまえ、君にも手を貸すから」

一分の後には、二人は凹庭の中へはいっていた。ホームズがその暗い物蔭にかくれるかかくれぬ間に、コツコツという巡査の靴音が頭の上の方で霧の中に聞えてきた。ホームズは音の消去るまで俟《ま》って、凹庭扉の仕事にかかった。私は、彼がしゃがんで、力一ぱいこじ開けつつあるのを見ていた。やがて鋭いガチャンという音がして扉が弾むように開いた。二人は真ッ暗な廊下の中へなだれ込んだ。ホームズは私を導いて廻り階段を上っていった。階段の途中に低い窓がある。彼は角燈をそこへ差出した。

「ワトソン君、いよいよ目的地へ来た――これが問題の窓に違いない」彼は窓を開け放した。と、この時、どこからともなく低い、ゴーッというような音がきこえて来た。が、やがてそれは暗黒の中に地下線列車の驀進する音響となって私達の足の底にとどろいた。ホームズは窓台を照していた。汽車の煤煙が一ぱいにたかっていた。しかし、よく視れば、所々擦《こす》りでもしたように、煤が剝げていた。

「御覧の通りだ。奴等はここへ死体を置いたのだ。ヤッ！　ワトソン君！　こりゃ何だ？　血痕じゃないか！」

ホームズの指さす点を見ると、微かながら窓台に変色した血痕状のものの膠《こび》り着いているのが見える。

「やあ階段の石の上にもあるぞ。証跡はもう充分だ、ここで地下列車の停車するまで待っていてみよう」

が、我々は永く待つには及ばなかった。次の列車がトンネルの中で轟々《ごうごう》と音をさせて走って来た。そしてブレーキをキーキーいわせながら、我々の直ぐ足の底で停った。窓台から列車の屋根までは四呎となかった。ホームズは静かに硝子《ガラス》戸をしめた。

「ここまでは理窟が通る。ワトソン君。君はどう思う？」

「傑作だ！」

「傑作は恐れ入る、死体が列車の屋根の上に置かれたものだと断定を下してからは、僕はこれより外に結論がないと信じていたのだ。しかし、困難はまだまだ我々の面前に横わっている。が、恐らく我々はもうここで何等かの光明にぶつかるに違いない」

我々は台所の階段を上って、初めて第一階の部屋々々にはいって見た。第一の室は食堂で、装飾は立派だが、別段注意を惹くほどのものもない。第二の室は寝室だ。ここも平凡だ。最後の室は有望らしい。ホームズは組織的の取り調べにかかった。そこには書棚もあり書類もあって、明らかに書斎と見えた。ホームズは手早く用箪笥や戸棚の中を掻廻してみた。しかし、彼の真面目の顔の上には、成功の輝きが容易にひろがらない。かくして一時間経っても彼は同じことを繰返すばかりだった。

「猾《ずる》い犬めが足跡を埋めてしまった」彼は焦れてきた。「他日の証拠となる恐れのあるものは一ツも残しておらん。よしッ一か撥《ばち》かだ、これがッ！」

というのは、机の上に置いてある小型の貨幣箱のことだった。ホームズはこれを鑿でこじ開けた。紙の巻いたものが何枚か中から出てきた。数字だの計算だのが一ぱいに書いてある。が、紙面のいたるところに、「水圧」とか「一平方吋《インチ》に加うるべき圧力」とか書かれてある語《ことば》によって、それが何か潜航艇に関するものであることは疑いがない。しかし、ホームズはじれったそうにそれを側《かたわら》へ押除けた。すると、下から、新聞の小さな切抜を入れた一通の封筒が出てきた。直ちに私は、ホームズの顔に希望の色の湧上ったことを見てとった。

「これは何だ、ワトソン君？　エエ？　これは何だ？『毎日電報《デーリーテレグラフ》』の秘密広告欄《アゴニーカラム》へ出した通信の切抜ではないか。日附が解らんぞ――いや、一枚々々読んで綜合すれば解る――これが最初のやつだろう――

『首尾至急聞きたし。条件承諾すべし。委細葉書に記入の宛名へ報道のこと――ピエロー』

それから、

『複雑にして記述に由なし。詳細の報告入用《いりよう》。品物引渡の際一同君を待つはず――ピエロー』

それからまた、

『事態急。条件の充されぬ限り提供謝絶。書簡にて協定したし、諾否は広告にて——ピエロー』

最後に、

『月曜夜九時過。二度叩く事。立会人無し。疑うなかれ。現金品物と交換——ピエロー』

「ワトソン君、実に完全な記録ではないか！　これで相手の男を突留め得さえすればなあ！」

ホームズは指でテーブルを敲《たた》きながらジッと思いに沈んだ。しかし遂に飛上った。

「なあに、結局さしたる難事ではあるまい。もう此家《ここ》に用はない。ワトソン君、今から毎日電報社へ行って、今日の仕事の総締をして来たいと思うが」

（七）

翌日の朝食後、ホームズの兄のマイクロフトと警視庁のレストレードとが約束に従ってやって来た。ホームズは前日の経過を二人に話してきかせた。レストレードはその筋の人としての立場からホームズの無暴なのを頻りにせめた。

ホームズは卓上に置かれてある『毎日電報』を取上げた。

「貴方がたはその所謂《いわゆる》ピエローの名で広告文が今日も出とるのを御覧ですか？」

「何ッ！　また出たのか？」

「そうです。この通りです。

『今晩。同時刻。同所。二ツ叩く事。事、重かつ大。君自身の安全に関す——ピエロー』」

「よしッ！」探偵が叫んだ。「相手が広告通りやって来たなら逮捕してくれる！」

「それは最初から僕の思付きだ。この広告は実は僕の細工なのだから、もし、貴方がたが今晩の八時頃我々両名といっしょにコールフィールドへ行く都合がつくなら、それだけ問題の片も早くつくというものです」

×　×　×　×　×　×

ホームズはその日の暮方まで、ある論文の執筆に没頭して余裕の綽々《しゃくしゃく》たることを示していた。私には一日が実に長かった。

軽い晩食《ばんめし》をすませて、家を出た時、私は救われたような気がした。レストレードとマイクロフトとは約束に従って、グローセスター街停車場の外で我々に合した。オーベルシュタインの家の凹庭扉は前夜のままに開いていた。私は独りここからはいって玄関の大扉を内側から開けた。九時までには、一同例の書斎に席を占めて、疑問の男の来るのを待っていた。一時間が過ぎた。そしてまた一時間が。十一時となった時、附近の教会の大時計が、我々の期待に弔歌を捧げるようにカンカンと打出した。マイクロフトとレストレードとはもじもじしながら、一分の間に二度も時計の針を覗き込む始末だった。ホームズは沈黙のまま目を半眼に開いて、油断なく頭を澄ませていた。

と、突然彼は、引張られたように頭を持上げた。

「やって来た」彼は云った。

すでにその時入口に当って忍びやかな靴音がしていたのだがまた引返していった様子だ。今度は、家の外で引ずるような跫音《あしおと》がきこえて来た。続いて、戸叩きで鋭く二度合図のように叩く音がした。ホームズは立上った。我々にはそのままでいるように合図をしながら。玄関の広間に点《とも》っている瓦斯《ガス》こそはただ一ツの光だ。ホームズは入口の扉をあけた。黒い人影が彼の傍に滑り込んだ。その背後《うしろ》から彼は扉をピシャリと閉めた。

「こっちへ！」

我々はそう言うホームズの声を耳にした。一分後には疑問の正体が我々の目の前に立った。ホームズは彼の背後にピタリと着いて来た。男はふりかえって獣のような叫び声を発した。ホームズは男の頸《カラー》をつかんで室内の方へ突飛ばした。男が足を踏しめて立留る前に、扉は閉じられて、ホームズの姿がその前に立った。男はホームズを睨み廻した。と見る間に二足三足蹌踉《よろめ》いて、気を失ってバタリと倒れた。その拍子に鍔広《つばびろ》の帽子が頭から転げ落ち、襟巻も滑って、そこに顎髯を生やした、柔和な、好男子ヴァレンチン・ウォルター大佐の顔が現われた。

ホームズは汽笛のような驚きの声を上げた。

「ワトソン君、君は今こそ僕を驢馬《ろば》だと書いてもよい。僕はまさかにこの人に目星をつけてはいなかった」

「誰だ、これは？」マイクロフトが真顔になって訊いた。

「潜航艇局長故ジェームス・ウォルター卿の弟です。もう息を吹返す時分です。この尋問は僕に任せていただきたいと思います」

我々は、ぐたぐたになった大佐の身体を長椅子《ソファー》の上へ運んだ。

やがて俘虜は起上った。恐怖に襲われながら四辺《あたり》をキョロキョロと見廻した。自分で自分の感覚が信じられんといったように額に手を当てた。

「これはどうしたわけです？」彼が訊き出した。

「わたしはオーベルシュタイン氏を訪問のためにやって来たのだが」

「何もかも解っている、ウォルター大佐」とホームズが引取っていった。「英国の紳士がこうした振舞を演じようとは我々の思いも及ばん所です。しかしもう貴下とオーベルシュタインとの通信も、関係も残らず我々の知る所となっているのです。青年カドガンの怪死の事情も」

大佐は低く呻いた。そして黙ったまま両手の中に顔を埋めた。ホームズは続けた。

「大佐、最早我々には重要な事は何もかも解っているということを申しておきます。貴下が経済上の危機に迫られたことも、ひそかに令兄の保管にかかる鍵の型をとったことも、貴下がオーベルシュタインと通信をされたことも、貴下の方から手紙を出して、その回答をオーベルシュタインが毎日電報の秘密通信欄を通じてしばしば出したことも、我々には知れているのです。貴下は月曜の夜霧に紛れて役所へ忍んで行こうとしたが、前以て貴下に疑をかけていた青年のカドガンに発見されて追跡された。青年は貴下の犯罪の現場を見届けた。しかし、貴下が設計図を倫敦なる貴下の令兄の所へ持参するのかも知れんという顧慮からして、非常を報ずることだけはしなかった。青年は、私《わたくし》の事情を一切擲《なげう》って貴下を濃霧の中に追跡した。そして貴下が現にこの家に到着するまで後を跟《つ》けた。そこでカドガンは貴下の邪魔をした。それから――ウォルター大佐、貴下は反逆罪に一層恐ろしい殺人罪を加えたのです」

「わたしの所為《しわざ》ではない！　わたしの所為ではない！　神に誓って、わたしの所為ではない！」あさましい姿の俘虜はこう叫んだ。

「では、告白なさい。貴下等がカドガンの死体を客車の屋根の上に置く前に、彼がどのような最後を遂げたのか」

「打明けます。貴方がたに誓って打明けます。わたしは外の事なら凡て自分でしたと告白します。それは貴方の言われる通りです。株式取引の方の負債に責められて、金に目がくらんだのです。オーベルシュタインは五十磅を提供するといった。その金でわたしは自分の破産を救うつもりだった。しかし、殺人罪のことについては、わたしには罪は無いのです」

「それからどうしたのです?」

「カドガンが前以て私に疑をかけていたので私を追跡した——それは貴方の言われる通りです。が、実をいうと、その時私はこの家の入口に到着する刹那《せつな》まで、自分の追跡されていたことは知らなかったのです。その夜は霧が深かった。二碼《ヤード》と先きが見えなかった。わたしは合図に二度扉を叩いた。オーベルシュタインが入口に出て来た。カドガンは横合から飛出して、書類をどうする心算か白状しろと命ずるようにいった。オーベルシュタインは小型の拳銃《ピストル》を持っていた。カドガンが我々に続いて家の中へ押入ろうとするので、彼は拳銃で彼の頭を殴った。それが致命傷となったのです。五分間以内に死んでしまったのです。我々はどうしてよいか途方に暮れた。その時、オーベルシュタインが、家の裏手の窓の下で地下列車の停ることを思付いたのです。しかし、まず彼は私の持参した設計図を調べて、その中三枚が特に重要なのだから、手許に置かなくては、——と言った。そこでわたしは言った。

『それは困る、もし明日の朝までに戻しておかん日には、ウールイチでは大騒動が持上るから』『いや、わしはどうしても手許へ置かなくてはならん。これは皆、専門的の図面だから、おいそれと複写を作るわけには行かん』『それでは仕方がない、今夜のうちに皆持って帰る』こんな押問答をした後、彼はしばらく考えていたが、やがて一策を案じたといって叫んだ。

『三枚はわしが貰っておく。他のやつはこの男のポケットの中へ捩込んでおけばよい。この男の死骸が発見されれば、凡ての疑惑がこの男にふり掛るに相違ない』と、私もそれに同意するより外に手段がなかった。我々は汽車が窓の下に来て停るのを三十分ほども待っていた。そして、霧が深いので人目にかかる恐れもなく、死体も楽々と列車の屋根の上へ下すことが出来たのです。わたしの関係した限り、これが事件の終りです」

「そして貴下の令兄は？」

「兄は何も言いはせなんだのです。しかし、或時、私はわたしが兄の鍵を持っている現場を見つけられたことがあるので、兄は私に嫌疑をかけておったに相違ない。そのことは、兄の目で読んだのです。御承知の通り、それ以来兄は頭をあげること無くして……」

沈黙が室内を占領した。が、それは、やがてマイクロフト・ホームズによって破られた。

「貴下は罪の贖《あがな》いをしようとは思われんですか？　それは貴下の良心の苛責《かしゃく》を軽くし、そして、恐らく、刑罰をも軽くするでしょうが？」

「いや、私にどんな贖いが出来るでしょう？」

「オーベルシュタインは書類を手にして今どこに居るのですか？」

「知らんです」

「貴下に宿所を教えなかったのですか？」

「いや、郵便物は一切巴里《パリー》の旅館《オテル・ドユ・》ルヴールへ送っておけば結局彼の手に渡るということでした」

「では、罪の贖いはやはり貴下の手中にあるわけです」今度はシャーロックがいった。

「私はもう何でもする。私は彼奴《あやつ》に何等特別の好意を持つものではない。彼奴は私を破滅の中に放り込んだのだ」

「ここに紙とペンとがあります。この机へすわって僕の命ずる通りに書きなさい。封筒にはその宛名

を……それで結構……では文言を、

『拝啓――

例の取引に関して貴下は既に、極めて重要なる一項目の欠如しおることにお気付きの事と察し申上げ候《そうろう》。その項目を充すべき一葉の模写図面唯今手に入れ申候。されど、こは小生の特別なる労力に結果するもの、小生はそのため更に五百磅の追加金を請求せざるを得ざる次第に候。また、これを郵便に託するも心もとなく、さればとて、金貨もしくは紙幣以外のものにての御郵送は小生いささか満足致さず、さればとて、この際小生自身御地へ渡航仕《つかまつ》らん儀は人目を惹きて甚だ面白からず存ぜられ候。結局、小生は貴下の御来英を仰ぎたく、来る土曜日の午後、チャーリングクロッス旅館《ホテル》の喫煙室に小生を御訪問下さるるを期待するものに候。取引は英国紙幣もしくは金貨に限る旨念のため申添候』

いや結構です。これで、オーベルシュタインを釣ることが出来なかったら、驚くべき不合理といわなくてはなりません」

×　×　×　×　×　×

かくて、ホームズの計略は成功した。それは欧洲秘史中の一章である――オーベルシュタインが徒《いたず》らに自己の破滅を充たさんがために、餌取《えさとり》に来て、遂に某英国監獄の鉄窓裡《てっそうり》に十五年の長きを繋がる身となったのは。その時所持の鞄《トフンク》の中には、その価値量り知るべくもないブルース・パーチントン式潜航艇の設計図が発見された。彼はこれを欧洲のあらゆる海軍力の中心へ持ち歩いて、競売にかけつつあったところだった。

ウォルター大佐は収監二年目の終りに当って獄死した。

事件の後、数週を経て、私はホームズが或日ウィンゼルへ行って一日を過したということ、帰りには非常にうるわしい青玉《エメラルド》の襟止針《ネクタイピン》を持って帰って来たということをふとしたことから知った。私がそれを買求めたのかと訊ねた時、ホームズはそれは、彼がある仁慈《じんじ》な方のために幸運にも小さな或る使命を果す事が出来たので、その方から贈られたものだと簡単に答えたまま、後はプツリとも言わなかった。が、私はそのやんごとない名を判じ得たとひそかに思っている。そして私は疑がわぬ。この青玉針は、我が畏友ホームズの記憶に、ブルース・パーチントン事件の冒険を、永遠によみがえらせるであろうということを。

妙計

イ・マックスウェル

八月に入ってから最初の少し涼しい日を選んで、デンジャフィールド夫人は日帰りのつもりで倫敦《ロンドン》まで用達しに出かけた。少しばかりの買物をなるべく早く済ませたら、しばらくぶりで、リッツ料理店の美味しい料理でも食べて、四時二十分の汽車でサニングデール（ロンドン近郊の住宅地）へ帰って来たいと思った。

ところが倫敦で買物をしているうちにロバート・サマース君にばったり出会ってしまった。そしてサマースが口上手に、少し早いけれどもスター料理店で晩御飯を食べて、下町へ流行品展覧会を見に行きましょうと、しきりにうまい事を云ってすすめるものだから、奥様《おくさん》もとうとう口説き落されてしまった。

「ほんとにロバートさんにあっちゃ誰だってかないっこありませんわ。何だか私行きたくってしようがなくなったのですもの。丁度幸い、倫敦の別宅の鍵が手提の中にありますから私そうしますわ。宅《うち》の方へはあとで電話をかけて、エレン伯母さんに今日は帰れないってそう云っときましょうよ」

ロバート君の顔はこの瞬間ちょっと曇った。

「奥さん。今日は女中さんはおつれなさらなかったのですか」

「ええ、つれて参りませんの。だって私だって買物くらい一人で出来ますわ」

「それはそうでしょうけれども――私の考えていたのは……」

「何ですの？」

「今晩御別宅に一人で御泊りなんですか？　この頃大分泥棒が多いって云いますからねえ」

「まあ！　何だと思ったら、つまらない事を仰有《おっしゃ》らないで下さいましよ。せっかく今日は運のいい日だと思っていますのに、すっかり気が挫けてしまうじゃありませんか。別宅はセント・ジェームス公園の傍で、明るい燈火《ともしび》の輝やく大きな建物の中《うち》にあるのですから、大丈夫そんな心配はいりませんわ。例令《よし》這入りたくっても、ルパンのような男にだって這入れっこはありませんわ」

その話はそれっきりで、二人共忘れてしまった。そしてそれから何時間かの後、二人はスター料理店で楽しい食卓に向っていた。食事もあらかた済んで、奥様が食後のアイスクリームを匙で突いていると、傍の食卓で疲れた顔をした男が、大きく展《ひろ》げて見ていた新聞の大見出しが、ふと奥様の美しく青い眼に留った。

――宝石の所在《ありか》を云わぬとて女を惨殺す、三本指のジョーまたしても兇手を振う――

「ロバートさん、あなた今日の夕刊を御覧なすって？　三本指のジョーがまたしても人殺しをしたのですって！　ほんとに警察は居眠りしているのでしょうか。もうこれで五人目じゃありませんか」

「またやったのですって？　六人目ですよ」

デンジャフィールド夫人は思わず戦慄した。

「奥さん、展覧会を見たら自動車でお宅まで送ってあげましょう。二時間あれば行けますからね」

「いいえ、いいのですよ、ロバートさん」夫人は鳶色《とびいろ》の髪を美しく束ねた頭をちょっと傾けて云った。「私子供じゃありませんわ。展覧会がすんだら別宅まで送って頂戴。私ちっとも可怕《こわ》くはないのですもの。だって雷は二度と同じ場所には落ちぬというじゃありませんか。昨夜《ゆうべ》警察を騒がせたばかりですもの。今日は三本指のジョーでなくたって温和《おとな》しくして様子を見ているでしょうよ。それに私ね、ちょっとした事にでもすぐに気を失って倒れるような気の弱い事では困りますから、なるたけ気丈夫になるように、機会のある度練習しているのですもの」

「へえ！　それは結構で。何しろ殊勝な御心掛けです。しかし、戯談《じょうだん》はよして、一人ばかりの時三本指のジョーが眼前にぬっと出て来たとしたら、ほんとに、どうしますか」

「静かにして、取るだけ取らせるまでですわ」

「結婚指環《エンゲージリング》が四千円に――」サマース君は奥様の左手《ゆんで》の指に嵌《は》めた二つの指環をちらりと見て、笑い笑い評価を与えた。「ダイヤモンドの方が七百五十円ですかね」

「そしてこの中に一万円ばかり」デンジャフィールド夫人は早速言葉を引取って、手提げを軽く叩きながら云った。「真珠の首飾りです。私ね、これを綴り直おさせようと思って、今日はカルティエの店へ行くところでしたの。ほんとにこれだけあれば、三本指のジョーにもいい獲ものですわね」

「全く！」サマースは気のなさそうに合槌を打ったが、ポケットから薄手のハイカラな時計を引出して、ちょっと見ると、「八時二十五分です。そろそろ出かけましょうか」

サマース君がイレーヌ・デンジャフィールド夫人の別宅のある建築《ビルディング》まで彼女を送りとどけたのはそれから丁度三時間の後であった。奥様は部屋の扉《ドア》を開くとパッと電気をつけて、サマース君に手をさし延べながら云った。

「おかげ様でほんとに今晩は面白うございましたわ。でも主人のない身とは云いながら、私も少し呑気すぎますわね。近いうちに土曜日からかけて、サニングデールの方へお遊びにいらして下さいましよ」

「ほんとに大丈夫ですね。可怕くはありませんか？」サマース君はどこまでも気になると見える。

「ほんとに大丈夫ですわ。ではさようなら」

ここは別宅とは云っても大きなビルディングの一部を仕切って借りた、所謂《いわゆる》蜂窠式《アパートメント》の少し上等のものであるが、彼女の今這入ったのは居室で、この別宅で唯一の大きい部屋であったが、装飾なども夏向にしては少し重苦しすぎる感があった。夏になってもまだ飾り直さないのかも知れない。

「おお暑い。この部屋のむしむしする事」奥様はこう思いながら、ピンを抜いて帽子を脱《と》りにかかった。そして向う側の窓の傍へ歩いて行ったが、この部屋は今日で丁度六週間も使わずに、閉めたっきりであったのに、その辺《あたり》が割合塵も積っていなくて綺麗だった。扉の傍のマホガニーの大きな卓子《テーブル》の上に置いたスタンドからは、絹張の笠を通してただ一個の電燈がそのあたりに大きな陰を投げた。

デンジャフィールドの奥様は三つの窓を開けひろげて、その一つの窓枠に手を倚《よ》せ、そのただ一つの電燈《ランプ》によっておぼろに照らし出された、隈や陰影の多い部屋の中を、初めて見る部屋ででもあるかのように今更に見廻わした。

「あそこの壁に何か新らしい掛物を買って来なきゃ駄目だわ」奥様は無精らしく思案を始めた。「それから寝台の枕頭《まくらもと》にコップだの灰皿だのこまごましたものを列べる小さな台を置くといいわ。そしてこの入口の卓子はほんとに何て頑すなのだろう。あれも早くやめて脚の細いウィリアム型の華奢《きゃしゃ》な卓子と取換ましょうよ。あれではあんま――り――」ここまで来て奥様の思案はピタリと止ってしまった。そして持前の愛嬌たっぷりのはずの眼を大きく見張って、瞳を据えて卓子の下の何物かを見つめた。そして次の瞬間身体中の血管の血が悉く凍ってしまうかと思うほどぞっとして、窓枠と身体との間に置いた手を空《むな》しく握りしめながら、凝乎《じっ》とそのものを見据えた。

「そ、そんな事はないわ」奥様は急がしく新らしい思案を始めねばならなかった。「そ、そんなはずがないわ。だって今のさっきボビイさんと話しあったばかりで、まだあの事は耳の底に残っているくらいだのに。でも、でも気のせいでは決してないわ。おお、神様！　私の心を、私の眼をはっきりさせて下さいまし。神様！　どうぞお助け下さいまし！　三本指のジョーがあの卓子の下に、指の三本しかない手であの卓子の脚を握って、妾《わたし》と一緒にこの部屋の中に居ります。そして私はもうあの戸口へは行けなくなりました。おお、神様！　お助け下さいまし。うまく待伏せられてしまいました。私はもう逃れられません。出て行く事も出来ません。でもあの男はまだ妾に見つかった事は知らずにいるに相違ございません。私もまだ知らないような様子をしていなければ――」

奥様は必死の思いで、卓子の脚に纏わりついている三本の指から眼を放した。おお、あの指があんなふうに罪もない人々の咽喉《のど》に巻きついたのだ！　奥様は必死の思いでその窓際を放れた。そして出来るだけ平気を扮《よそ》って、着ていた紺の絹ジャケツを脱ぎ、椅子の上へ抛り出して、再び窓際へ帰って来た。窓から飛降りようか――と思ったが、部屋が七階にある事を思出して絶望した。戸口から出ようとすれば、すぐそばにある卓子の下から手を伸ばして足を摑まれたら最後だ。奥様は刻々に心臓の鼓動が高まって来るのを覚えた。そして眼は火のように熱してきて、も早何物をも凝視する力がなくなってきた。窓から飛ぶ事も出来ず、戸口から逃れる事も出来ぬとすればどうしたらよいのか？

「こうなったらただ三本指のジョーと智慧競べをするほかない」奥様は考えた。そして極度の恐怖によって今は却って腹も据ったのか、花瓶の位置を直したり、額の捩れているのを正したりして、あちこちと歩き廻った。そして小声で流行唄《はやりうた》さえ口吟《くちずさ》もうとつとめたが、さすがに声はかすれて、自分にさえ可笑《おか》しく聞えたので、それだけはすぐにやめてしまった。

するとその時、ふと一つの考えが天来の妙案のように奥様の心に浮んできた。それはこの危険を必ず脱し得ると保証は出来なかったけれども、少なくとも、溺れかかった者にとっての一本の藁ぐらいには相当した。で、奥様はまず窓際の卓子にあった電話機を取上げて、ロバート・サマース君のところの番号を呼んだ。

「おお、神様！」相手の出てくるまでの数秒間を奥様は心中に祈りつづけた。「おお、神様！　どうかロバートさんに通じますように！　どうかロバートさんが解ってくれますように！」

　間もなくモシモシと電話に答える声が聞こえた。

「あの、ロバートさん？」奥様はつとめて声を落着けながら急いで叫んだ。「私イレーヌ・デンジャフィールドです。あのね、私のね、宝石の這入った小函をすぐに持って来て下さいませんか。私ね、やっぱりあれは自分で持っていた方がいいと思いますの」それから奥様は、卓子の下にいる男がよもやフランス語は知るまいという仮想を唯一の神頼みに早口なフランス語で囁いた。「助けて！《アッシステ》お巡りさん《ザンダルム》を！」そしてあとは普通の言葉で続けた。「ロバートさん、すぐにですよ。あなたの大きなお邸の中に置くよりも、やはり私の手許へ置いた方が安全だと思いますの。ほんとに私勝手な事ばかり申して馬鹿ですわね」といかにも自分の気の変りやすさに愛想をつかせたように笑って、「だって私気になってしようがないのですもの。ねロバートさん、大急ぎでね」とそれから再びフランス語で囁いた。「お巡りさんをね！　あれがここにいるのですから」

「誰がいるのですか？」その時初めて電話の相手は言葉を挿んだ。

「まあ、判りませんの？」

「まさか三本指のジョーの事ではありますまいね」

「いいえ、それ、そうなのですわ。大急ぎでね」

「じゃすぐに行きます」電話はそれきりで、ガチャリと受話器を置くらしい音と共に切れてしまった。奥様も続いて受話器を置くと、くるりと身体を捩じ向けて見た。机下《きか》の君子は奇計を気付きはしなかったか？　今にも出て来るのではあるまいか？――奥様はほっと安堵の胸を撫で下ろした。三本指のジョーは相変らず、卓子の足に彫り出した模様ででもあるかのようにその三本しかない指を巻きつけている。

「出来るだけ平気を扮っていなければならない」奥様は繰返えし自分に云いきかせた。「何も知らないような様子で――拘泥してはいけない」

イレーヌ・デンジャフィールドの奥様は出来るだけ悠然と壁の前に据えた本箱のところへと行って、態《わざ》と勿体ぶってあれかこれかと選択した末、一冊の書物を抜取って、身近にあった寝台へ腰を下ろして膝の上でそれをひろげた。書物はひろげたが勿論読むのでない事は云うまでもない。それでも読むようなふりをして、時々ページをめくりはしたが、心はその中の一行をだって理解しはしなかった。

「ロバートさんの遅い事！　ベーカー街からパーリ横町をぬけて……それでももう来なきゃならない時分だわ。あら、そうそうロバートさんの自動車は横町の車庫に預けてあるのだから、あそこまで歩いて行くのにどうしても十分は余計に要《かか》るわ。でも卓子の下のお客様の温和しい事、すっかり私を信じて、今に宝石の函を持って来るものと思っているのだわ。そしてそれを持って来てから卓子の下から現われれば自分の取前が多くなると思ってよろこんでいるのよ」

奥様は時々卓子の方をちらりと見やった。卓子の足にはもう三本の指は見られなくなっていた。しかしあの卓子掛の下の暗いところに彼が潜んでいる事は疑の余地がない。

一分二分と時間は経過した。室内には奥様の無意味にめくるページの音のみが時々聞えるばかりであった。奥様は次第に落付を取返えすと共に、少しずつ顔色も恢復してくるのを覚えた。

　するとその時、突然物静かな跫音《あしおと》がして、そっと戸を叩くのが聞こえた。もしどやどやと三四人も跫音高く階段を昇って来られたら、忽ち卓子の下のお客様に奇計を感付かれて、突差の間にどんな仕返しをされるかも知れないのだから、奥様はサマース君の行届いた処置に深く感謝した。そして高鳴る胸を押静めながら、読みかけの本をそっと傍に置いて立上ると卓子の角を廻って戸口に歩みよった。その卓子の下には三本指のジョーがどんな思いで身を潜めている事か？　今や手さえ延ばせばか細い奥様の足首を攫む事も出来るのに！

　奥様はわななく指にやっと鍵を廻わして、さっと扉を大きく開いた。すると外には三人の男が――二人の正服巡査と、一人は私服で――立っていた。しかしどうした事かその中にはロバート・サマース君の姿が見えなかったが、奥様はそれには気付かないほど亢奮していた。

「どこにいます？」三人の中の一人が囁いた。そしてデンジャフィールド夫人が無言で卓子の下を指《さし》示《しめ》すと、三人は一斉に躍込んで、三方から卓子を取巻き、手に手にピストルを卓子掛の外から押しつけた。

「おい、こら、ジョー。早く出ろ！」平服の男が叫んだ。「もうこうなったら逃がしはせんぞ」

　言下に三本指のジョーは黙って卓子の下から這い出して来た。そして憎悪に満ちた眼で奥様を睨みつけて毒づいた。

「このあま！　覚えてやがれ。よくも一杯《ぺえ》食わせやがったな。いつかはこの仕返しをしてやるから、そう思ってろ。こんなあまっちょの猿智慧なんかに引掛る三本指のジョーじゃねえんだが、猿も木から落ちるって事もあらあ」

「黙ってろ！　ぐずぐず云うとこれだぞ！」と平服の刑事はピストルを振って見せてから、デンジャフィールド夫人の方を向いて「奥さん、私達がどうしてここへやって来るようになったか御存じですか」

「さあ、いいえ。私ロバート・サマースさんに電話をかけたのですのに。やはりサマースさんから聞いていらしって下すったのではないのですか？　サマースさんはどこへいらしったのでしょう？」

「サマース君ですか？」刑事は夫人の顔を鋭く見返えしながら云った。「サマースは今頃この男の行くところで待っているでしょうよ。監房にいるのです」

「えッ！　監房に？」

「そうです。実はね、先ほどサマースの家へ踏込んで手入れの最中にあなたの電話がかかって来たのです。私達ではサマースに関係した事柄ならば何一つ見逃がす事は出来ませんからね。それで私が電話に出てみると、丁度幸い少しばかりフランス語を知っていたものですから、早速気転を利かせてやって来たのです。御話の宝石の事は全く出鱈目《でたらめ》でしょうね」

「だって、だって何故サマースさんのところへ御手入れなぞなすったのですか？」

「それを聞きたきゃ話してやろうかね、別嬪《べっぴん》さん」三本指のジョーが横合から口を出した。

「サマースは俺等《おいら》の親分だからさ。俺等の仕事はみんな親分の指図でやるんだ。今晩俺等がここへ来たのだって、そうだ。お前《めえ》と親分とがスターで飯を食ってから、親分から俺等のところへ電話で知らせてよこしたんだ」

デンジャフィールド夫人は疑わしげに刑事の方を見やった。すると刑事は頷いて同意を示しながら、

「すべて事実です。ロバート・サマースは紳士盗賊です。私達の方では幾日も前から行方捜索中だっ

た男です」

イレーヌ・デンジャフィールド夫人は再び蒼白《まっさお》になって、そこへばったりと倒れてしまった。

サムの改心

ジョンストン・マッカレエ

（一）

探偵のクラッドドックは四ツ角でふと通りかかった小さな煙草屋の方へ足を向けた。そして店の硝子戸《ガラス》に顔を押しつけるようにして中を覗き込んだ。今日はなんだか探偵の様子がいつもと違っているようだ。

「ハテ？　これは妙だぞ！」

探偵は大きな眼をぐりぐりと見張った。そして独り頷きながら、なおも一心に中を覗き込んだ。紐育《ニウヨーク》警察本部のクラッドドック探偵といえば悪漢の仲間では鬼神の如く怖れられていた、この探偵に一度睨まれたが最後、彼等は手も足も出ないのだ。だから彼等はなんとかしてクラッドドックの目を逃れようとした。現にここにもその目を逃れようとしている男が一人いる。しかもその男というのが他ならぬ地下鉄サムなんだから、こいつだけは探偵の方でちょっと始末の悪い厄介者だ。

今更紹介するまでもなく地下鉄サムは腕利の掏摸《すり》である。ニウヨークに数多い掏摸の中でもとりわけ腕のいい奴で、地下鉄道の混み合う時刻を狙ってはそこばかりで仕事をする。蓋《けだ》し地下鉄サムの名のある所以だ。

クラッドドックはずっと以前からサムに目をつけていた。そして正直にそのことをサムに話して聞かせたものだから、それからというもの二人の間には不断の追っかけっこが始まった。残念なことには、今日までクラッドドックはサムのためにいつも出し抜かれてばかりいる。しかしながら探偵は失敗を重ねるにつれてますます熱心を増してくる一方であった。

硝子戸越しに小さな煙草屋の店頭《みせさき》を覗き込んで、クラッドドック探偵ははッとした。中にサムがいるのだ！　しかも彼れは煙草を買いに来ているのではなくて、売場台《カウンター》の奥に立ってちゃんと客に物を売っているではないか！

探偵は店の中に一人も客のいなくなるのを待って、つかつかと中へ這入って行った。そしてサムと真正面《まとも》に顔と顔を見合わせた。が、サムは顔色も変ないで、平気で、普通《ただ》の客に向ったような様子しか見せなかった。

「妙なことを始めたな？」探偵はまず一本さぐりを入れた。

「と申すてエと御用は何んで？　仰ゃることがどうも判りませんナ」

「判らない？　考えてみ――いや、まあいい。お前にはちゃんと判っているんだ。それにしても地道な商人《あきうど》になったふりなんぞして、うまく猫をかぶったな」

「私《あっし》ア、地道な商人でさア」

「前非を悟って魂の入替でもしたのかね」

「そうとも、旦那アあっしを窘《いじ》めにでも来なすったんですかい？　私はすっかり改心しちゃって地道な商人になったんだから、商売の邪魔なんどしないで下さい」

「大きに怪しいものだね」探偵の方ではなかなか承知しない。「このクラッドドックをそんなことで誤魔化そうって駄目だよ」

「誤魔化すもんですか！」

「誤魔化しさ。これでまた何か新手《あらて》でも始めようというのなら、今に見ろ、きっと検挙《あげ》なきゃおかないから」

「もう去《い》っておくんなさい。あっしが一度河上（の監獄）へ行って来た男だからって、そう悪漢《わるもの》のようにばかり思ってもらっちゃア困りますぜ。そうことごとに人の出鼻を邪魔されちゃ困っちまう」

「出鱈目《でたらめ》はよせ。芝居をして見せたってこの俺には利目がないよ」

「旦那に信用してもらうにゃ石地蔵か金仏《かなぶつ》にでもなんなきゃ駄目なんだから嫌んなっちまう」

「お前の素状をここの主人《あるじ》は知ってるのかい？」

「あっしが牢へ這入ったことのある話をですかい？　それならちゃんと知ってますよ。ここの大将は旦那と違って話が分っているから、心を入替えて改心した者アいつでも力になって援けてやるって云ってまさア」

「それは結構な心掛だな」探偵は皮肉な調子で云った。

「それに、貴下《あなた》が罪もねエものを窘めに来たって聞こうものなら、大将はただアおきませんぜ。とにかく私ア真正直にやってるんだから、早く帰っておくんなさいよ」

探偵のクラッドドックはサムから葉巻を一本買った。そして火を点けようとすると他の客が這入って来たのでちょっと傍へ退《ど》いて、その客に応対するサムの様子をじっと見守った。客は何事も知らずに、一函の紙巻《シガー》を買ってさっさと帰って行った。

「まあお前の思う通りやっているさ」クラッドドックは客が帰って行くと再び口を開いた。

「だが、どこで何をしようとも、お前の身にはいつでも俺の目が光っていることだけは忘れるな。今日はこれで見逃してやるが、いつかは捕えてみせるからな」

「私ア悪いことはふっつり廃業しちゃったんだ」サムは呟くように言った。「私ア正直に働いて暮しを立てようとしているんだ。誰でも一度は改心する折が来るというが、私ア今その改心とやらをやってるところなんです」

「ふん、なんだか判るもんか」

探偵は店を出て、向う角から暫らく煙草屋の方を振返って注視していたが、思直してそこを立去った。彼はサムが他人《ひと》のものを掏《す》る現場を押えるつもりなんだが、サムがこうして煙草屋の店で働いている間は、当分その望みもない。

一方サムは探偵が出て行くと、独りで苦笑を漏らした。が、何しろ商売の方が忙がしいので、探偵のことなぞすぐに忘れてしまった。今日が勤めに出た初日なんだ。封切りなんだ。もう間もなく本店から見廻わりに来るはずの大将に、なんとかうまくやって封切のいい印象を与えなければならない。そう思って彼は一生懸命になって働いた。が、忙がしいが、心の中は愉快であった。とりわけ、今日の会見でクラッドドックを煙に巻いたことを考えると、よけい気が晴々した。

サムは人相のよくない若い男に紙巻を一函売って五ドルの札で釣を渡した。それから十分ばかりして主人はやって来たが、来ると早速金銭出納器のところへ行って売上を調べた。そしてサムが今入れたその五ドル札を抓《つま》み出してサムの鼻先へ突出して見せながら、これは贋札だと云った。

「えッ！　畜生！　じゃ、その五ドルはあっしが払わされるんですかい？」

「まあ、そうさね」主人はいかにも当然だというように。

「よし！　あン畜生にあとで払わしてやんなきゃ。あの男の顔ならよく覚えてるんだ」

サムにしてみればあんな奴に贋札なんぞ擱まされては自分の沽券《こけん》に関わる。勤めに出ると早々これではやりきれない。一体俺はそんなに甘く見えるように出来ているのだろうか？　とサムは考えてみた。彼は一週十五ドルの約束で雇われたんだ。この五ドルを取返えさなかったら、店へ出て二時間もせぬうちに、一週間分の給料が三分の一煙《けむ》になっちまうことになる。

サムはその贋札をチョッキのポケットに捻じ込んだ。そしてそのまま仕事を続けて行ったが、昼になるまでは忙がしくて他のことなぞ考えている暇はなかった。昼になるとやっと一しきり客足が薄くなったので、店はオヤジに委せておいて、中食《ちゅうじき》をやりに彼は近所のカフェへと飛込んだ。中食は十五分で済んだ。あとまだ四十五分間は許された自由な身だが、その間を彼は「ナマを抜く」ことに費しはしなかった。街区《まち》をあちこちぶらついたけれども、地下鉄道の停車場の近くへは、気の変るのを恐れて、決して寄りつかなかった。そしてきっかり一時間後には無事に店へ帰って来て、再び繁忙な仕事に従事した。

午後二時になると客足がぐっと落ちて、店はすっかり凪《なぎ》になってしまった。と、そこへ立派な風采の男が這入って来て、葉巻《シガー》の十五ドルくらいのを一函欲しいと云った。

サムは元気よくそれに応対した。少しでも売上を余計にして、初商売の成績を飾らなければならない。彼はあれかこれかと恰好な函を五つ六つも出して見せた。客はどれにしようかと迷っている。そこへ電話がかかって来た。

サムは急いで電話のところへ行った。電話は売場台の一番向うの端にある。受話器を受けてみると、それは主人からであった。ある御得意へ品物を届けてくれろというのだ。あれを幾つとこれを幾函、包装はどうしてと、主人はくどくどしくこまかい注意と命令とを与えた。サムは有合せの紙片《かみぎれ》に鉛筆で一々心覚えのノートを取ってやっと受話器をかけた。そして待たせてあった客のところへ帰って来た。ところがどうだ！　客の姿が見えないのだ。いつの間にか影も形もなくなっているのだ。のみならず、出して見せた葉巻が六函のうち二函まで見えなくなっている。どっちも一函十五ドルずつだ。サムは青くなった。追っかけようたって、今頃は往来の人混の中へまぎれ込んでしまったろう。第一どっちへ行ったか方角も知れやしない。親爺《おやじ》のくどい電話を聞いてるうち、まんまと三十ドルしてやられたんだ。この三十ドルの代金が金銭出納器の中へ入っていないのを知ったら、親爺はきっとサムが誤魔化したんだと思うだろう。何しろ親爺はサムの前身を知ってるんだから。

サムは嘆息《ためいき》を漏らしながら、自分の財布から三十ドルだけ抜き取って出納器へと納めた。彼の給料は一週十五ドルだ。最初の一日をつとめあげないうちに、彼はもう三十ドル自腹を切らされた。

「これじゃ改心して正業に就くのも骨が折れるぞ」サムはしかめ面で呟いた。「世の中で一番正直な者アやっぱり俺のような掏摸なんだ。畜生！　これで今日は二度目だぜ」

サムは贋の五ドル札を置いていった男と、今の葉巻を持って逃げた男が憎くてたまらなかった。幸い二度とも顔はよく覚えている。こんど会ったら見当り次第に仇を打ってやろうと彼は決心した。

そのうちに夕方になって再び客が混んできたので、親爺が手助《たす》けにやって来た。そして二時間ばかり傍目も振らずに働いているうちトキ時分になったので、主人はサムに食事をして来いと云って一時間の暇《いとま》を呉れた。

彼は早速店を飛出して、近所のカフェで夕食を食べ、それから地下鉄道の停車場へ近寄らぬようにそのあたりをぶらついて、丁度許された一時間の終りに帰って来た。

サムが帰って来ると入れ替りに主人が食事をしに出ていった。と思うとそこへ一人の客が這入って来た。幸い店も少し手すきになっているので、サムはその男をちょっと揶揄《からか》ってみる気になった。

「お前さん紐育は初めてですかい？」サムは葉巻の函を出してやりながら云った。

「どうして分るだ？」その男は聞咎めた。

「それは一目見ればわかりますさア」

「見物に来たんだ」

「そうかね。紐育は悪い奴が多いから、気をつけないとやられますぜ」

サムは、お前さんのそうしているところは本職の掏摸には誂え向きの椋鳥《むくどり》だと云ってやりたいところをやっと止めた。それだけのデリカシイは彼も持っているのだ。

「そのことは国でいろいろ聞いて来ましたがの、俺《わし》に限ってそんな目に遭うことはありませんわい」

「そんなことを云ったって、お前さんはズボンの尻のポケットに蟇口《がまぐち》を入れてなさるだろう？」

「どうしてそれが知れるだ？」田舎者は疑わしげな目付で訊ねた。

「お前さんのような人は誰でも尻のポケットへ入れてるもんだからね」サムは商売の経験から割り出したところを云って聞かせた。「あそこへ入れとくのは全くあぶないよ」

「どこへしまっとくのが一番いいだね？」

「チョッキの内隠袋《うちかくし》さ。そしてなんでも人の見ているところではそれを出してはいけない。それから酒を飲んで往来を歩くのもよくないね」

「それはいいことを聞いた。だが伝授料は無料だべな？」男は正直に訊ねた。「だがそうだとすると紐育は危くていけない。早々田舎へ帰るだな」

「それがいいでしょう」

「だが考えてみるに、俺は今日まで蟇口はいつも尻のポケットに入れてきたが、一度だって間違いのあったためしはないがの」

「そうですかい。じゃもう忠告めいたことは何も云いますまいよ」

田舎者はすっかり上機嫌になって腰を落付け、骰子《さいころ》で葉巻をかけようと云い出した。サムは早速承諾して勝負を争った。そして初めの二回は続けて先方が負けたが、それがために彼は反って本気になって賭けだした。サムもだんだん熱中してきた。

二人はしきりに勝負を闘わした。が、運は田舎者の方にあったと見えて、彼は続けざまに勝った。サムは取られれば取られるほど焦ってきた。そして気のついた時には十ドルの負けになっていた。

そこまでゆくと客はもう帰ると云い出した。そして差支なければ五ドルだけ（現金を）貰って行きたいと云った。店で客と勝負を争った場合は、半額だけは現金で渡すというのがこの社会の習慣だったから、サムは五ドル出してやった。

そこへ主人が帰って来たので、男はこそこそと出て行った。

「あの禿め五ドルせしめて行きましたぜ」サムは事情《わけ》を話して聞かせた。

「悪運の強い野郎だな」

「私アあんな野郎なら一なめにしてやるつもりだったんですがね。ところがどうして、すっかり尻《けつ》の毛を抜かれちまった」サムは口惜しがった。

「それは当然《あたりまえ》よ」主人はカラカラと笑った。「これ見ろ、あの老耄《おいぼれ》は店の骰子を自分のと間違って持てったぜ。ここにあるのはあの禿茶瓶《はげちゃびん》のだ」

「へえ？」サムにはまだ解せない。

「莫迦《ばか》だな。この骰子には中に重りを入れて、いつでも一方ばかり出るようになってるんだよ。ほれ、この通りだ」

　サムはさっと青くなったが、口だけはまだなかなか閉口しない。

「莫迦でも人を瞞すよりいいや」

　サムはチョッキのポケットから五ドル札を一枚出して金銭出納器へ還しておいて、帽子を取上げた。それを見て主人は咎めた。

「おい、まだ帰る時間じゃないよ」

「いや、あっしは帰るよ。たった一日ここで働いたばかりだが四十ドルも損したんだ。考えてみると掏摸の方が世間の人よりも正直だ。あっしア莫迦さ。甘いさ。帰って一つ考え直さなきゃ駄目だ。こんなことじゃ赤ン坊にだってやられちまう。とにかくここはあっしのような正直な掏摸の働くところじゃねえ」

「ちょっと待ってくれ。その――」

「待つも待たねえも、こんなところはあっしのような正直者には一日だって勤まらねえ。あっしア正直なんだ。だからもう行くんだ」

　サムはそのままあとをも見ずに店を飛出した。そして往来を急いで彼の好きなユニオン広場へやって来て、いきなり地下鉄道の停車場へと飛込んだ。そのすぐ後にいつの間に来たのか、探偵のクラッドドックが影の如くにくっついているのも知らずに……。

（二）

電車が轟々たる響を立てて入って来た時、サムはついとそれへ乗込んだ。しかし一目見ただけでその箱には仕事の機会のないことが判った。乗客が一ダースも居ないくらいがら空《あき》で、おまけに金を持っておりそうな男は一人も見当らない。

クラッドドックももちろん続いて乗った。サムにはそれがよく判っていたが、その方へは振向きもしないで、電車が中央大停車場に着くと下車した。探偵も続いて降りた。

「おい、サム、また旧《もと》の商売に返ったね」クラッドドックが後から呼びかけた。

「終日《いちにち》働いた後で芝居でも見に行こうってなア人間の権利ですよ」サムはぶっきら棒に云った。

「それは無論そうさ」

「旦那ア何んだってそう私にばかりつき纏うんですい？　少しは誰か他の仲間にくっついて歩いてはどうですね。あっしア正直な男なんですぜ」

「そうだと私《わし》も安心なんだがね。おい、サム、いくら踠《もが》いたって豹は豹で、身体の斑紋《まだら》は隠せやしないんだからね。……今日は散歩かい？」

「散歩ですよ。だけどお前さんと一緒はこちらで御免だ」

サムは元気よく停車場の階段を昇って往来へ飛出した。そしてとある街角まで来ると、夜店でもあるか人集《ひとだか》りがしているので、立止って、爪立ちして後から覗いて見た。と、急に彼の目は光った。その群衆の中に、今日イカサマ骸子で彼から五ドル騙り取った田舎者がいるのだ。御丁寧にもそのおまけに、五ドルの贋造紙幣を摑ませた人相の悪い若者もちゃんとその傍に居るではないか！　この男は掏摸なんだ。サムは一目見てすぐに判った。しかも田舎風の男を狙って財布を抜こうとしているんだ。

サムは退いて家角を小楯に、その男のすることをじっと見守った。探偵は探偵で、サムの奴変な真似をすると思ってますます警戒を緩めなかった。そしてサムの視線を辿って、人相の悪い若者の挙動に目を留めた瞬間、クラッドドックはサムのことをすっかり念頭から忘れ落としてしまった。彼は全身の注意を双眼に集めて、じっと若者のすることに視線を吸取られた。これではサムがそっと逃げ出して姿を隠しても気は付くまい。

クラッドドックは殆んど夢中になっている。彼はこの頃とんと犯人を検挙《あげ》たことがなかった。そのためにいつかも上役から皮肉を云われたことがあった。今日こそは現行犯を検挙ることが出来そうだ。そうして同時に彼の上役への信用をつなぎ止ることも。クラッドドックは街燈の暗《や》みへ這入ってじっと様子を見守った。サムもそれに倣《なら》った。見ていると、かの男は洗練された理づめの巧みさで田舎男の尻のポケットから財布をついと抜き取った。そして掏った財布を素早く自分のポケットに突込んだが、その手がまだポケットから出ぬうちにクラッドドックのためにギュッと摑まれていた。

「こら！　今ポケットに入れたのはなんだ？」クラッドドックは低声《こごえ》に呶鳴った。「貴様今財布を抜いたじゃないか。ちょっと来い。二年はたっぷり河上（シングシングの監獄）へ送ってやるぞ」

腕を摑まれた男はえらい勢で怒り出した。そして、探偵がその財布を取りあげて自分のポケットに納めると、盗んだ覚えはないと云って盛んに探偵に食ってかかった。仕方がないのでクラッドドックはその男と被害者の田舎者とを連れて、ともかくも地下鉄道で警察署へ行くことにした。ほんとうを云えば呼子《よびこ》で巡査を呼んで、護送用自動車を警察から迎えに来させるのだが、その男があんまりぐずぐずいうので電車にしたのだ。

サムはすっかり喜んだ。仇の一人は財布を（あとで警察から下げ渡されることにはなろうが）盗られた。一人は掏摸を働いた現場をクラッドドックに押えられたんだ。それに厄介もののクラッドドックは尾行を中止してくれるだろうから——

しかし改心の第一日に、目の廻わるような思いで働きながら、四十ドルも損したことはどうしても忘れられない。あの四十ドルの金が惜しい。のみならず、あれがなくては早速困るのだ。クラッドドックは、二人の男を連れて、一番近い地下鉄道の停車場を指して引きあげて行く。サムは探偵のように三人のあとからそっと尾行した。

三人は混みあった電車に乗り込んだ。サムも見られないように続いて乗ったが、やがて電車が発車すると、気付かれないようにそっとクラッドドックに近づいていった。そして混みあったお客の間にまぎれて、とうとう探偵の後方二尺ぐらいのところまで来た。

電車は幾つめかの停車場に停った。ここで三人は降りるのだ。戸が開けられて多くの人々と共にクラッドドック達もそろそろと降りて行く。その瞬間、サムは探偵の後にすり寄って、そのポケットから素早く例の財布をぬき取った。探偵は何も知らずに、二人の男をせき立てるようにして降りて行った。その後姿を見送りながら、微かに口辺に微笑の影を漾《ただよ》わせたサムを乗せたまま、満員電車は走り出した。

警察へ行って初めて財布の紛失に気付いた探偵の困惑が目に見えるようだ。あれがなければ若者が掏摸を働いたという物的証拠はなくなるのだ。同時に財布の主の田舎者はそれを弁償しろと云い出すだろう。結局探偵自身もそれを掏られたのだということになる。そこで、クラッドドックはサムが一緒だったことを思出して、サムに疑いをかけるかも知れない。しかしただ漠とした疑いだけではどうすることも出来ないのだ。サムを検挙ようと思うなら、クラッドドックはサムが人のものを掏るところか、または掏った証拠物を現在身につけているところを狙わなければ駄目なことだ。

サムは次の停車場で電車を降りた。そして急いで往来へ出ると早速人通りの少ない横町へと曲って行き、もう大丈夫だというところで財布を調べて見た。

財布の中には新聞の切抜が少しばかりと、何かの受取らしいものが入っているだけで、金は一文もない。

「畜生！　またやられたのか！」サムはぼやいた。「今日はなんて日なんだ！」

彼は財布を投げ捨てておいて、横丁を次の大通りへと抜けた。そして酒場があったのでふらふらと這入り込み、ずっと奥の卓子《テーブル》に坐を占めて、自分の悪運の拙なさにじっと考え込んだ。

「どうも近来世間は、腕はあっても掏摸ばかりではやってゆけなくなったようだ」彼は考えた。一日で四十ドルも摺ったのでは、改心もうっかりは出来ない。何しろ俺の給料は一週たった十五ドルなんだから。

一時間ばかりぼんやりと考え過ごしたサムは、やっと気がついて外へ出るととある四ツ辻に立って、ぞろぞろと往来《ゆきき》の人を眺めながら、一か八かで一つ掏ってみようかと考えた。地下鉄道以外の場所で「仕事」をするのは、元来彼の本領でなかった。しかしこう世の中が不景気じゃアそんな贅沢ばかりは云っていられない。よしッ！「堕落」しちまおうと彼は腹を決めた。

こう決心して一歩あるきかけた彼の肩に、突然手をかけた者がある。

「やあ、若いの」その男はサムの耳許で大きな声でわめいた。「お前さんは煙草店の番頭さんじゃないかね」

「いよう！　お前さんはさっきの——」慌てて振返ったサムはギクッとした。さっきの田舎風の男なんだ。

「お前さんに上等の葉巻を一本買ってやるべえと思ってただ。お前さんの云ったことが当ったぜ。だが莫迦にしたもんじゃねえ、俺だってそのくらいなことは知っちゃアいたんだ。まあ聞きなせえ、俺はな、尻のポケットに財布を入れてたんだ。財布は入れてたが、その中には新聞の切抜が少しばかり入ってたばかりなんだがね。ところがさっきその財布を掏った奴があってね、その場にいあわせた探偵さんに検挙られただが、一緒に警察まで行って見ると、探偵さんがその野郎から取りあげてポケットに入れてた財布がなくなっていただ」

「へえ！」サムは感心して見せた。が、腹ではちっとも驚きはしねえ。

「そこで俺がどうしたと思いなさるだ？　ニウヨークッ児なんて甘いもんだぜ。俺は文句をつけてやったよ。文句をつけて大あばれにあばれてやっただ。そして結局あの財布には百ドル入っていただから弁償しろと探偵さんに云ってやっただ。探偵奴《め》ぶつぶつ云っていたが、俺を別の部屋へ連れてったから、そこでまた苛めてやると、とうとう半金の五十ドルだけ出しただから、それで我慢すると云って受取って来ただ。俺が思うに、ニウヨークッ児なんて、この俺の手にかかっちゃからもう甘いもんだぜ」

「な、なんだって？　お前さんがあの探偵に五十ドル払わせたんだって？」

「そうよ。ちゃんと五十ドル現金で払わせてやっただ。ところがあの財布と来たら、五十ドルはおろか、びた一文だって入っちゃいなかっただからね。おまけにせっかく検挙た掏摸は黙って帰してやらざあならずさ、探偵先生酸《す》っぱい顔をしていたぜ。誰が尻のポケットになんぞ大切なものを入れとくものかね。金はちゃんとチョッキのポケットに入ってるんだ。俺はそんな間抜じゃねえからね」「なるほど、お前さんはかしこい。そうすると金はいつでもチョッキのポケットに入れてるのかね？え？」

「そうよ」とその男はポケットを叩いて見せて「頂戴の五十ドルもちゃんとこの中にある。これだけあればゆっくりニウヨーク見物をしてもまだお釣が出るから、いくらか土産も持って帰れべえよ」

サムは涙がこぼれるほど笑いこけた。これを聞いたらクラッドドックはどんなにか口惜しがるだろう。そう思うと彼はいつかこれを探偵に話さなければおられないような気がした。

「お前さん葉巻なんか呉れなくたっていいよ」サムは云った。「それよりも、面白い話を聞かせてくれたお礼にこっちから一杯奢ろうではないか。さあ行こう」

彼は近所の酒場へ男を連れ込んで、まず酒を命じた。そして最初は遠慮して小さな声で話し興じていたが、だんだんメートルが上ってくると、あたり構わぬ大きな声で元気よく「ぼやぼやした」探偵をこき下ろしながら笑いこけた。

「さあ、もっといいところへ行こう。ここはもう面白くねえ」サムはそう云って相手を連れ出した。が、その男が金を入れているというチョッキのポケットにはどうも手が出せなかった。それは何もこの田舎者が恐ろしいからではない。要するに運が彼の方へ向いて来ないのだとサムは思った。

二人は真暗な通りを並んで歩く機会も度々あった。が、金を抜く機会は依然としてやって来ない。

サムはこの男をどこかで酔い潰してしまおうとかかった。が、それも出来そうもない。二人は二時間も方々うろつき廻わった。その揚句やっといくらか有望になって来た。相手が酔ってきたらしいからだ。サムがそろそろ「仕事」をしようと思っていると、知ってか知らずにか、相手の男はとんでもないことを云い出した。

「見たところお前さんは正直そうな人だ。俺《わし》はなにしろニウヨーク馴れぬことでもあるし、それに始終金のことばかり気になってはせっかく遊んでも遊んだ気がしねえから、一つこの金をみんな預っといておもらい申したいと思うだ。預っておいて、俺が云うだけずつ出しておもらい申したいだ」

「そ、そんなことは出来やしないよ」サムは慌てて目を丸くしながら叫んだ。

「まあそう云わねえで、一つ預ってもらいたいもんだ」男は命令するように云って、サムの手に金を押つけた。

「じゃ預っとこう」サムはあきらめて相手の云うなりになった。

驚いた！　この男は今金を盗まれかかっているのも知らずに、人もあろうに盗もうとしている俺に金を預けようというのだ。世の中に、盗人に鍵を預けるということはあるが、掏摸に金を預けるという男を聞いたことがない。ニウヨークには入口の二つある角店の酒場も沢山ある。そうした処でこんな男を撒いてしまうのは赤子の手を捻じるよりもやさしいことだ。が、サムはどこまでも正直であろうと決心した。

「ここが俺の大切な瀬戸際なんだ」サムは自問自答した。「ここ踏外したら最後だぜ」

それから二時間、田舎男の云うままに二人は町から町へと飲み歩いた。そして夜半《よなか》頃になってその男が漸く宿へ帰って寝ると云い出した時、サムの手にはまだ七十五ドルばかり預った金があった。その金を相手にちゃんと勘定さして渡してから、サムは分れた。彼は非常にいいことをしたという満足で心が一ぱいだった。

田舎男を無事に帰してやったサムは、それまで二人で飲み廻った酒場の一つへ漂然と這入って行った。すると亭主が目早く見つけて、早速声をかけた。

「やあサムか。つまらねえことをして莫迦にしちゃ困るぜ」

「どうしたってんだ？」

「お前さっき友達を連れて来たろう？　田舎ッペいのような奴をよ。そして十ドル札で釣を取ってったが、あの十ドルは贋札だぜ。どうもこうもありゃしねえや、ふざけやがって！」

サムは亭主の顔をじろりと見やってそれが冗談でないことを見て取った。

「あれア俺の銭じゃなかったんだ。チエッ！　またあんな椋鳥にしてやられたのか！　畜生！　さあ、代りの十ドルを渡すよ。よく見て取ってくれ」

サムはムシャクシャして来た。あんな椋鳥然たる男に舐められたと思うと猶更口惜しい。今晩使ったあいつの金はみんな贋造だったのだろう。万一の場合は俺の身にも縄がかかるように企らんでかかった仕事なんだろう。

あの男の札で釣を取った酒場はどこもサムの馴染の家ばかりだった。亭主達はみなぼやいてサムをコキ下ろしていることだろう。この社会では内輪同志で騙しあうことはいかなる場合にも許されないことだ。

サムは重い心を引摺って酒場廻りをはじめた。どこへ行ってみても彼の予想した通りだった。サムは一々自分の懐からいい札を出して贋札と取換え、よく事情を説明して謝って廻わった。彼の心中に最も辛かったのは椋鳥にうまうま一杯食わされた恥をさらけ出さねばならぬことであった。

一軒一軒廻わっているうち、持合せの札をみんな出し払ってしまった。最後の家へ行った時は出された五ドルの札を引換えることすら出来なかったので、よく事情《わけ》を話した上で、間違いなく明日持って来るからと堅く約して出た。そして名状しがたい憤怒に燃えながらユニオン公園へとやって来た。

地下鉄サムは心底から腹が立ってきた。彼はいきなりユニオン公園の地下鉄道停車場へ飛込んで、満員の電車に押し乗った。そして手当り次第の財布を抜いて二十八丁目の停車場で降りた。それから彼は次の停車場まで歩いて、そこから再び電車に乗ってうまく財布を抜き、タイムス広場で降りた。財布は中の札だけ抜いて投げ捨てた。

サムがずっと下町の陰気な彼の部屋へ帰って来たのは払暁《よあけ》の二時頃であった。調べてみると今晩の「仕事」は二百ドルの余稼いだことになっていた。

「ほんとに今日はひどくやられたっけ。しかも椋鳥のような奴によ」彼は呟いた。「とにかく改心なんかもうまっ平だ。だがこんどクラッドドックに会ったら大将の顔を見てやるのが楽しみだな――」

ロジェ街の殺人

マルセル・ベルヂェ

十月十二日　火曜日

時計が七時を打ったので、眼がさめた。両のこめかみがずきんずきんして、燃えるような痛みがある。

飛び起きて、鏡の前に行き、丁寧に自分の顔を点検してみた。まぶたが腫れぼったくて、眼が血走っている。髯はだらりと元気なく垂れさがり、長い髪の毛はもじゃもじゃに乱れて、鼻の横にみみず腫れが出来ている。われながら見っともよくない。手早く顔を洗って、服を着換えた。それから、髪に櫛をあてて真直に分け、髯もぴんと撫でつけ、眼鏡をかけたら、それで朝の身仕舞がすっかり出来あがった。

ガス煖炉《ストーヴ》にかけたチョコレートの沸く間に、階段を三つ駈け降りて、表へ行って来る暇がある。

「お早う」玄関に門番が立っていたので、声をかけたら、

「メイラールさん、あなたの分です」と彼女は何かの趣意書を一枚渡してくれた。

「ありがとう」私はいきなり表へ出て行った。表はいつもとちっとも変りがない。昨夜《ゆうべ》雨が降ったので、敷石が濡れている。そうだ、昨晩《ゆうべ》あそこからの帰りに、歩道がひどくつるつる辷ったっけ。

隣家《となり》の煙草屋へぬっと這入って行くと、かみさんがいつもの通りにこにこしながら、ジウルナルを渡してくれた。だが、今日は、そのほかにプチ・パリジャン紙とエコウ・ド・パリ紙と貰った。

まずジウルナルをひろげてみる。何も出ていない。

部屋へ帰って来て、チョコレートをのみながら、急いでエコウ・ド・パリとプチ・パリジャンをめくってみた。——何も出ていない。

八時十分前だ。九時までに、グルネル街の社会局まで出勤しなければならないのだ。私はゆっくり歩いて出かける。ドルセイまで来てステーションの時計を見たら、九時二十五分前だった。それから狭くて人通りの多いバック街。ウインドウの鏡を横目で見たら、がっちりと精力的な自分の横顔を発見した。

グルネル街、国旗を掲げた大きなブロンズの扉。ぐっと押して中へ這入る。自分の部屋へ通って、自分の席に着くと、なんとなく気持が落着いてきた。

プロムベロールが静かに、親しそうに這入って来た。手をさし伸しながら、真直に私の方へやって来て、

「お早う、元気かい?」

「うむ、お早う」

彼が席につくと、続いてぞろぞろとやって来た。一番がシャントルウ、次がメイニヤル、それからララク、ヴィラン。どやどや這入って来て、朝の挨拶が交わされる。メイニヤルが一番騒々しい。昨夜アポロ座へボクシングか何か見に行ったが、面白いことは面白いけれど、大したものではないという。

「鼻の頭にみみず腫れが出来てるぜ」今度はメイニヤル先生こっちへやって来た。

「知ってるんだ」

「猫かい?」シャントルウが訊く。

「なあに、女さ」メイニヤルが言ったので、みんなどっと笑う。私も笑ってしまった。

この時課長が、仕事を配りに這入って来た。統計を写し取って分類すればよいのだ。ごくやさしい機械的の仕事だから、今日の私には持って来いだ。

三十分、一時間、一時間二十分——時間のたつのが堪えきれなくなったので、時計を外してテーブルの上に置いた。

あっ！　突然紙弾《かみだま》が飛んで来て、眼にあたった。また、シャントルウめが悪戯《わるさ》したのだ。みんなは莫迦《ばか》みたいに笑いこけた。私は黙っていた。

「メイラールはひどくおとなしいじゃないか」プロムベロールが言った。そのあとについて、メイニヤルまでが、

「今日はふさぎの虫さ」

三時半になった。ほっとして頭をあげる。部屋の中が息づまるようだ。誰も何ともいわないから、立って窓をあけてやったら、やっと気持がせいせいした。すると、ヴィランが立って静かにそれを閉めた。私はむっとしたけれど、肩をつぼめただけで黙っていた。

五時十五分前。みんな冗談ぐちを叩いて、低い声で笑いながら、帰り支度を始めた。見廻すと、ラクが手真似で教えてくれたので、私は誰かが背なかにピンでつけた紙片《かみきれ》を取った。メイニヤルの奴をなぐってやりたくなった。いつもはそう短気な私ではないのだが。

帰ろうとすると、ララクがいきなり私と腕を組んだ。

「一緒に帰ろうじゃないか」

「いやだ」

私は自分でも恥しくなったくらい、慌てて腕をふりもぎった。いけないと思って、もう一度腕を組み直そうとしたが、ララクはさっさと去《い》ってしまった。それならそれでいいんだ。

やや俯向き加減に、少し心細いような気持で、サンジェルマン大通りをゆっくり歩いていった。通る人たちが、ちっとも私に注意しないのはどうしたんだろう？ 私はどこか人とは変ったところがなければならないのに！ この両眼は、眼鏡の奥で、異様に輝いているはずであるのに！

サンペール街……セイヌ河……ルウブル……リヴォリ街……

遠くで新聞売子の声が幾つも聞えたので、私はふと立停った。ああ一人やって来た。

「夕刊！ 夕刊！ プレスにアントランシジャン！」

私は心臓が停った気がした。つかつかと売子の方へ近づくと、向うもこっちへやって来た。私はチョッキのポケットを探って小銭を取り出した。

「プレスを一枚。それから、アントランシジャンも」

二枚の夕刊を手にしたまま、歩道の端に立ってちょっと躊躇していたが、思いきってアントランシジャンをひろげてみた。第一面はちらりと見ただけで、すぐ次をあけてみる。

「ヴィルモンド事件」――二段使っている。それから少し右の方へ、やや小さい見出しで、「ロジェ街事件」。

そっとあたりを見廻した。みんな忙しそうに、無関心な顔で通りすぎて行く。私は街燈の下へ新聞をひろげて、初めからずっと目を通した。頭がくらくらする。くらくらして、時々活字が目に入らないことすらある。

……怖るべき兇行……不可解なる状況のもとに……ロジェ街十四番……メイゾン・オリヴィエ会社

のタイピストなるジュスランド嬢……毎週二回くらい訪ねて来ていた男……門番が第一に不審を抱き、午前十一時頃……同女は怖るべき場を発見……被害者は片隅に打倒れて全く事切《こと き》れ……動機は全く不明……

私は強いて気を落着け、折りたたんだ新聞を手に、歩いていった。ルウブル街の角で、私は再び立停って、プレスの方をひろげて見た。私の目は忽ち第二面に吸いつけられた。そこにもやっぱり、いろんな事件の報道の中に、一二段抜の見出しが出ているのだ。だが、内容は、アントランシジャンの方と別に変ったこともない。いろいろ評が出ているが、間違いだらけだ。ホテルのウェイタの談というのが出ているが、実に莫迦げきったものだ。私は大分気持が静まってきた。

ふと、広告塔の前で私は立停った。今晩は芝居に行こうかしら？　さも面白そうな文句が、大きな字でこてこてと並べてある。だが、その誘惑的な文字の中に、私は十四という数字を幾つも見た。そして、あの街の名も。——街の名と、番地とが、頭にこびりついて離れない。

莫迦！　莫迦！　莫迦！　なんという愚かしいことだ！

十月十三日　水曜日

五時を打ったばかり。私は半ば眼をとじて、夜の明けるのを待った。

六時！　……六時半！　……なんだかもう起きて、服を着換えて表へ出たくてたまらなくなったが、じっと辛抱した。いつもの通り八時に、新聞を取りに表へ出る。

髭が大分のびているのに気がついたが、時計を見るとまだ十分時間があるから、顔を剃《あた》らせることにした。表を掃いていた散髪屋は、いつもの通り剽軽《ひょうきん》に迎え入れてくれる。席につくと、ひどく夙《はや》くから騒がせたことをわびて、床屖が白い布を巻きつける間に、私はジウルナルをひろげた。案の定、大きな見出しが両眼に飛びこんで来た。床屋は何も知らずに、私の頭を静かに後へねかして、両頰に冷い水のついたブラシをあてた。私はぞっと身ぶるいした。頭の先から足までぶるぶるっと寒気が走った。

「頭にもブラシをあてますか?」

「うん、やってくれ」

やがてすっかり出来上った。鼻のみみず腫れも目立たなくなった。

リヴォリ街。乗合自動車が来た、私はそれに飛び乗って、座の上にジウルナルをひろげた。ゆっくり目を透した上、もう一度読み返す。それから三つの写真にじっと見入る。「被害者の顔」の下には人相が詳しく出ている。陰気な、高い、犯行現場の家。三階のその窓に×印がしてある。それと、警視総監ルクール氏の悧好そうな顔。――もう一度記事に目を通す。

……門番は、犯人の顔に見覚えのある旨を、はっきり申立てている……

フン、そんなことが何の役に立つものか!

だが、私はバック街で降りるのを忘れて、乗り越してしまった。仕方がないから飛び降りを敢行したが、役所へ行ってみたら九時を十分過ぎていた。

「例によって例の如し、また遅刻かい」メイニヤルが大きな声で迎えた。彼はふざけているつもりなんだ。

私がジウルナルをまだ手にしているのを見て、シャントルウが言った。「新聞に何か変ったことでも出ているのかい？」
「別にないね」
「いや、あるある」メイニヤルがまた口を出す。「初日の記事と、面白い殺人事件」
「ロジェ街の事件かい？」私はつとめて気軽に言ったつもりだが、実際はそうゆかなかった。しかも、メイニヤルはヴィルモンド事件の方のことを言っていたんだった！

夜十一時

ランプを引寄せて、テーブルに向っている。あたりにはあらゆる朝刊とあらゆる夕刊とが散らかっている。一つずつそれを拾いあげては、ひろげてみる。そして、事件の記事を探しては、やたらに切抜くのだ。切抜いたかすは足許に山のように捨ててある。テーブルの上には切抜が堆《うずたか》くたまった。

やっと仕事がすんだ。足許の新聞を集めて丸め、煖炉の中へ押しこんで、マッチで火をつけた。めらめらと燃えあがって一時は部屋の中が真赤に輝くほどだったが、やがて、あたりにひどく灰を散らして燃えつきてしまった。

私はいつもの椅子へ戻って、切抜を封筒に納めてテーブルに置いてみたが、一枚々々丁寧に読み返していった。

突然、時計が鳴りだしたので、ぎくりとした。十二時半だ。急いで切抜をくしゃくしゃに封筒に押しこみ、戸棚の奥の、古いカラの箱の下に隠してしまった。それから寝台に入ったが、やがて気持よくねついた。

十月十四日　木曜日

昨夜はよくねむれた。起きて鏡に顔をうつしてみたが、憔悴してもいなければ、不安そうでもない。眼もなごやかに澄んでいる。

煙草屋でいつものジウルナルを買った。それからエクレールを、その先でエコウ・ド・パリを買った。だが、今日は買うと片端から抱き鞄の中へ押しこんでしまった。晩に、役所が退《ひ》けてからゆっくり読むのだ。

役所ではみじめだった。さっぱり仕事に気が乗らないのだ。課長に居睡りを見つかった。女の顔が目先にちらついて離れない。ジウルナルで見たあの顔が。

あの反り気味に侮蔑的の可愛い鼻、挑戦的な眼、怒った口許、ガスランプの下で写真を見ていると、まざまざとあの時の顔が目に浮んでくる。だが、もう一つの方の顔は、思い出してもあんまりいい気持はしない。口を歪め、反り鼻から血を流しながら、ミシンの足許に倒れている女。かっと見開いた両眼には、まだありありと恐怖が現われ、髪の毛はもじゃもじゃに乱れて——怒りと怖れとの混合したその表情！

ああ、怖ろしいまぼろしを早く払いのけてしまおう。——私は急いで一心にペンを走らせた。

夜八時

とうとう独りになれた。私は今朝買った三枚の新聞を鞄から出して肘つき椅子に楽に腰を据えた。まずジウルナルを取りあげる。

第二面……ああ……「ロジェ街事件」はすっかり見捨てられてしまった。下の方に一段だけ、それも半欄ばかり出ているに過ぎない。それに反してヴィルモンド事件の方は、上の方に大きく。わき見出しつきで出ているのだ。が、まあいい、とにかく読んでみよう。

なんにもない。当局は困じはて、記者は持てあましきっているらしい。事件だって興味のあるはずはない。犠牲者といえば友達も何もなく、そして美しくもない女なのだ。犯人は多分彼女の婚約者なのだろうが、彼女には似合いの平凡な男で、門番の女はその人相を知っているというけれど、彼女は二ケ月ばかりの間に二十度ばかり横顔を見ただけ、それもいつでも夜に限られているのだ。あの眼鏡をかけた眼のうすい老婆が……

ほかの新聞も同じ調子。事件は一歩も解決に近づいていない。恐らくこのまま永久の謎として残るのだろう。

だが、それに反して、ヴィルモンド事件の書きたててあることはどうだ！　新聞社も読者の興味のために一生懸命なのだろう。小さな男の子が川へ投げこまれたというのだが、今度は母親が胸騒ぎのしたこと、脅迫を受けていたことなどを言いだした。三日も経ってからそんなことを言いだすなんて、あんまり遅すぎる。莫迦々々しい話だ。

私は煙草に火をつけて、窓から外を眺めた。夜の空気がすがすがしい。下の往来をときたま人が通る。私は闇に向って、にやりと微笑を浮べた。

十月十五日　金曜日
私は寝床を飛び起きた。急いで鎧扉《よろいど》を開け放つ。太陽だ。青空だ。絶好の天気だ！
私は潑溂たる気力を感じた。なんというすがすがしさ！　鏡の中の自分に向ってすら頰笑みかけた。

歩いて役所へ出かけた。きっと一文字に口を噤《つぐ》んで、すたすたと急ぎ足に歩いてゆく。肉体にも精神にも精力が充満して、これならどんな困難にぶつかっても平気だという気がする。

私の社会的地位というものは、決して華々しいものではないけれども、いろんな才能を相当に蓄えているつもりである。いざとなったら、それを取出して使えばいいのだ。勇気、決断、自若《じじゃく》、すべてこれらは備えているつもりだ。しかも、最近その試練もすんでいる。この世で頭角を現わしている人々は、それがどの方面であるにもせよ、これらの特質を備えている。私のやったことを考えてみると――

私は傲然たる視線を左右に投げながら、歩き続けた。あたふたと私のそばを通りすぎる人たちは、あれはみんな私がどんな人物であるかにも気附かないでいる！

私は少し歩調をゆるめた。そして悪夢を払い落してしまった。気持も晴れ晴れと、三日前の自分をすっかり取戻した。

人生は輝かしい！　名誉ある地位、しかも責任と苦労とはなく、未来は恩給で立派に保証されているのだ。また何をか憂えんや！　これで家庭的の拘束もなくなってしまった。私は自由だ。一挙一動誰からも掣肘《せいちゅう》されることはない。これほど幸運な男がどれだけいるだろう？　役所へは行きたいから行くのだし、途中で立ち停って、木の葉の落ちるのを見ていたって、誰もなんともいう者はありゃしない。私の唇は自然に微笑に歪んでしまった。

新聞売場の前を通ったって、ポケットの小銭を探る気すら起らない。パリのニウスであろうと、そのほかの土地のニウスであろうと、私にはもうさっぱり興味はないのだ。

役所へ行っても同僚たちと少しも違うところはない。今朝はみんなひどく陽気だ。私は紙弾を拵《こさ》えて、そっとシャントループの頭へぶつけてやった。愉快なことには、先生メイニヤルだと思っている。

……

夜九時

これから自分の部屋へ帰るところだ。今晩はグラン・ブールヴァールで夕食をとった。レストランを出ると、大きな帽子をかぶった女にばったり行きあったが、その時女は向うをむいたから、きっと顔は見なかったろう。

だが、全くどきんとした。メイゾン・オリヴィエの女事務員で、あいつの友だちなんだもの。あいつだけは、マガドール街へあいつを連れに行った時、この顔を見て知っているはずだからな。

私は誰かに会うといけないという気がして、裏通りを選んで急いで帰っていった。だが、会うのを恐れなければならない唯一の女にいま会ったばかりなんだから、その心配は莫迦げたことだった。

新聞売子の声がする。

「アントランシジャン！　第二夕刊！」

また私の心臓はどきんどきんと高鳴りだした。莫迦な！　私は寝床へもぐりこんで、すぐうとうとと眠りに落ちていった。

十月十六日　土曜　午後三時

役所にいるが、またしても統計の整理だ。今度のはいろんな人の名前が出てくる。ときどき姓や名でひやりとするのがある。その度にわざと驚いたように読みあげてやると、みんなは何も知らずに笑っている。

そっと同僚を見渡す。プロムベロールはいつもの通り蒼白い顔をして、ペンが悪いといってぷりぷりしている。シャントルウは手紙の草稿を書きなぐっている。ララクは窓の外をぼんやり眺めながら、欠伸《あくび》した。

私はまた俯向いて仕事にとりかかった。手をのばして書類を一束取り、一度目を通してから、写しにとりにかかる。

午後五時

私はララクと一緒に役所を出た。がっしりした身とほがらかな声とを持ち、美人が来ると振り返り振り返り見るが、醜婦だと顔をしかめるこの大供《おおども》と一緒にいることが今日はなんだか面白かったのだ。

「撞球《たまつき》しようか?」彼がさそいをかけた。

私はすぐに承知した。私は撞球が好きだ。自分でもかなりうまいと思う。ララクとなら三十と百だ。彼は一度に一点しか取れないいんだから。

私は上衣を脱いで、キウを手にした。やってみると、かなり正確な当りが出た。ララクを半キウで敗ってやった。ララクは出窓から往来を見下していたが、誰か見つけて二階から声をかけた。

「オーイ、ジェラール!」彼はキウを置いて、「ちょっと待っててくれ」と慌てて階段を降りていった。

私は時計を出してみた。敗けてゲーム代を払わされるのがいやで、逃げだしたわけでもあるまい。

私はよく狙ってキン球を一つ取った。もう一つ取る。

ララクはなかなか帰って来ない。私は腰掛に腰をおろした。と、そばにくしゃくしゃの新聞がある。ジウルナルだ。処在なきままに取りあげて、何気なく眼を通す。

おお！　私は急に恐ろしくなった。何か新しく発展したらしいのだ。

「お待ち遠さま。さあ始めよう」

ララクだ。いつのまに帰って来たんだか、ちっとも気がつかなかった。私はキウを取って立上った。よし、キン球だ。狙いはこれでいい。――あっ、しまった！

ララクは笑って、幾つかいい当りを出し、肉迫してきた。私の番だ。が、どうしたことだ！　つまらない球をしくじってしまった。ララクは私を追いこしたので、しきりに揶揄《からか》う。

勝負になった。まんまとやられてしまった。もう駄目だ。いらいらするばかりで、闘志なんか更にない。夕食を一緒に食べるのも止めてしまおう。

すっかりその気でいたララクは、驚いて、気を悪くさえした。が、私は彼に断りさえしないで、置去りに球屋を出てしまった。

私は泥棒のように、くしゃくしゃの新聞を外套のポケットに突込んだまま飛び出した。いつかのようにひどく慄えながら、私はブールヴァールのガス燈の下で新聞をひろげてみた。そして、時々そっとあたりに目を配りながら、読み下した。

妙な記事だ。実に変だ。何か奥に意味のありそうな、思わせぶりな脅かしみたいなものが感じられる。このしょっちゅう名の出るルノウルというのは何者だろう？　なんだってあの悧怜《りこう》なルクール氏でなくて、ルノウルなんて男が出しゃばるのだろう？　ルノウル！　なんて平凡な名だ！　ルノウル――自動車じゃないか！　……だが、なんだか聞いたことのあるような名だ。はてな……ルノウル……去年、十二年前にイルマ・ロェフリングを殺害した犯人を発見して逮捕した警視じゃなかったかな？　そうだ。自分のプランを知らさないため、いつも蔭へ廻っている男だが、ずばぬけた想像力と、冷徹な推理力を持つ新しい探偵なのだ！

私はよく頭に入れるため、新聞を読み返してみた。これではきっと、一般の興味と好奇心とが再び眼ざめるに違いない。記事に明らさまに出てはいないが、非常にドラマチックな結果になりそうな暗示が、文中至るところに暗示されている。

夜気が身にしみる。私は思わず身慄いした。

サンタントニオ街のいつものレストランで、スープの来るのを待ちながら、夕刊のプレスに目を通した。ヴィルモンド事件に何かニウスはないかな？　おやおや！　わき見出しなしで、たった一段しか出ていないぞ！　こっちは興味がだんだん衰えてくるのだ。犯人が捕まって、昨夜のうちに収監されたもの。自白もしてしまった。これだから一般の興味がほかへ去ってしまったのだ。おや！　ルノウルの写真が出ている。

ウェイタがスープを持ってきた。なかなか味がいい。

十月十七日　日曜日

自由の日だ！　いつもならぐずぐずして、いつまでも寝床にいるんだが、今日は八時に起きて、火曜日の朝のように、すぐジウルナルを買いに行った。新聞を無雑作に手にしたまま、重い心を引摺って、機械的に歩《あゆみ》を運ぶ。

とにかくひろげてみるか。……おや、三段抜の大きな見出しが出ているぞ！

五日間満都の好奇心を完全に湧かしめた本件も、いよいよ明日こそ解決を見るらしい。ルノウル氏は……

「あっ！　これは失礼を！」

「いや、私こそ！」

私は老紳士と衝突してしまったのだ。向うも同じように、新聞をむさぼり読みながら歩いていたのだが。――なかなか詳しく研究しているぞ。これは面白い！

兇行当日、ジュスランド嬢は平常通《へいぜい》り、マガドール街なるメイゾン・オリヴィエ会社にて執務していた。彼女はいつも六時より早く帰ったことはない。

同日も平常と何等変った様子はなかったが、聞くところによれば、同日は友だちから、かねて時々個人的に仕事を頼まれていた某氏の宅へ行こうと誘われたのに、今日はお客が来るはずだからとて、それを断ったという。

ジュスランド嬢は平常《ふだん》殆んど訪問者のあったことはないのに、最近三ケ月ばかり、毎週二回ずつ殆んど決って、夕食時分に訪ねて来る客のあるのを、近隣の者が見受けていたという。時には連れだって帰って来ることもあったとか。

お客というのは三十歳くらいの、小柄で痩形の男、やや俯向き加減に、髪は褐色で眼は凹《くぼ》み、黒くて太い髯を蓄えていたという。ジュスランド嬢に対しては相当の慇懃《いんぎん》さを以て対していたが、多分婚約があったのだろうと云われる。同女がある日門番にそれとなく漏らしたのである。

けれども、事情に通じているらしい者の言によれば、二人は常に仲のよいことばかりはなかったらしい。隣のルウヴェル夫人は、ひそひそ声を殺してではあるが、はげしく諍《いさか》いしているのを聞いたという。

ルウヴェル夫人の証言――ルウヴェル夫人は呉服商の未亡人で……

こんなものは飛ばしてしまおう。それよりも先の方に面白い見出しが出ている。

犯行の動機――

私は眼鏡を直して、一心に読みふけった。幾行か飛ばして、肝心なところだけ読む。

ジュスランド嬢は焦慮して……

そうだ。焦慮！　私だってその点では同じだったんだ。何がわれわれを近づけたのか？　嫉妬、嫌悪、害心、怠惰、すべてそうした共通の劣性を持合せていたからにすぎない。われわれはそういう点で完全に了解しあっていたのだ。

初めて会った時のことは、今でも忘れやしない。ある日曜の晩、ヴェルサイユから帰って来る汽車の中でのことだ。窓を閉めるか閉めないかで云い争ったのが始まりだった。どういうものであの時、いろんな話をしだしたのだろう？　お互いに軽蔑しながらも、その反面で好意を持ちあったというのは、なんという悪魔の悪戯《いたずら》だろう？

お互いの性格が判ってくるにつれて、私たちは面白がったり、恥じらったりもした。そうして、再会を約して別れたのだった。ああ！　それから後ずっと、私たちはお互いに悪《にく》みあい、軽蔑しあいながらも、悪魔に引摺られて関係を続けてきたのだ！

私がこのいまわしい記憶を、いかに憎み嫌ったことか！　しかも、どうしてもそれを振りすてることが出来ないとは！

私は決った日の七時には、きちんとやって行くのだ。そして、テーブルに布《クロース》がかかっていないといって小言をいう。かかっていればいるで、また何かいう。彼女は彼女で、この前の日からこっち、私が何をしていたかと、挑戦的な態度で根掘り葉掘り訊ねる。

「そんなこと、聞いたってしょうがないさ」

「それはそうでしょうともさ」

これが正味二時間も続く退屈さなのだ。冷やかな憎まれ口が加味されれば、それは景物というものだ。誰が何んと思おうとお構いなしに、いつでも口論なのだ。

最後の日のことだって、決して忘れられはしない。まず、例によって彼女の毒舌が始まる。あの時は何かにひどく昂奮していたっけが……彼女の友だちの旦那に、この私と似たりよったりの哀れな男なのだが――この男のことはよく私に話していた――文学に趣味のある男があった。われわれみたような不幸な立場にいる者に向っては、いつもそうしていたのだが、私たちはこの男のことを平素から笑いものにしていたのだ。ところがそれが大変なことになった。というのは、その男の書いた劇が、その前の日にオデオン座に買ってもらえることになったというのだ。彼女はその男のことを、すぐれた、有名な人だといって褒めた。そして、これで貧乏を追い払い、世に出ることが出来るのだと、羨やましそうに言った。何も出来ない私にあてこすってみせた。

私がどんなに彼女の侮蔑を憎んだか！　私は聞いているに堪えなかった。終日《いちにち》役所で忙しく働いて、疲れきっているのだ。私は彼女を手荒く椅子の中へ突き戻した。それでも彼女は依然たる大声で、私を面罵し続け、がなりたてた。（これをルウヴェル夫人が聞いたのだ）私はじっとしているに堪えられなくなった。

ああ、それから争いが始ったのだ。私はいきなり彼女の両腕を摑んだ。彼女は拳をかためて踠《もが》いた。私は彼女の両腕を捻じあげた。私たちは狂える二個の悪魔であった。悪魔は二人だけで、存分に揉みあった。

彼女は私を振りはなした。のぼせきっていた私は、すぐに彼女を捕えた。そして、手を嚙まれながらも、遂に彼女を押し倒した。彼女は私の顔を引搔いた。その時の傷が、この困ったみみず腫れなのだ。彼女はまた、私の顔に唾をはきかけた。それで私はすっかり狂ってしまった。私は彼女の口をめがけて、握り拳を見舞った。両の手で咽喉《のど》を扼し、満身の力をこめて締めあげた。彼女は手足をもがき、そして喘いだ。そして、そして遂にぐったりとなった……。

これがあの日の始終である。いま、まざまざと想い起す。新聞は当時の状況を推定して次の如くいっている……

犯人は恐らく数週間以前より、無意識裡にこの犯行の衝動を鬱積しいたるべく、同日は激怒のあまり発作的に同女の咽喉を絞扼《こうやく》し、遂に死に至らしめたるも、犯行後事の重大なるに気づき愕然とし、秘かに立去ったものである。門番も、犯人の立去る姿は見かけなかったという。恐らく帰宅後、はじめてほっとしたことであろう。そして、被害者が珍らしく用心深い女で、平素犯人との関係を何人《なんびと》にも漏らしていないこと、犯行の際声を発しなかったこと、一度も手紙を出したことのないことなどを考えて、犯人はますます意を安んじていることであろうが、これは犯人の大なる違算であって、その後の現場臨検において、当局は重大なる遺留品を発見した模様である。

捜査主任たるルノウル氏も、この証拠物件を極めて重大視し……

重大なる遺留品？　なんであろう？　私はポケットをすっかり探ってみた。時計はある。ハンカチもある。手帳もある。

もちろん、この証拠物件が何品であるかは、ここに明記するの自由を持たぬが、本紙が読者の手に渡る頃には、犯人の姓名も分明するらしい。ルノウル氏は諸種の事情から、記者に対して秘密を守るべく示したが、むろん犯人は直ちに逮捕されるものと見てよかろう。いずれにしても、昨夕以来犯人に対して厳重なる手配の施されたことは事実であり、犯人は当局の厳重なる監視を受けいることに気づかないでいるわけである。

私はジウルナルをたたんでポケットに納めそっとあたりを見廻した。誰か見ている者がありそうな気がして仕方がなかったからだ。が、誰もいやしない。

外套の襟をよく立てて、私は静かに歩いていった。何を残して来たろうか？　時計でもないし、ハンカチでもないし、そうかといって名刺をやった覚えもなければ、手紙のあるはずもない。人から私に来た手紙？　だが、そんなものを外套のポケットに入れておく私ではない。

私は床屋へ這入った。日曜だから、例によってこみあっている。私は待っていなければならなかった。誰かがフィガロ紙を貸してくれようとしたが、断ってしまった。……そうだ、手帳を落してきたはずは、絶対にないのだ。……私は週刊の滑稽新聞をとりあげて目を通した。そして、面白いところがあると、思いきり笑った。

けれども、そうしているうちにもなんとなく不安で、時々ちらりと目をあげてあたりの様子に気をくばった。鼻の頭のみみずばれがぴりぴりする。かさぶたを取らなければよかったと思う。取りさえしなければ、今頃はきれいに癒って、すっかり判らなくなっていたろう。これではれいれいしく触れ歩くようなものだ。

午後四時

さっぱり元気がない。いくら考えてみたって、同じ答えしか出来ないんだから、安楽椅子にとぐろを捲いていた方が、どれだけいいか判らないんだが、そうもしていられない。窓を開けて空を眺める。曇ってはいるが天気は悪くない。いっそ出かけよう。それに、こう元気のないのは、腹のへった故《せい》かも知れないから、途中で巻ぱんでも買ってやろう。

往来は大変な人出だ。多くは小ブルジョア型――商店主らしいのや会社員らしいのや、みんな家族づれで楽しそうにやっている。彼らはなんの不安もなく、生活を楽しんでいるのだ！　シャトレ監獄、マーケット広場《プラース》、モンマルトル――全然目的なしに歩いているつもりなのだが、いつでも一定の方向へ足が向いてしまう。ブールヴァール！　私は文字通り肩に相摩《あいま》する人ごみの中へ紛れこんだ。意味もなく微笑が浮んでくる。人知れず、恐ろしい秘密を持つこの私！

モンマルトルのフォーブール街へ出た。左側のぱん屋の窓に、温い巻ぱんが出ている。買おうかな？　だが、ちっとも空腹を感じないぞ。一口だって、ものが食べられそうもない。

黄昏《たそが》れてきた。足を少しゆるめる。坂が急になってきた。時々たち停っては、ぼんやり広告を眺める。

一体何を待っている私なのだろう？　何をしにこんなところへ来たのだろう？　私は手足を慄わしながら、周囲とはまるで無関係の重い心を抱いて、ガス洋燈《ランプ》に火の入った店舗の前を、歩いて行く。あっ！　ラファエット街の角のところで、危うく乗合自動車にはねとばされるところだった。

モウブージュ街の、石を敷いた急坂を登ってゆくと、長い髭のある、黄色い外套を着た風体のよくない男が、じっと私の顔を見た。こんなところへ来るのが愚かなことであり、自ら危地に入るに等しいことはよく判っていながら、何かに引摺られるように、ふらふらと来てしまったのだ。私は夢中で坂を登って行った。

ここはいつもに似合わず人通りが多い。みんなが同じ話題について話している。その会話の断片をふと耳にして、私は思わず心臓の鼓動がはたと止り、両足がへなへなになってしまいそうな気がした。坂を登りつめた……ああ、とうとう来てしまった！

私はそ知らぬ顔で、平然とその前を通りすぎた。すべての人の視線が一方へ向けられているのに、私だけが見向きもしないで通りすぎるということは、反って人々の注意を惹きはしまいかと疑われるほどの無関心さで通りすぎた。誰の顔を見ても、気楽そうな人ばかりだ。可愛い女でも連れて散歩に来た小商人《こあきんど》——そういった人たちが多い。殺人の行われた家、この四日間新聞で騒がれている恐ろしい家、日曜の午后の散歩には、正に持って来いの目的地ではないか！　みんな感心して、あの窓を見上げている。

考えてみれば恐るべき軽率さなのだが、私は用心深く反対側の歩道に立って、何気なく窓を見あげた。門番女の姿は見えない。ルウヴェル夫人も。夫人に見つかるのこそ、一番危険なのだが、もし窓の奥からそっと見てでもいられたら大変なことだ。

一種の虚勢に似た気持で、いったん通りすぎたあの家の前へ、また引返して来た。右の方からずっと三階まで目をやって、こないだまでカナリヤ籠をつるしてあった例の窓を見上げる。ほかのと全く同じに、褪せた日覆いがおろしてある。が、よく見ると窓枠に、新聞で見たと同じ、×の字が書いてあるような気がする。

——ふと私は、全身に寒気を感じた。さっきはぴったり下りていたルウヴェル夫人の窓の日覆いが、少しばかり上っているんじゃないか!

大急ぎで私は丘を降りて、人通りの多いところへ紛れこんだ。と、乳母車を押して来た女を避けようとして、黄色い外套を着た男と鉢合せしてしまった。私はぎっくりした。あの男だったろうか?あれが引返して来て、ここで私の帰りを待っていたのだろうか?

私は夢中で、半ば駈けるようにしてその場を去った。まだ誰か尾行して来るような気がする。

夜八時半

門番が夕飯にお客を招《よ》んだらしい。中庭を通る時、お客たちの立っている姿が、窓の中に見えた。私が帰って来たというので、見るため急いで立上ったのじゃないかしら? 現に子供たちは窓に顔を押しあてて、こっちを見ている。びくびくしながら、私は階段を昇っていった。

階段の中途まで昇った頃、下から呼ぶ者があった。門番の女だ。私は覚悟をきめて、二三段降りていった。すると向うも赤ら顔をガスの光にてらてらさせながら、階段を昇って来た。

「お留守にお客様がございましたよ」

そういって彼女はぴかぴか光る名刺を渡した。

警視庁附

エドモン・チュルパン

エドモン・チュルパン! 軍隊では懇意にしていたが、その後何年も会ったことのない男だ。それが今頃突然訪ねて来るというのは！　私は息づまるような不安を感じた。いつもならさっさと降りて行く門番が、今日はもじもじしながら私の様子を見ている。

「どんな男でした？」

「さあ、別に気をつけていませんでしたが……」

門番はいやにじろじろ私の顔を見ている。私も敗けずに、じっと見返してやった。

「誰かつれがありましたか？」

「おつれ様がございましたら、仰ゃらなくとも私から申上げます」彼女はにやりと笑った。そんなことをいったって、譃《うそ》なのは判っている。この女は何か隠しているのに違いない。だが、こんな女にこっちの肚を見せてたまるものか！

「ありがとう」私はそのまま階段を昇っていった。

やっと四階まで来た。なんとなく気が落着かない。扉《ドア》に鍵を突込んだが、なんとなくいつもと手ごたえが違う。留守のうちに、誰か這入ったんじゃないかしら？

扉を閉めきってから、用心してマッチをすってみた。なんともない。何一つ動かした形跡は見えない。テーブルも、小机も、肘つき椅子も、ちゃんといつもの通りだ。だが、部屋を捜索したら、あとを旧《もとどお》通りにしておく位、なんでもないことだ。留守のうちに誰かやって来て、この部屋を捜し廻ったとしたら！

私はランプをテーブルの上において、椅子を引寄せ、戸棚の上や下を覗いてみた。それから例のところを探ってみた。古いカラの箱の下だ。おや！　ないぞ！　どうした！　私は気が遠くなるような気持で、やけに指先を働かした。

あった！　やっと例の封筒が見つかった。でも、どうしてこんなに右の方へずったのだろう？　私は扉に鍵をかけておいて、またしても切抜を読み漁った。だが、なんという子供らしさだ！　こんなものは皆すててしまおう。もし警察がすっかり知っているのだとすれば、どうすることも出来ないではないか！

だが、重大なる遺留品というのは一体なんだろう？　指紋だろうか？　何に指紋を残して来たろう？

私は切抜をくしゃくしゃに丸めて煖炉の中に投げこんで火をつけ、ついでに封筒も燃してしまった。これでいい。いつでも捜索に来てくれ！

頭がしびれてこれ以上考えていられなくなったので、私は寝床へもぐりこみ、疲れた野獣《けもの》のようにぐっすり眠ってしまった。

十月十八日　月曜日

もう一度鏡に自分の姿をうつしてみて、度胸を定《き》めた。いよいよ出かけなければならない。帽子をかぶって、鞄を持つ。それから戸口まで行って、もう一度部屋の中を見廻す。今晩ここへ帰って来られるだろうか？

四階の階段の降り口で、女中に会った。階段の手摺によりかかっていたらしい。彼女までがやっぱり私の様子を窺っていたのだろうか？

中庭を通る時、平然として門番の部屋の方を見てやった。彼女は向うを向いていたらしいが、跫音《あしおと》を聞いて扉をそっと開けて顔をのぞけたようだった。その瞬間、私は駈けよって、彼女に何故覗くか訊ねてみたくてたまらなかった。なんの役にも立たないことだのに！

表の煙草屋へよって、いつもの通りジウルナルを貰い、二フラン銀貨を渡した。いつかのように彼女がにこにこしながら丁寧に話しかけてくれればよいと思いながら、私は女店主《あるじ》の釣銭を出す間に、咳払いして待っていた。だが、彼女は何か考えごとでもあったのか、いやにそっけなく、一フラン九十五サンチームの釣銭を出したきり、向うを向いてしまった。

煙草屋の店を出てからも、なんとなく不安だった。で、いま買った新聞を左手にしっかり持ったまま、開けてみることも出来なくてしばらく歩いていった。開けてみたら、いよいよ最後の幕が切って落されているのかも知れない！

思いきって新聞を持ち直した。風があって開きにくい。

ロジェ街殺人事件
本紙の読者の手に渡る頃には、犯人逮捕は確実の見込。

相変らず大きな見出しで出ているが、私はこれだけ読んだだけで止めてしまった。そして、新聞はたたんで鞄の中へ押しこみ、今度は通る人々の顔をそれとなく注意してみた。特に、立停っている連中には、いっそうの注意を払った。そういうのこそ、尾行者かも知れないからだ。それにしても、尾行されているということは、なんという息苦しいものだろう！　一体誰を疑えばいいのだ？

空《あ》き自動車が通りかかった。突然飛び乗って、北停車場《ガール・デュ・ノール》まで飛ばすか。でも、角のところに別の空車《あきぐるま》が二台停っている。そのうちの一つへ、偶然のようにして、誰かが乗って、私の後を追うかも知れない。そうすれば、尾行されていることだけは、判然とわかるというものだが、それだけでは尾行者をはっきり知ることは覚束《おぼつか》なかろう。……あの派手な外套の男だろうか？　それともこっちの、ときどき立停ってショウウインドを覗きこみながら、ちらちらとこっちを振返るようにしている若い男の方だろうか？

それとも今日は、いつもの通り役所へ行こうか？　尾行して来ても、役所の中までは、まさか這入れやしなかろう。そうすれば少くとも数時間は、安心して同僚たちと一緒に過せるというものだ。みんなは何も知りはしないのだから……

役所のＡ階段を昇りながら、私は胸が騒いだ。九時十五分前。這入ってみると、プロムベロールだけ来ていた。

「やあ、お早う。いい日曜だったかい？」

「お早う。大いによかったよ」

彼は何も知らないようだ。私はのびのびした気持になって、口笛を吹いた。

やがて一同ぞろぞろとやって来た。が、思いなしか、私と視線の会うのを避けるようにしているらしい。私は軽い不安に襲われた。かっと身体じゅうがほてるかと思うと、急に総身に寒気を感じた。私はそっとみんなの様子を窺い、黙って話に耳を傾けた。

窓側の片隅で、シャントルウとララクとがひそひそ話しあっている。それがどうも私の噂をしているとしか思えないので、じっと聞耳をそばだてていた。すると向うでも気がついたと見えて、声をいっそう低めてしまった。

話がすんで、二人は離れた。ララクは少し蒼白い顔をして、狼狽《うろた》えているらしく、自分の席へ帰るのにも、足どりが乱れて見えた。ちらりと私の方へ向けた眼を、すぐにそらしてしまった。私は愚かにも、ぽかんと口をあけて、彼の方ばかり見つめていた。

同僚たちはみんな、一種の不安な空気を感じた。苦しい沈黙が続く。それをうち破るために、私は叫びだしたくなった。みんな仕事をするふりをしている。机に噛りついて、せっせと何か書いている。私はさっぱり元気がなくて、さっきからペンがひっかかって書けないのだが、それを取替える気にすらなれない。で、そのままぼんやりと、紙の上のインキの飛沫《とばっちり》を眺めていた。

ヴィランがそれを見て、笑いだした。そしてプロムベロールの肘を突ついたので、プロムベロールは声をあげて笑った。私はぎょっとした。そして、向直る途端に、半開きの扉のところにメイニヤルの笑顔《わらいがお》が覗いていたので、これにもどきんとした。

すると、いろんな忌わしいことが、一時に頭に浮んできた。——階段のところで名刺を渡す時の門番の意地悪い笑いかた、昨日モウブージュ街の角で二度も会った黄色い外套の男、等、等、等。

誰かが後からやって来て、突然肩に手をかけた。ぎょっとして振向いてみると、メイニヤルの奴だ。

「今日のジウルナル、持ってないのかい?」

私は思わず浮していた腰を落して、彼の顔を見直した。皮肉な目と薄い頭とが私の顔とは三四吋《インチ》と離れないところにある。手のひらに爪の食いこむほど手を握りしめて、私は彼を擲《なぐ》りつけたいのをやっと我慢した。

「ないよ」

「ほんとうかい?　ジウルナルだぜ」

「ああ、ジウルナルか」私は赤くなりながら、「失敬。ジウルナルならその中にあるよ」と机の上の鞄を教えた。が、彼がじっとしているので、手をのばそうとすると、彼がすばやく猿臂《えんぴ》をのばして、くしゃくしゃの新聞を取り出した。

「読んだのかい？」

「まだ読まない」

「なんだってこう皺くちゃにしたんだ？」彼は新聞をひろげながら言った。

「一面だけちょっと覗いたんだが……」私は口が乾いて、うまく言葉が出なかった。

「ロジェ街事件は？　何か変ったことが出ているかい？」いつの間にやって来たか、ララクが机の左側へ立っている。

待っていた質問だ。ちゃんと覚悟が出来ているんだ。うっかり顔色なんか変えるものか！

「まだ読まなかったんだ」

「それは変だねえ」

メイニヤルにそう言われても、私は黙って肩を聳やかしているほかなかった。何かするとなれば、大いにこの事件を論じたてるか、でなければ立っていきなり窓へ飛んで行き、みんなの目前でそこから身を投ずるかしかないのだから。私は肉体的の苦痛が何より恐ろしい。

なんだって今朝はのこのこ役所へなぞ出て来たろう？　みんなはめいめいにいろんなことを話しあっている。私は熱心にそれを聴き取ろうとした。どんな平凡な言葉をも、その裏に何か言意《げんい》がありはしまいかと思って気をつけた。

「まだ犯人が判らないんだね」

「でも、手掛りは確実に得たという話だぜ」

「プチ・パリジャンに出ている説を読んだかね？」

「いや、なんと出ている？」

「犯人は官吏だというんだ」プロムベロールは何故か私の顔を見ながら、「もう三日も前から判ってるんだそうだ」

私はもう黙っていられなくなった。

「なんだってそんな事が判ったんだろう？　恐らくなんの根拠もないのに……」

ひどく調子が乱れていたので、みんな一斉にこっちを見た。私はぺちゃんこになって、口を噤《つぐ》んだ。皆もそれきり黙りこんでしまった。何かを待ちもうけている気持である。やがてラクが、口笛を吹きながら、その場を外した。ああ、何もかもが私を破滅に導きつつある！

私は疲れたような顔をして、時計を出してみながら腰をあげた。そして、左手をズボンのポケットに、右手で髯をひねりながら、何気ない調子で出て行き、課長室の扉をノックした。

「お這入り」とぶっきら棒な声が聞えたので、這入ってゆくと、課長はテーブルに向って何かやっていた。こっちを見たきり、黙って無表情な顔をしている。

「少し気分が悪いんです」私は元気のない声で言った。「すみませんが、早く帰らして頂きたいと思います」

これだけ言うのがせい一杯だった。課長は何も言わずに、じっと私の顔を見た。窓から入って来る光線で、眼鏡がきらりと光る。どうもこの課長は私には苦手だ。

「気持が悪いって？」

「ええ、どうも……」

「どうしたんです？」

愚かな質問だ。答えるのは止めよう。その代りもう一度、早退《はやびけ》のことを頼んでやろう。

「早く帰らして頂きたいと思うんです」

今度はわれながら驚くばかり調子が荒かった。課長はペンをおいて、椅子の中で身体を反らした。またお談議を喰わせるつもりなんだろうが、こっちはそれどころじゃない。課長が机の上にひろげたまま置いてあるジウルナルを引寄せそうにしたので、私はとうとうたまらくなってしまった。

「どうしても帰らして頂きます」

そういったきり、くるりと向直って、すたこら私は課長室を出て来た。

「メイラール君、メイラール君！」という課長の慌てた声が追っかけて来たが、もうその時は扉を閉めていた。

部屋へ戻って来ると、今までしていた話声がぱたりと止んだ。構わず私は、椅子の横に落ちていたジウルナルを拾って、帽子を取り、鞄を小脇にさっさと廊下へ飛び出した。誰一人呼び止めようとする者はなかった。みんな呆気《あっけ》にとられて見送っていた。

階段——中庭——玄関——私は大手を振って表へ出た。そして、素早くあたりを見廻すと、歩道に近く二台の自動車が停っていて、運転手同志こちらに背中を見せて何か話しあっているのと、向う側の歩道に、ステッキによりかかるようにしてこっちを見ている一人の男とが目についた。

ステッキの男の方は、見れば見るほどどこかに覚えがあるような気がする。あの帽子、あの黒っぽい服、くっきりした身体つき、引込んだ眼、そして金色の髯——たしかにこの頃しばしばどこかで見た覚えがある。じっと役所の玄関に目をつけているが、一体誰を待ち、何を見張っているのだろう？あれが私の後をつけ廻している男なのか？

私は不安で胸がどきどきして来たが、勇気を振い起して、その男の方へ歩いていった。と、急に左側の方から大きな貨物自動車がやって来たので、私は小走りに向う側の歩道へ駈けあがらねばならなかった。だが、少し慌てたので、ステッキの男のすぐそばへ行ってしまった。だのに、向うは身動きさえしない。私がじっと見ても、まるっきり知らぬ顔をしている。私以外の、誰を待っているというのだ？　時計を出して見たりしているが、私を誤魔化そうためではないか？

ぶらぶら歩き出してみたが、彼は振返りさえしない。私は急に足をはやめた。そして、よほど行ってから振返ってみると、ステッキの男は依然として立っている。私はなんという莫迦なのだろう！

バック街を急いで、セイヌを渡り、渡りきったところの欄干に肘をついて、そっと前後を見渡した。たしかに誰も尾行している様子はない。百ヤード以内には誰もいやしないのだもの。そうだ、やっぱり私は犯跡を隠すことに成功したのだ。警察なんて、実に愚なものだ。大いに笑ってやろう。

正午《ひる》だ。腹がすいて来た。サントノレ街で、ルウブルから出て来た館員たちに交って、レオンという店へ這入る。丁度いい場処が空《す》いていた。ウェイタも品がいいし、あたりの人々もにこにこしながらやっている。私は落着いて、気持よくランチを食べることが出来た。

食べ終って勘定をすます。チップは五スウで十分だ。ウェイタが急いで外套を着せてくれる。階段のところで切符を受取る美しい娘は、にっこりして頭をさげた。私は新聞を読むため、休憩室へちょっと這入って、老婦人のわきの、大きなソファに腰をおろした。出入りの人がすぐわきを、行ったり来たりするので、しばらくはその人々の顔を見ていたが、私と視線が会っても、誰も表情一つ動かす者はない。なんの事があるものか！

レオンを出た私は、戸外の新しい空気を思うさま吸いこんで、店頭《みせさき》の鏡にうつる自分に頰笑みかけた。今までのことはまるで悪い夢だ。私は自由で、幸福だ！

クロアデ・プチシャン街——ブウルス——グラン・ブールヴァール。いつもながら大変な人出だ。表の椅子で珈琲《コーヒー》を啜《すす》っている奴が沢山ある。ミラアでは表の椅子は一つも空いていない。中へ這入って隅の方にやっと一つ空席を見つけて、ブラック珈琲を注文する。

熱い珈琲に砂糖の溶ける微かな音をしばらく楽しんでから、香ばしい奴を一口。

背の高いがっしりした紳士が、ぴったり合う黒の外套に太いステッキを持って這入って来た。なんとなく気になる男だ。素速くあたりを見廻してから、ほかにいくつも席が空いているのに、私のすぐそばの腰掛を選んで腰をおろした。そして、珈琲を命じてから、そばの新聞を取ってひろげた。

私は黙って珈琲をもう一口すする。なんだかあの男がこっちを見ているような気がする。振向いてやれば、きっと向うは……あッ、やっぱりそうだった。じっとこっちを注視している。あッ、何食わぬ顔で天井を仰いだのは、なかなか食えない男だぞ。怒ったような顔をして、しかめ面《つら》なんかしている。ちゃんと判ってるぞ。よし、こっちも一つ研究してやれ。あのだだっ広い顔にはどうも見覚えがないようだが、黒い外套は少し気にかかる。さっきレオンで新聞を読んでいた時、そばを通ったらしい覚えがあるぞ。……

私は急いでウェイタを呼んで、金を払った。ちえッ！　やっぱりそうなんだ！　出がけにそっと振返ってみると、あの男もウェイタを呼んで金を払おうとしている。表へ出たけれど、もう駄目だと思うと歩く気にもなれないので、私はそのまま街路樹にもたれた。五秒ばかりそうしている。だが、なんとか逃れる術《すべ》はないものか？　ぼんやり考えていると、あの男が出て来たので、つかつかと歩いて行った。が、どうしたことだ？　あの男は私には目もくれずに、さっさと向うへ去《い》ってしまった。いったいどういうつもりなのだろう？

私はそのまま引摺られるように、二百ヤードばかりあの男を跟《つ》けてみたが、停りもしなければ、歩並《あしなみ》をゆるめさえしない。ではやっぱり全然無関係の人だったのか！

ところで、まだ正午をすぎたばかりだ。これからどうしたものだろう？　パリを落ちのびるか？　このまま人知れずフランスの地を去るか？　だが、逃亡は容易なことではない。新生活の第一歩をどうして踏みだすか？　私にどんな方便が与えられているというのだ？　赤手空拳《せきしゅくうけん》、大胆に自分の運命を開拓してゆくといった風のことは、私の柄でない。それに、今ごろは方々の停車場《ステーション》に、人相書が廻っているかも知れない。

いつかリシャール・ルノワール並木路まで来てしまった。ひろびろとして、殆んど人通りもない。それにしても、ルノウルは一体、どの程度まで知っているのだろう？　今日で三日にもなるのに、まだなんのこともないというのは、彼が何も確証を掴んでいない証拠ではないか！　そうだ、私さえ平気で、ふだんと変りなくしていたら、永久に知れることはないのだ。びくびくすることはない。今日は家へ帰って、明日から役所へ出てやろう。

バスチユ広場。プチ・ジウルナルを買う。第二面に二段だけ出ている。相変らずの言草《いいぐさ》だ。いつまで同じことを繰返すんだろう？

「昨日来、犯人の逮捕は単に時間の問題となっている……犯人は、今もって、手の廻ったことに気附かぬ模様である」

何を莫迦な！　新聞も警察も、犯罪の謎を解き得て、今にも犯人を捕えるようなことを言っているが、私はいまだにこうして平気でいるではないか！　どんな網を私の周囲にめぐらしているのか知らないが、いつだってするすると抜けているのだ。

サンタントワヌ街。足が鉄のように重くなったが、構わず歩き続ける。疲れたんじゃない。疲れるどころか、心配が去ったので、身体が軽くなった思いさえする。見るものがすべて輝かしい。しっかりしなくてはならない。……だが、昨日誰か部屋に這入ったのは事実だろうか？　モウブージュ街で会った黄色い外套の男はなんだろう？　そして、役所の同僚たちがひそひそ話しあっていたのは何事だろう？　あの部屋で、有力な遺留品を発見したというが、一体なんだろう？　なんとかしてそれを見ることは出来ないものかな？

あの晩は、何一つ忘れて来たものはなかった。何度考え直してみても、その点は確信がある。それほど夢中になりはしなかったんだ。

リシュリウ街。ずい分歩き廻ったもんだな。五時間も歩きづめに歩いていたことになる。私は思わず苦笑しながら、いまは燈火《あかり》のついた商店街を、あてもなく歩いていった。

「リベルテ！　リベルテ！　リベルテの第二版！」

すぐそばで新聞売子の声がしたので、その方を見ると、呼ばれたかと思って、新聞を突きつけた。もじもじして却って怪しく思われてはと、私はすぐに銅貨を探って、リベルテを受取った。

せっかく買ったのだから、ひろげて見る。と、私の頬は急にかっと燃えてきた。

「不思議なことには、人を殺したものはすべて、犯行後にその現場へ行ってみたくなるものである。この誘惑には、すべての犯人が打克《うちか》てないものらしい。

昨日曜日の夕方——既報の通り、今回の犯人は日曜日しか自由に外出することの出来ない身である——果せるかな犯人は首垂《くびな》れた姿をロジェ街に現わした。同人がロジェ街に現われるが否や、かねての手配通り、ルウヴェル夫人は窓の日覆の隙から覗いて、野次馬の間に紛れて同家の前を行きつ戻りつしている被害者の情夫を発見し、あの男に相違ないと申立てた由である」

眼の前で新聞の文字が踊った。ああ、私は見られたのだ！　もう駄目だ！　万事休す！　うまうまと陥穽《おとしあな》に陥ちたとは、なんという愚かなことだろう！　神様！　どうぞお助け下さい！

だが、まだ逃げ路が全然ないわけではあるまい。なんとかしなければ！　幸い今は尾行をまいてしまったから、今のうちに何とかすればいいわけだ。一時間——今から一時間だけは安全だと思ってよかろう。すぐ近くの、ラファエット街まで行けば、パンタン行の電車が通っているはずだ。あのごみごみした工場地帯に入りこんで、四五日身を隠してやろう。

くびすを返して、ラファエット街へ向おうとした私は、ぎょっとしてその場へ立竦んでしまった。そこに、ミラア珈琲店で見た大きな男が、ぴったり合う黒の外套を着て、太いステッキを持って、すぐそばに立っていたからである。向うも、私に見つかって、ぴくっとしたようだ。

人は、感情を自由に抑えきれるものではない。じっと睨むように見つめていたら、向うは困ったように、ショウウインドの方へ顔をそらしてしまった。同じようにじっと立ってはいるのだが、向うの平然と落着いているのに反して、私は心配で気も狂いそうだった。

私は静かに歩きだした。すると、向うも、静かに後をつけて来た。ああ、もう駄目だ！　取組みあってみたところが、この大男を相手では、まるで一たまりもないだろう。そうかといって、逃げてみたって駄目だ。この疲れた身体では、十歩と駈けないうちに、捕ってしまうだろう。

どうせ捕まるのなら、こんな男の手に捕まるのは止そう。それよりも、網の口をそろりそろりと引きしめて、遂に私をこの窮地に追いこんだ、ルノウルの手に捕まってやろう。あの男ならば、相手としても恥かしくはない。あの男と戦って敗れたのなら、決して不名誉ではない。しかも、ここからは遠くないところで、あの男は今か今かと、私の行くのを待っているのだろう。よし！　こんな賤しい探偵になんか目もくれないで、真直に彼のところへ行ってやろう。……

警視庁――ここだ。あっ！　あんまり急いで這入ろうとしたので、玄関番の巡査に衝突しかけた。廊下を右へ折れて、左側の一番奥の扉か――ああ、これだな。なに、なに、

ノックなしに御入室下さい。

よし。ふふ、あの黒外套の探偵の奴め、さぞ驚いたろう。

這入ってみると、書記がたった独り、大きなテーブルの向側で、何か書いているだけだ。ルノウルはどうしたんだろう？　ここで待っていなければならないはずなんだが……

「あの、ルノウルさんはいらっしゃいませんか？」

なんだか私は声が慄えた。と、書記は初めて顔をあげて、

「どんな御用件ですか？」

「直接話したいことがあるんです」

書記はじっと私の顔を注視していたが、興奮してこそいるが、別に気が狂っているわけでもなければ、酒に酔っているのでもないことを確かめ得たと見え、立って奥の部屋へ姿を消した。と、奥から、

「こっちへ入れたまえ」

という太い声が聞えて、書記が出て来た。

「どうぞあちらへ」

私は胸をときめかしながら、奥へ這入っていった。いた。いた。新聞で馴染のある精力家的な顔、くわっと見開いた二つの眼が、鋭く私を迎えている。ただそれだけで、別に驚いた様子もなければ、

嬉しそうでもないのは、なんという自制心の強さだ！

「どうぞお掛け下さい」

彼は肘つき椅子を私に示した。が、そんなものは余計だ。私はつかつかと彼のテーブルの前へ行って、その上に両手をつきながら、なんということなしに微笑を浮べて言った。

「私をお待ちだったでしょう？」

ルノウルは表情一つ動かすことなく、眼鏡をかけて、改めてじっと私の顔を見直した。

二秒、三秒、五秒、沈黙が続く。彼がいつまでも、黙って私の顔を穴のあくほど見つめているので、私は苦しくてたまらなくなった。同時に、腹が立って、血が一時に頭へのぼった。大きな声で呶鳴りつけたいのを、じっと我慢するので、私は一生懸命といってよかった。

彼はいつまでも黙っている。が、考えてみれば、それが当然ともいえる。私の方から話を切り出すのが、順序というものだろう。だが、私はどうしたものか、口が利けない。

「ところで、御用件は？」遂に彼の方から口を切った。意地悪い、人を見下した調子である。

「用件は、ロジェ街事件です」私はうつろな声で言った。「実は、あの犯人は私なんです。とうとうあなたに見つかってしまいましたよ」

ルノウルは眼鏡をはずして拭きながら、面倒くさそうに言った。

「そういうことを言いに来るのは、あなたで十人目ですよ」

「いや、聴いて下さい」私はおっ被せるように言った。「かっとなって、ついやっちまったんです。こうして捕まった以上、嘘をいってみたって仕方がありません」

ルノウルは立って、壁のボタンを押した。立ったのを見ると、案外小柄な男だ。しばらく沈黙が続く。書記のいた部屋の方で、扉の音がした。いつまでも黙っているのが、たまらなくなった。

「なんだって、もっと早く、さっさと捕まえなかったんです？」

それでも彼は口を利かない。ああ、息がつまりそうだ。私はテーブルについていた両手をはなして、身体を起した。そして、じっと彼の眼の中を見た。頭がしびれて、何も考えることが出来ない。

「君はどこの方ですか？」

ああ、眼がくらくらする。気が遠くなりそうだ。

「有力な遺留品て何ですか？　それを見せて下さい」

ルノウルは冷かな微笑を浮べた。ふと、後を振返ってみると、入口に巡査が二人立っていた。なんだかすべてが夢のような気がする。夢ならば永久にさめることのない夢なのだ。

右手の扉が突然開いて、痩せて頭の禿げた小柄の男が現われた。赤ら顔で、態度がはっきりしており、ぴったり合った黒の外套を着ている。どこかで写真を見たことがある。ああ、警視総監ルクノル氏だ。

ルノウル氏が静かに、総監に向って言った。

「閣下、われわれはどんな場合にも、失望してはなりません。あの記事が出れば、今晩かおそくも明日中には、私を訪ねて来る者が現われるに違いないと申しあげましたでしょう？」

総監はつかつかと私のところへやって来た。赤ら顔に一種の侮蔑を浮べている。

「ルノウルは何も知りやせなんだのじゃ」彼は私に向って言った。「有力な遺留品を発見したとか、厳重な監視を続けているとか、いろんなことを新聞に書きたてさせたようじゃが、あれはみんなルノウルの術《て》だったのじゃ。君はほんとうだと思ったのかね？」

あっ！　私は自分がうまうま釣り出されたことが、やっと解ってきた。で、いきなり出口へ飛んで行ったが、それは二人の巡査の腕の中へ飛びこむことにすぎなかった。死にもの狂いで踠いてみたが、どうにもなるのではなかった。

たくましい巡査の手で援け起された時、額がぴりぴりして、なま温い血が鼻のわきをつるつると落ちてきたが、それを拭くことすら出来なかった。両手の自由を失っていたのである。

もう駄目だ。すべての終りだ。

めくら蜘蛛

L・J・ビーストン

一

目の見えぬ友人スポオディングと共に晩餐をとったマレルがスポオディングを連れて倶楽部《クラブ》の食堂から喫煙室へ出て来たのは恰度八時半であった。喫煙室には十人あまりの人が思い思いに席を占めて話に花を咲かせたり、新聞を読んだりしていた。中でもフリッカという男は深々と椅子に身体を埋めて新聞の論説欄に目を通していたが、二人がはいって来たので——殊にスポオディングの目の見えぬのを見て二三の人が通り路をあけてやったり席をかわったりしてちょっとがたついたので、ふと新聞から目を放して二人の方を見た。

新聞から目を放して新来の二人の方を見たフリッカはその目をちょっと見開いて、驚愕と警戒との一種異様の表情を浮べた。だが、それは一秒の何分の一という短い間のことで、すぐに視線を戻して今度は新聞を頭よりも高く持ち直して、そのうしろに顔を隠すようにした。新聞は千切れそうなほど強く両方へ引張られてがさがさと音を立てて怒り、そして顫《ふる》えた。

三分間ばかりがそのままで過ぎた。フリッカはまるで鳩尾《みぞおち》を打たれでもしたかのように二つに折れて椅子の中に埋まりこんでいる。動いているのはただ手先のこまかな顫えばかりである。一人の男がのっそりと傍へやって来て、にやにやと人好きのする微笑を浮べて新聞の奥を覗きこみながら揶揄《からか》った。

「まるで夢中の光景だね。更に余念なく前後不覚一意専心に読んでいるじゃないか。どんな面白いことが出ている？」

この言葉をフリッカは深淵の彼方からの声のように聞いた。彼にとっては返事をするだけが既に苦痛であった。

「ねむりかけていたのさ。いま来たのはマレル君だったのかい？」間のぬけた頃に彼は半ば口のうちでそう言った。

話しかけた男はそのままフリッカの椅子の腕かけにちょいと腰かけて、「そう、マレルさ。ほら、窓のところにいるだろう？　何んという名だった？　友人を一人連れて来て、いまみんなに紹介がすんだところだよ」

「友人を？　何んという名だった？」フリッカは息苦しそうに訊ねた。

「スポオディング」

フリッカはううと微かに呻いた。

「気の毒なことに目が見えないんだそうだ」

「目が見えぬって？」フリッカは即座にしゃんと腰を伸して新聞を放り出し、入口に近い窓のところをじっと見やった。そこには三四の人がかたまっていて、その中心にスポオディングがマレルと並んでいるのであった。

「例のほら、不思議な砲弾震蕩《しんとう》症という奴の一つなんだよ。マレルの話ではあの男は大戦中に非常な手柄があったのだそうだが、休戦のちょっと前になって運悪く大きな砲弾が三ヤードばかりのところへ落下して激しく爆裂したので、それを見た瞬間から視力を全然失ってしまったのだって。一体眼がどんな風になっているのかねえ。医者に見せても異状はないから見えぬはずはないというそうだ。要するに医者にも解らないのだろうね。普通にはシェル・ショックは神経障害——強度の神経衰弱だとかいうが、スポオディングのはそれとも違うのかしら。要するに強い打撃を受けて肉体にある歪《くる》いを生じているのだから、もう一度打撃を与えてもと通りに歪いを直せばよいともいうが、こいつは理論上はともかく、実行が容易であるまいよ」

「そうさ、全く不可解な病症だねえ」フリッカは言葉少なに答えたが、その顔には非常に安堵の色が現われ、失われていた頰の色も大いに恢復した。その時スポオディングが初めて口を利いた。顫えを帯びた、あまり気持のよくない太い声で、誰かの言ったことに答えたのである。

「それは大丈夫ですよ。試みに人類に眼が——視覚というものが全然なかった場合を想像してみて下さい。どうです？　その場合にも人類は今日と大差のない存在であったに相違ないと私は信じて疑いません。視覚がなければ他の性能が、例えば触覚なり聴覚なり嗅覚なり、あるいはそれ等の全部なりが今日の状態以上の発達を遂げておりましょう。従って歩き走り、家を建ててその中に住み、美しい衣類を纏うなど今日と何等相違のない生活をするでありましょう。順応性！　お互いはこれを持っております。ただ視覚に訴える快感のみは失われなければなりませぬが、それは極めて小さな問題で、今日われわれに楽しいものがすべてそのまま視覚なき世界においても楽しいものとして通用するに違いないと私は信じます」

しばらく沈黙が続く。——と、突然誰かが発言した。「では、富の蓄積の問題なんかはどうなります？」

スポオディングはさげすむような身振を見せたきりで、これには別に答えなかった。

「美しい青年と少女との恋愛の問題は？」と別の声が言った。それと殆んど同時に、

「問題は復讐です！」

とスポオディングがいかにも自信に充ちた強い調子で言った。その拍子に彼はひょいと少し顔をこっちへ捻じ向けたので、フリッカは判然《はっきり》それを見ることができた。彼は心臓がどきりとした。

「視覚のない世界では復讐ということがなくなるとあなたは仰しゃるでしょう。たしかにそれは少なくなります。けれども、決して全然行われぬことではありません。怨みを受けた者の方に視力があって、復讐せんとする者が盲目であった場合の如き、復讐は全然不可能事の如くにお考えになるかも知れませんが、それは皮相の見《けん》でありまして、十分の復讐心さえあるならばこの場合といえども決して不可能ではないのであります。私はそれを証明するためここに一つの例をお話し致したいと考えます」

フリッカはこの時立ちあがりそうな気配を示したが、人々の注視を引くのを恐れて、そのまま腰を据えた。

「カルパシアン山脈のある深い洞窟の奥に行ってみますと」とスポオディングが始めた。「そこに幾百年とも知れぬ昔から一種の蜘蛛が住んでいます。それはカルパシアンの目なし蜘蛛と申しましてかなり有名なものになっておりますが、身体は相当に大きく、雪のようにまっ白な色をしています。その蜘蛛はその名の示す通り全然眼というものがありません。一筋の光も通わぬ洞窟の奥に幾代か住んでいるので、自然が不必要な眼を奪ったのです。暗黒の中で生れ暗黒の中で生き暗黒の中で死んでゆくめくらの蜘蛛！　それがどうして餌にありつくか、御存じですか？　私はいまそのことをお話ししようと思ったのです」

そう言って彼は椅子から立上った。それを見てフリッカはぞっと背筋に冷水をあびたような気がした。そして自分も立上ろうとしたが、立上るだけの気力がなかった。

「蜘蛛は生きなければなりません。生きんがためには食物《くいもの》が要ります」一同妙に不気味さを感じ片唾を呑んで謹聴している中を、スポオディングは両手を前に突きだしてそろそろとすり足で歩きだしながら言葉を続けた。「食物はこがね虫です。けれどもこがね虫にはちゃんと両眼が具《そな》わっています。完全な視力を持っています。ですから、そろりそろりと、貪婪《どんらん》なめくらの蜘蛛がそろりそろりと歩みよって来るのがよく見えます。蜘蛛がどうしてこがね虫の所在を知るかと仰しゃるのですか？　それはこのこがね虫が一種独得の体臭を持っているのと、蜘蛛の嗅覚が非常に強いからです。とにかくこがね虫は自分の敵であるめくら蜘蛛が不気味な触鬚《しょくしゅ》を八方へのべながらそろりそろりと近づいて来るのを見ていますが、すぐそばまで来た時にひょいと身を躱《かわ》して逃げてしまいます」

フリッカはスポオディングが自分の方に向って進んで来るらしいのでますます不気味になった。「おれがあいつの事を訊いた時の話声をききつけたに違いない。ちゃんと見当までつけていやがる！」そう思うと彼は頭の中が烙《や》けつきそうだった。椅子の腕をぎゅっと摑んで彼は気を静めようと苦しんだ。

「こがね虫は飛び去ります」スポオディングは両手をさし出してそろりそろりと足を進めながら話し続ける。「けれども死の運命を逃れるわけにゆきません。それは彼自身が眠らなければならぬからです。幾度も彼は運命の手を逃れようとして踠《もが》きます。けれども、最後には自然の力に抗し難く、遂にほんのちょっとまどろみます。その瞬間を狙って、かの白い魔ものはその上に躍りかかって堅い甲《かぶと》の上からがぶりと嚙みつきます」

スポオディングはよろよろと前へのめり出た。フリッカは異常な努力で席を立って、でなければ頭を上から押えられたであろうところのスポオディングの手を辛じて避けた。ハハハハとスポオディングは何故とも知れず神経的な笑いを漏らした。

「はは、フリッカの恐ろしそうな様子はどうだい！」心なき誰かがさも面白そうに言った。

二

それから一週間ばかり後のことであった。メリリボーンの大通りに近い事務所街にある事務所を六時に出たフリッカは、乗合自動車に乗って、ハムステッド区行《ゆき》地下鉄のワレン街停車場の前で降りた。彼はロンドン北郊のあの方面に住んでいるのである。

停車場へ這入ろうとするとマレルがぼんやり誰かを待っていた。

「よう、フリッカ、いま退けたのかい？　この頃はちっとも倶楽部に顔を見せぬじゃないか。あれは、僕がスポオディングを連れてった時からだぜ、たしか。どうもあの時は飛んだ凄い話を聞かされちゃったっけ」

フリッカはあの事について一二訊ねたいことがあったので、マレルを窓口の横の人のあまりいないところへ引張って行った。

「君は何か理由でもあってあの男を倶楽部へ連れて行ったのかい？　あの男が誰かに会いたいとでも云ったのかい？」

「なあに、別に理由なんかなかったようだがね」マレルは気にも留めないで答えた。「一二三識った男がいるというもんだから……君のこともあとで訊ねてたよ」

「それで？」フリッカは平気を装った。

「うん、それで、君があの倶楽部の特別本会員だと教えてやったら、しきりにうなずいていたっけ。なんだかワニスや護謨《ゴム》やラックなんかの、君の商売の方のことに興味を持ったんじゃないかね。実際その方のことは相当心得ているらしいよ。君の事務所が聞きたいというからついでに教えといた。そのうちに何か云って行くかも知れないね」

　フリッカは黙っていた。

「気の毒な男さ」マレルは感慨深そうに続ける。「悲劇的事件の中心に巻きこまれてね、そのために三年間刑務所へ行って来たんだというからね。なに、話したっていいんだ。これはあの男が大勢の前で公然と話したのを聞いたんだからね。実際あの男はその事実をちっとも隠そうとはしない。利口な男だから、そうした秘密は隠しきれるものでないのをちゃんと見抜いてるんだね。それに元来三年の刑を喰ったのからしてそもそも少しも身に覚えのないことだというんだ。無実の罪だというんだ。話の様子ではどうもほんとうらしいがね。なんでもそのことはたった一人の友人だけが知ってるとか言っていた」

　フリッカは葉巻入を手で探りながら、「なあるほど」と眼を伏せたなり呟やいた。

「たった一人だけ自分の潔白を証明し得る友人があるというんだ。妙な話だね。要するに婦人に関することではないかと思う。その友人と二人同時に一人の婦人を愛したとでもいうのかしら。その辺の詳しいことは知らぬが、なんでもその男が証人として法廷に立った時ちょっと一言あることを証明してさえくれれば青天白日になれるのに、そいつをやってくれなかったというのらしい。果してその通りだとすれば実に奇怪極まる事件じゃないか？」

「ふむ、云わぬというのは妙だねえ」マレルが自分の意見を求めているらしいので、フリッカは簡単にそう言った。

「妙だとも？　だからあの男はそのことばかり考えてるんだよ。出獄後戦争に行ったりしたけれど、その時の心の痛手ばかりはまだ忘れられないんだよ。あの男は復讐する気でいるんだ。この前のめくら蜘蛛の話を聞いたって判る。あの蜘蛛のように絶えず犠牲者に向って毒の牙を研いでるんだよ。復讐だなんて、あんまり気持のよくない話だね」

「あれから君は会ったのかい？」フリッカは勇を鼓《こ》して訊ねた。

「会わない。しかし今晩会うことになってるんだ」

「どこで？」

「ここで」

「ここで？」

「ここさ。約束なんだ。――あ、そう云えば来たよ」

フリッカは白刃をさしつけられでもしたようにくるりと振返った。そして、十呎《フィート》とは離れないすぐそこにスポオディングの姿を認めた。彼はいま地下鉄からあがって来たところで、誰かが手をとって昇降機から出させてやったようだった。首を少し前へ突きだすようにして、静かにこっちへやって来る。盲人特有の歩きかたであるが、目が、常人と少しも違わぬ外見を持った眼が、じっと自分の方に向けられているので、フリッカは何かしら身内のぞっとするような気がした。

フリッカは急いで違う方へ飛び退いた。と思うと、「じゃさようなら、マレル君」と、うしろ向に云いすてておいて、そのまま立ち去ってしまった。

三

いつも事務所を出る時刻はもう二十分も過ぎているのに、フリッカはまだ残っていた。ステノは帰してしまったから、彼独りである。日が暮れると共に雨になり、風さえ加わったがフリッカはちっともそんなことは気にならぬ様子であった。彼が晩《おそ》くまで残っているのは仕事のためではなかった。仕事はもうちゃんと仕舞ってしまったのだ。

フリッカの注意をあつめているのは机の上にひろげられた一通の手紙であった。両肘を突いて握りこぶしをこめかみに当て、じっと手紙の上に眼を落している。手紙は女の筆蹟で、あまり長いものではないが、その第二節目に次のような文句があった。

「しかし、お話し下さるには及びませんでした。あの時からお目にかかる度にあなたのお顔にあの事が書いてありましたから。あなたの眼の中にあのことがはっきり書いてありましたから。あなたの言葉の裏に一々それが見えていましたから。私は決して欺かれません。初めからすべてを知っているのでございます……」

彼がこの文句を読むのはこれで二十回目であった。二十一回目を読みかけて彼は回転椅子をうしろへ押しやり、疲れたように立ちあがった。

「ああ！　あいつは知っていたのか！　そうとはちっとも気がつかなかったなあ！」彼は声に出して

そう言った。

彼は窓のところへ行って、硝子《ガラス》に触りそうなほど顔を近よせてじっと暗い外を眺めた。硝子の外側を雨水がつるつるつるつると伝っている。高い建物の最上層の部屋なので、風のうなりが強く、恐ろしい。その音に無意識な耳を貸し、じっと考えに沈みながら暗い外を眺めていると、硝子の表面が一種の鏡になって、そこにあるいろんなものをうつしているのに気がついた。自分の顔もうつっている。と、その中に、身体はなくてただ顔だけの人間がぽっかり浮んでいたので彼ははっとした。はっとして彼はその魔もののような顔を見直し、おおと微かに叫びながらくるりと振返った。

いつの間に這入って来たのか、スポオディングが戸口のところへ立って両方の拳を前へつきだしながらこっちを見て——いや、こっちへ顔を向けているのである。フリッカは咄嗟に戸口へ走った。だが、スポオディングの手がその肩を摑んだので、仕方なくそれを振りもぎって後へさがった。緊張した沈黙が三十秒ばかり続く。フリッカは自分の心臓の鼓動をはっきり聞くことができた。

「フリッカ、どこにいるんだ君は?」スポオディングは両手を横の方へのべながら言った。「黙ってるね、君は。いいよ、そこにいるのは君に違いないんだから」

フリッカは爪立ちして少し場所をうつした。

「そんなことしたって駄目だよ。今度こそはどんなことしたって逃しっこないんだから。ここは君の事務所だ。そしてわれわれ二人っきりだ。君はマレルを知ってるね? あの男に連れて来てもらったのだ、取引の方の事で話があるということにしてな。いま下で待っている。僕は君を殺しておいて、一緒に帰るつもりだ」

スポオディングは口を利いているうちに偶然左手で、脚に抽斗《ひきだし》のついた大型の事務机にさぐりあてた。この机は壁に密接して直角に置かれてあった、どうしてもその壁際の方は通れなくなっている。といってスポオディングの右側には、通れる余地があることはあるが、それにはステノの机があって少し邪魔をしている。だから逃げだすとすればどうしてもスポオディングの右側の狭い場所をすりぬけなければならぬ。それが唯一の逃げ路なのだが、最初に肩先を掴まれているので気おくれがして、今度もなんだか捕まりそうで思いさってやってみる気になれない。

「僕は君を殺しに来た」スポオディングは少しも騒がずに恐ろしい事を口にした。「フリッカ、君は実に憎むべく呪うべき奴だな。僕の一番大切なものを君は奪い去ったではないか。今日はその代価を取りに来たのだ」

フリッカは呼吸《いき》がつまりそうだった。声をあげて救いを求めたかったが、そうすると眼の見えぬスポオディングに自分のいる位置をわざわざ知らせるようなものだから、じっと我慢していた。ふと彼は電話をかけることを考えついた。電話機が机の縁に置いてあるのだから、手をのばせばすぐに受話器が外せる。受話器を外したらすぐに「救《たす》けてくれ！　人殺し！」と交換手に向って一言叫べばよい。それだけの余裕はあるだろう。——

が、スポオディングも同時に同じことを考えたのか、触覚のように働かせていた左手でふと電話機をさぐり当てると、その紐を摑んでぐっと拗《むし》り取ろうとした。だがそれは普通の力では簡単に取れそうもなかったので、彼は電話機をそっくりそのままフリッカの手の届かぬところへ移してしまった。

「フリッカ、どこにいるんだ、君は？」スポオディングは変に落着いてまたそう言った。

フリッカは苦しみ藻掻《もが》く目つきで左右を見廻した。

「大嘘つきのフリッカ、黙っていても駄目だよ。君がいることはちゃんと知っている。僕はこれから仇を取るのだ」

スポオディングは大手をひろげてじりじりと進んで来た。袋の底は次第に狭くなってくる。フリッカの額にはねっとりと膏汗《あぶらあせ》が浮んでいる。はやく何んとかしなければ今にあの手が彼の咽喉《のど》を締めつけるだろう！　もう一分！　もう二十秒！　フリッカは思わずたじたじとうしろへよろめいた。うしろは窓であった。窓は下だけ半分開け放たれてあった。その窓枠に手が触った時彼はふと、ここから逃げたらという考えが電光のように頭に浮んだ。そして同時に、新たな恐怖を感じた。彼は懸崖《けんがい》のような壁の表面に吸いついている自分を想像して頭がくらくらっとするのを覚えた。しかもスポオディングの魔の手は間近まで迫っているのだ。やるならば一刻も早くやらなければならぬ。

フリッカは音のせぬように窓へ向き直って片足を跨ぎ、続いて他の足も窓の外へおろした。窓の外には彫刻を施した大きな石の飾り承構《うけかま》えに支えられて、石の出張りが帯のように建物をめぐっているのである。彼は窓枠を摑んでこの出張りの上に踏んだ足を伸ばし、そろそろと身体を起した。出張りは彼がよろめきさえしなければそこへ立っているだけの広さは十分に持っている。ただ彼は高いところにいることを、うしろに恐ろしい断崖が彼の落ちるのを待っていることを忘れておりさえすればよいのだ。だが、それが忘られることだろうか？　彼の顫える心を以てしてそれを思わずにいられるだろうか？

フリッカはそれでも、スポオディングの当惑している様子を見ると少しは気丈夫になった。スポオディングは慌ててここかしこを探り廻っている。彼にはフリッカのいなくなったわけが解らぬから不思議でならないのだ。フリッカはそれを見て自分の心に安心と落着きとを取戻そうと努めた。だがそれは早計であった。次の瞬間にさっと窓から吹きこんだ雨を含んだ冷たい風に顔を打たれたスポオデイングは、相手が窓から逃れたことを覚ってしまった。

四

フリッカはスポオディングがいきなり窓を跨ぎ越しだしたのを見て非常な恐怖を感じた。そうして唯一の頼みであった窓枠を放して、石の壁に爪をたてるようにして本能的に右の方へ身を躱《かわ》した。頭を廻《めぐ》らしてみるとスポオディングはもう窓を乗り越して、危険な出張りの上に平然として突立っていた。彼はどっちへ向いて歩きだすだろう？　右か左か？　それによってフリッカの死と生とは決するのだ。彼がもし左の方へ行ってくれるなら、フリッカはその隙に窓から這い込んで逃れ去るから助かるが、もし右へ進んで来たなら！

スポオディングは窓の前でしばらく思案を続けていた。その間、フリッカは胸をどどろかせながら自分の安全を神に祈っていた。だが、その甲斐もなく、スポオディングはじりじりと右の方へ――彼の方へ向って躙《にじ》り寄って来だした。フリッカはただ先へ先へと逃げ進むより他なかった。壁を這う蝸牛《かたつむり》のように一吋《インチ》一吋と彼が逃げるに従って、スポオディングも一吋一吋とうしろから迫って来る。遥かの深淵の底を疾駆する自動車がまるで虫の這うのを見るようだった。強い前燈《ヘッドライト》も蛍の光くらいにしか感じられなかった。そうして、それ等の自動車の動くにつれて雨に濡れた路面が気味悪く光ったり暗くなったりした。歩行者から見るとあんなに巨大である篠懸《すずかけ》の街路樹だのに、ここから見おろせばまるで小さな灌木くらいにしか感じられなかった。下で聞くとあれほど高く強く耳を聾《ろう》する自動車の警笛が、まるで玩具《おもちゃ》の喇叭《ラッパ》でも吹き鳴らしているかにしか響かなかった。フリッカは勇気を落してはならぬと思って懸命に気を引き締めていた。そんな中にあって意外にも、顔を押しつけるようにしている壁が雨に濡れて湿っぽい匂いを微かに漂よわせていることだの、びしょびしょに降り続ける雨がカラを濡らして気持の悪いことだの、妙にそうしたこまかなことが感覚にのぼって来る。彼はそうして歩一歩進んで行った。スポオディングがあくまで肉迫を止めようとしない。このまま二人が出張りの上で相接したならどんな争いが持上ることだろう？　いや、それは争いという言葉を使う暇などなくして、二人はいきなり摑みあったなりで深淵めがけて真逆さまに落ちて行くにきまっている。

突然、フリッカは柱にぶつかった。半分だけ壁の中に埋めこまれている所謂《いわゆる》壁柱という奴である。逃げるにはどうしてもこの柱を廻らなければならないのだが、困ったことには頼む出張りがこの柱の部分で非常に狭くなっているのである。纔《わず》かに足先を掛け得るだけの幅があるに過ぎない。あれを果してうまく通り越せるだろうか？　駄目だ。到底その見込はない。そう思うとフリッカは急に精根が尽き、身体じゅうの力が抜けたような気がした。頭がくらくらして膝頭が顫えた。仕方がなければスポオディングの傍まで来るのを待ち、隙を狙って突き落してやるより他ない。殺すか殺されるか二つに一つの場合だ。人間に自分を護る権利がないはずはないのだ。

フリッカはそう決心してじっと待っていたけれども、スポオディングは彼から二呎ばかりのところまで来て急に立停ってしまった。眼の見えぬ彼はいくら行ってもフリッカに追いつけぬので、これは間違った方向に来たと思ったらしい。やがて彼はそろりそろりと後へ引返しだした。フリッカはほっとして、また元気を振り起し、適当な間隔を保ってその後を追った。

「彼奴《あいつ》があの窓を通り越したら、その間にこっちは素早く窓から逃げこんでやろう」フリッカはそういうつもりであった。

スポオディングは窓まで行ったけれども中へはいろうとはしないで、そのまま向うへ進んで行った。フリッカはできるだけ急いで窓まで行き、身体を曲げて、倒れるように部屋の中へ潜りこんだ。が、あまり急いだのが却っていけなかった。彼は不覚にもその時窓枠に靴をあててごとんと音をさせてしまった。音は恰度その時窓から二呎ばかりのところにいたスポオディングの耳にはいらぬはずがなかった。彼は目が見えぬので怖ろしいとも思わぬかして、つかつかと窓の方へ戻って来た。が、瞬間の差であった。彼は窓の前に来ておりながら足を辷らして半身《からだ》の釣合を失した。咄嗟に伸べた手はもう半吋のことで窓枠を摑みそこねた。そうして彼は出張りを踏み外して下に落ちた。が、彼もまた幸運児であった。落ちる拍子に夢中で出した左手が偶然にも出張りの角にかかったので、纔かに墜落を免がれたのである。だが、助かったとはいっても身体は宙に浮いているのだから、決して安全とはいえない。彼は怖ろしい叫声をあげながら、右手を高く前へ突きだして、何物かを摑もうと焦った。その手首を窓の中からフリッカがぎゅっと摑んだ。ほんの咄嗟の出来事であり、二人とも夢中でそうしたのであった。

片手を出張りの角にかけ、片手をフリッカに取られたスポオディングは何かに足をかけようとしてしきりに両脚をぶらんぶらんさせた。けれどももとより何一つ足に触るはずがない。徒らに虚空を蹴っているに過ぎない。自分が宙ぶらりんであることを知ったスポオディングは第二の叫声をあげた。と同時に彼はいとも不思議な現象の起っていることに気附いた。――彼は眼が見えるようになったのである。眼前数尺のところに彼は仇敵フリッカの顔をはっきりと認めたのである。

落ちる時彼は壁でしたたかに額を打った。それと、将に墜落せんとする極度の恐怖とが砲弾震盪症《シェル・ショック》で麻痺していた視神経を復活せしめたのに相違ない。が、なまじ眼が明いたために彼はいま自分の身を支えていてくれるのが、人もあろうにたったの今まで殺してやろうとして追い廻していた男であることを知るという皮肉な苦痛をなめなければならなかった。

スポオディングはフリッカが手を放して自分を落してしまうものと思ったので、自力で上へあがろうと決心した。それで右足を出張りにかけて踠いた。けれどもそのためにせっかく出張りの角にかかっていた左手が却って疲労を増して、どうにも堪えられなくなった。スポオディングは歯を喰いしばってううと呻いた。

フリッカは窓から半身を乗りだし、膝を壁にあてがってうんといきんでいた。足場が悪いうえに片手で人一人を吊りあげるということは容易の業ではなかった。下でスポオディングが片手を出張りにかけていてくれるからよいようなものの、そうでなかったら到底持ち堪《こた》えてはいられなかったかも知れない。腕がぬけそうなほど苦しい。いっそこの手を放してしまおうかと思った。実際放してやりたいとさえ思った。が、スポオディングの苦しそうな、死もの狂いの顔を見ると、どうしても思いきって放してしまう気になれなかった。

スポオディングは喘ぎ喘ぎ言った。「は、はなしてくれ！　お願いだ、一と思いに放しちまってくれ！」

フリッカは躊躇した。頭の中をあらしが狂い廻った。この手を放しさえすれば……ただこの手を開いてさえやれば……頭の中のあらしがおさまった。彼は急に冷静になった。そして満身の力をこめてスポオディングを引きあげにかかった。

「さ、元気を出せ！　もう一といきだ！」

生優しい事ではなかった。それでも一吋一吋とスポオディングの身体があがって来るのでフリッカはますます勇気づけられた。やがてスポオディングが出張りの上に立ちあがった。フリッカはその胴体を抱いて牛蒡《ごぼう》抜きに窓の中へ引摺りこんだ。そうして自分の椅子を足先で直して、その上へスポオディングを腰かけさせた。スポオディングは痺れきった左手を揉んだ。額には膏汗《あぶらあせ》がびっしょり浮んでいる。フリッカは精力を消耗しつくした人のようにげんなりと机にもたれかかっていたが、しばらくしてスポオディングの正面へ廻って静かにその顔を見おろしながら言った。「おい、スポオディング、君はひどい男だね。たった十分の間に、僕が君に与えた幾年の苦痛にも勝る苦痛を君は与えたよ」

「いい気味だ。当然の報いというものだ」

「何んだと！　そんなことを云うならいっそのこと落してやればよかったんだ」

「僕は助けてくれなんて云ったかねえ？」

「君は命がちっとも惜しくないのか？」

スポオディングは眼をこすりながら独り言のように、「ああ、僕は眼が見えるようになった」

「え、ほんとか？　それはお目出とう。そこで？」

「そこで君の顔が死そのものよりも蒼白いのを見得るが、僕は決して君を恐怖せしめたことを詫《あや》まろうとは思わない。僕は今でも、あの時われわれの位置が逆であったら、進んで君を落してやったろうと思っている」

「君のことだからね」フリッカは机の上から手紙を取ってきて、暗い調子で話しだした。「これはあの女から来た手紙だがね、昨日《きのう》こっちからやった手紙の返事さ。あの事件で君が捕われて以来あの女は僕のことなんか振り向いてもくれなくなったが、それにしてもまさかあの事件で僕が偽証をやったことなど毛ほども知るまいと思っていたのに、ちゃんと知っていた。僕にその気があれば十分君を救いだせたのに、それをしないばかりか却って反対の証言までして君を苦しめたことをあの女はちゃんと知っていたんだ。この手紙の中にちゃんとそれが書いてある。陪審官は騙されても、あの女ばかりは欺かれなかったんだ」

「すると何かい、君はあの女と結婚しているのではないのかい?」

「そんなわけだから向うで承知してくれなかった」

「それで、いま、あの女はどうしている?」

「君を待っている——のだろう。ほんとうに愛している男のためなら何年でも待っている性《たち》の女だ」

スポオディングはほっと深く呼吸《いき》をした。二人は眼の中を見合ったまましばらく沈黙していた。いろんな思いが走馬燈のように頭の中に浮んでは消えていった。

「何も云うことはない。さ、手を出し給え。握手しよう」しばらくしてスポオディングが言った。

二人は連れだって出て行った。外にはまだ夜の雨が降りしきっていた。

深山《みやま》に咲く花

オウギュスト・フィロン

その夏をスイスのある山の上のホテルで送っていた私は、ある日廊下に据えられた籐椅子によってゲミイの山道を攀《よ》じ登って行く観光客の群を漫然と望遠鏡で覗いていると、一人の老いさらぼうた女客がそばへ来て寂しそうに立停った。時々見かける客であるが、誰と話すでもなくいつも寂しそうにして、夢見ごこちに方々を歩き廻ったりしている老婆であった。私は黙って老婆に席を譲ろうとした。けれども彼女は寂しく微笑を浮べただけで、私の好意を謝絶した。いつも寂しそうにしているが連れの人達はないのであろうか？　何を思い何を楽しみに生きてゆく女なのであろう？　そう思うと私は一種いたましい気持になって、この老婆と少し話してみようと思った。

「あそこへお登りになったことおありですか？」私はゲミイを指して静かに言った。

「ああゲミイ！　私はあの道の角という角をそらでも思い浮べられるほどよく知っていたものでございますよ。それももう六十年の昔になりますけれど……」

「六十年！」六十年と聞いただけで私の好奇心は十分に唆られた。「六十年の間にはあの道もさぞかし変ったことでしょうね」

「いいえ、殆んど変ってはいますまい。この国では何によらず昔とあまり変りませんから、曲っていた道が真直に直されたり、危いところに欄干が出来たりするくらいなものでしょう」

老婆はこの時初めて私の譲った籐椅子に腰をおろして、何か考えながらゲミイの方をじっと眺めやった。私は別の椅子を引摺って来てそのそばへ腰をおろした。

「失礼ですけれど六十年前と仰しゃると、定めし御両親とでもここへ……」

「いいえ、私は両親を存じません。育ててくれました伯父伯母が私には両親のようなものでございました。この伯父はヴェーヴェの一平民でしたのにどうしてそんなことが出来ましたのか、とにかく土地切っての立派な家を建てて、八月にゲミイへ来るほかはいつもその家に住んでいました。そしてゲミイのあのホテルでは、客間の隅で毎日夫婦して将棋ばかりしていました。この伯父夫婦につれられて私は毎年ゲミイへ来たのでございます」

「伯父さんはよい方でございましたでしょうね？」

「はい、私は伯父伯母に保護されて、いわば伯父伯母の翼の蔭で育てられたのでございますが、その蔭がまことに冷たい蔭でした。伯父が厳格一方な代り伯母はやさしくしてくれましたけれども、私は妙に寂しくて厳格でもむしろ伯父のがよいと思うようなこともございました。でも、伯父夫婦は決して悪い人ではなかったのでございます。きっと私の子供心にこの人達の欠点が拡大されてうつったのかも知れません。でも――まあ私としたことがどうしてこんなことをあなたに申しあげたのでございましょう？　私の申しあげようと思っていたこととはまるで関係のないことばかり……」

「いいえ結構です。面白く伺っていますよ。どうぞお話し下さい」

「お婆さんのお相手で誠にお気の毒でございますが、私の思出でございますからどうぞ聞いて下さいましょ」と老婆は微笑して、「でもいま申しあげましたとりとめもない事柄も、私が娘時代に同じ年頃の子供と遊ぶのが嫌い――と申すよりも遊ぶことを知らなかったという説明にはなろうかと存じます。

十二才の夏でした。伯父伯母に連れられてゲミイへ来ますと私は相変らず植物採集箱を提げて山の中を歩き廻っていました。私は十の時にはもうヴェーヴェの波止場へ行くのと同じ気持で高い山へ登っていましたから、十二の時にはどんなところへ行くのも独りで平気でございました。そうして歩き疲れるといつも気に入りの場所へ行っては休みました。御存じでいらっしゃいますか、ゲミイの道が東の方へちょっと折れ曲ったところにある小さな平地を？　夏の初めにエデルヴァイスが咲くのはそこが一番早いようでございます。それに今もあるかどうか存じませんが、そこには小さな松の木なんかもございました。低い、萎《しお》けたような松でございましたが、その松が私は何よりも好きでございました。それは岩と雪の世界の入口に残された哨兵《しょうへい》のようにも見られました。もちろん幼ないその頃の私がそんなことを考えたのではございません。いまあなたにそうした言葉でお話し致すだけでございますが、でも漠然とそんな感じを抱いていましたことは事実でした。何より先に花をつけるエデルヴァイスにいつまでも残っている松！　それだけでも私の気に入りの場所になるには十分でございました。

そこにはまだほかに丁度私の身体の入れるくらいの洞穴《ほらあな》が岩の胴にございました。私はよくその洞《ほら》の中へ、何時間もの間山を登り降りする人達に見られないで入っているのが好きでした。その洞の中に蹲《うずくま》っていては通る人達の断片的な話を聴き、それを綴り合せていろいろのロマンスを組立てたりしました。また人の通らない時にはいろいろの空想を描いて楽しみました。ある時は自分を獲物を見張っている猟師にしてみたり、また洞の中で休んでいるインヂアンにしてみたり、あるいはまた風雨に曝された山の隠者にしてみたり致しました。それからまたある時は風の音や谷川の響きが一つになって奏する不思議な音楽に耳を済ましながら、よい気持になってしばしまどろむこともございました。

ある日私は朝のうちからいつもの洞穴へ入っていました。伯父夫婦はその日ゼルマートへ友達を訪ねて行きましたので、その間私をある婦人に托しておいたのですけれど、その婦人は幸い私のことなどあまり気にとめていませんでしたから、私はお弁当を持って朝のうちからそっと抜け出して行ったのでございます。それは八月十五日の日曜日のことで、教会の鐘の音が私のいる洞穴の中まで響いて参りました。朝のうちは雨で、雨があがってからも空模様が怪しく、路は湿っており草も木も多くの露をつけていましたから、観光客は少ししかございませんでした。朝のうちはたしか三人だけだったと覚えております。ながい間誰も通りませんでしたが、ふと気がつくと上の方から人声が近づいて参ります。それは男と女との声でございました。二人は大分疲れているらしく、登山杖の先でこつこつと石を突きながら重そうな足どりで降りて来ます。やがて男の太い嗄《しゃが》れた声がドイツ語であることが判るようになりました。女の声は甲高い音楽的な、なんとなく哀れっぽい声でございました。声や跫音《あしおと》が次第にはっきりして参りまして、しばらくしますと二人は私の隠れていますすぐそばまで来て停りました。そして私の小さな松のところへ行って休みました。私とは一メートルばかり離れているだけでございますが、向うは二人とも私には気のつかぬ様子でございました。私はじっと呼吸《いき》を殺していました。

『あら！　エデルヴァイスよ！』突然女の人が叫びました。

そのエデルヴァイスはこの小さな平地に摘み残されたたった一つの花でございました。あまり崖近くにあって危いので、通りがかりの人達が誰も手を出さないため残っていましたのです。少し間を隔《お》いてから女の人が申しました。

『あたしあれ採りたいわ！』

男の人は私の予期に反して、採ってやろうとはしませんで、冷やかな口調で申しました。

『気をおつけよ、崖に近いから』

それは却って女の心を刺戟したようなものでございました。彼女はまるで海に漂う白い花に惹きつけられでもしたように、注意深く少しずつ崖の方へ進みました。私ははらはらしながら見ていました。

『あなた、お手を借して下さいね。そうすれば危かないのですもの』

女の人は崖の端《はな》に立って片手を男の方へ伸べながら援けを求めました。その時まで黙って見物していた男の人は、そう云われて初めて登山杖を下に置いて手をのべましたが、奇怪なことにはその手で女の人と手をつなぐ代りに、その肩をぽんと突きました。女の人はあっと言ったきり中心を失って崖の下へ落ちて行きましたが、落ちながら振返って男を見た眼にはなんともいえぬ恐怖の色が浮んでいました。私はあの眼を生涯忘れられません。いまでも見るようでございます。

男の人は素速く身を引きました。そして見るも恐ろしいほど歪んで蒼ざめた顔をしてきょろきょろとあたりを見廻しました。けれども遠くを見ているばかりで、すぐ脚もとにいる私には一向気のつかぬ様子でございました。誰もいないと思って安心してか、彼は松のそばに立ってしばらく荒い呼吸を休めていましたが、間もなく上の方から誰か降りて参りました。それは牝牛《めうし》をひいたお百姓でした。

『おうい、大変だあ！　崖から人が落ちたあ！』

男はそれを見るとすぐにお百姓のところへ駈けて行きながら喚きました。

『どこだあ？　どこへ落ちたんだあ！』

『ここだあ！　花を摘もうとして家内がここへ落ちたんだあ！　この近くに人を頼むところはないかあ！』

『ここかね？』とやがて平地まで降りて来たお百姓は崖をちょっと覗いてみて『これあとてもね……

人を頼むとすれば、ここからじゃ下の温泉へ行った方が近いが、わしが一緒に行って頼んであげましょう』

二人は急いで降りて行きました。私は独りになると急に怖ろしくなって、洞穴から這い出しました。気の毒な女の人の登山杖はまだその場に落ちています。そして崖の端のエデルヴァイスはどうしたはずみか抜けていましたので、私はその花を拾ってホテルへ帰りました。

帰ってみますとホテルでは大騒ぎしていました。誰もがその話で持ちきりで、めいめい勝手な事を、見て来たように伝ていましたが、どれもみなほんとうではございませんでした。みんな死んだ人と後に残った人との上に同情の涙をそそいでいましたが、突き落したのだとも落されたのだとも思っている人は一人もございません。山の案内者達は総出で気の毒な人の死体を探しに出かけました。

みんなで死体を担いで帰ったのはもう夜なか頃でございました。悲しそうに首垂《うなだ》れて遺骸のあとについて帰ったあの憎らしい男は、次の日に棺を持って山を去りました」

「あなたはそのことを誰にも仰しゃらなかったのですか？」私は訊ねてみた。

「はい、誰にも。話してみたとて誰もほんとうにしてはくれますまい。気が違ったか、それとも飛んでもない嘘を吐《っ》く子供として私は憎まれるだけです。それに、よく考えてみますれば、あの時妻に手を借すつもりだったのだけれど、自分がよろけたためつい手許が狂って妻の肩に当ったのだとでもいい抜ければ抜けられぬこともございますまい」

「さあ……そんな怪しげな弁解が官憲の前で通るものでしょうか？」

「お待ち下さい。偶然にもせよ犯罪であったにもせよ、そのことはひどく私の神経を悩ませました。毎晩のように私は恐ろしい夢を見て、同時に健康は次第に害されてゆきました。私が大きくなってからも交際嫌いの癖の直らなかったのはそれが一つの原因になっているのかも知れません。私は誰にも話さないで、いつも心の中でばかりその問題を繰返し考え続けました。そして時々はあの悲劇の目撃者――というよりもその原因となったエデルヴァイスの花を出して眺めました。その花は伯母の女中が呉れました『解けざる犯罪』と申す本の間に挟んで押し花にしてございました。『解けざる犯罪』と申すのは犯人のいまだに知れぬ有名な犯罪の話を面白く書いた本でございました。

けれども、月日のたつに従いましていろんなことが私の生活の中へ入って参りましたので、仕合せとそのことはいつとなく忘れがちになっていました。そして十九才の時私はこの伯父の家庭を逃れるために結婚しようと考えました。私が成年に達しますと後見人でなくなるものですから、その頃伯父は不安を感じかけていました。これは後に知ったことなのでございますが、そのために伯父夫婦はなるべく早く、私の財産に対する彼等の権利をそのままにしておき得るような結婚を私にさせたがっていたのでございます。

私はあるフランス画家を知って、その人と結婚したいと思っていました。どうして知ったのですか伯母がそれを知って伯父に告げましたので、伯父はなんとかして自分達に都合のよい良人《おっと》を見つけて私に当てがおうと致しました。そうしてとうとうある取引先の人物で、私の財産に対して口を入れぬ男を探しあてて参りました。

ある日のこと伯父が申しました。

『今日はスツットガルトから紳士が見えるがな、伯父さんの友達でなあ、お前がその方を好きになってくれるとお前のためにはこの上もないことなんだよ』

『どんな人ですか知りませんけれども、なんだか私好きになんかなれそうもありませんわ』

『莫迦《ばか》なことを！　会いもせんとそんなことが判るもんかな。まあ会ってみるがよい、それは立派な、男らしい方じゃから。年だってまだ四十には遠いのじゃからな。それに一度奥さんを亡くした方じゃから親切で……』

『まあ！　私再婚の方となんかいやだわ！』

『だからお前が間違うとるというのじゃ。それにシュワルツマンさんの前の奥さんは莫大な財産を遺して亡くなった方じゃしな。わしは今から言うとくが、こんなよい縁をお前が不承知でも言おうものなら、伯父さんはもう何も世話はせんからな』

そのシュワルツマンさんがいよいよ見えました時、客間へはいるが否や私ははっと胸をつかれました。これこそあのゲミイで妻を崖から突き落した男なのです。あれからもう七年たっていますが、彼は七年相当に年をとって、頭なんかも幾分うすくなっていました。私は恐ろしさでそわそわしていました。伯父達はそれを見て私が羞《はず》かしがっているものと解《と》って満足したようでございました。

恐ろしく長く思われたディナアの間に、私は忘れかけていました昔の出来事をありありと、怖ろしいばかり判然と思い浮べました。自分はまるであの小さな松のうしろの洞穴にいて、この人の荒い呼吸が聞えるように思われました。この、世間の人が善良な人物だと信じている人が！　いくらか平凡ではありますが、ドイツ訛りを持ついかにも信用のおけそうなシュワルツマン氏が、恐ろしい妻殺しの犯人だとは誰が思いましょう！

ディナアが終わりますと伯父は手紙を書かなければならなかったことを思い出したと申しますし、伯母は植木鉢に水をやらなければならないことを思い出したと申しまして、それぞれシュワルツマン氏に席を外す失礼をわびました。もちろんシュワルツマン氏はそれを拒むわけもありません。

私はシュワルツマン氏と二人だけとり残されましたが、そうなりますと別に怖ろしいとも思いませんでした。彼はいかにも間のぬけたきまり悪そうな風でいました。なんと切り出してよいかに迷うとでもいう様子でした。がとうとう彼は小学生徒が暗誦でもするような調子で始めました。

『お嬢さん、大変だしぬけですけれど、どうぞお聞き下さい。私は思っていることを卒直に申しあげたいと思います。実はその、あなたにも関係のあることなんで、実はその、どう申してよいか、私くらいの年輩になりますとややこしいことを言っているのが嫌になるものでしてね、一番近い路を通って幸福へ達したがるものなんです』彼はここでちょっと言葉を切って、そのききめを見るようにじっと私の顔色を窺いました。私は黙っていました。『あなたのお噂は前々から伺っていましたが、実に今度のようなことになろうとは夢にも考えませんでした。伯父御の仰しゃる通りあなたが私の妻になってやると御承諾下されば、私は実にこの上もない幸福な男になれるのです』

『私もそうなれば定めし幸福になれましょう。でもそれには条件があります』私はとうとう思いきってそう申しました。

『条件が？　ようございますとも。私に出来ますことでしたらどんなことでも致しましょう。あなたは多分ドイツで暮すのはお嫌だとでも……』

『いいえ、そんなことではございません。ただ新婚旅行のことなんでございます』私のこの子供っぽい申出は彼にとって意外でもあり、また嬉しいことでもあったようでございます。

『ああそうですか。どこへ行きたいとかいう御希望があるのですね？　古典美術の国イタリイですか？　それとも闘牛と四ツ竹との古い国スペインへですか？』

『いいえ、そんな遠方ではございません。もっと近いところ。私スイスへ行きたいと思いますの』

『スイス？　ようござんすとも、スイスは私も大好きです』

『そしてフルティゲンからゲミイを越えましょうね』この言葉で彼がぎくりとしたのを私はめざとくも認めましたが、素知らぬ顔で喋り続けました。『ルウエッシュの降り口に面白いところがございますのよ。そこは頂上に近い道が東へ曲ろうとするところにある小さな平地で、萎けたような松が一本生えていますし、エデルヴァイスがよく咲くところです』

シュワルツマン氏は蒼白くなり、唇を神経的に痙攣させています。

『私はエデルヴァイスが大変好きなんです。いつもあそこの崖の端《ふち》に咲いていますわ。でも』とここで私は急に七年前のあの気の毒な人の言葉をそっくりそのまま使いました。『あなた、お手を借して下さいね。そうすれば危かないのですもの』

シュワルツマン氏の顔は土気色になりました。そうして指先までこまかく顫《ふる》えています。

『八月十五日のことでした。私はそこに咲き残っていました最後のエデルヴァイスを摘みました。少し前にほかの女の方がそれを摘もうとなすったのですけれど、その方はほんとに妙なことでそれを摘むことが出来なかったのですの。そのお話しを致しましょうか？』

『そこにあなた、居合せたのですか？』シュワルツマン氏はかすれた声で申しました。

『ええ、居合せましたの。その時の花を持って来てお目にかけましょうか。私いままでもその花だけは「解けざる犯罪」という本の間に入れて大切にしていますのよ。もう七年も前のことですけど』

私は立って私の『解けざる犯罪』を取りに行きました。けれども本を持って客間へ戻ってみますと、そこにはもうシュワルツマン氏の姿が見えませんでした。そこへそれとなく様子を見ていたらしい伯父が出て来まして呶鳴りつけました。

『お前はあの方に何を話したんだ？　あの方は突然挨拶もせずにお帰りになったじゃないか！』

『いいえ、なんでもないことを話しただけですわ。自然の美しさや旅行の話や、お花の話――そしてエデルヴァイスの花をお目にかけようと申って取りに行って、戻ってみたらもういらっしゃらないんですもの』

『御気分でも悪かったのでしょう。もうじき帰っていらっしゃるわ』伯母も出て来てそう申しましたが、シュワルツマン氏はとうとうそれきり帰って来ませんでした。そして、後で伯父にどう弁解したのか存じませんが、伯父もそれきりあの人のことを話さなくなってしまいました。でも、世の中にはこのシュワルツマン氏のように人から尊敬をうけて静かにベットの中で生涯を終り、立派な墓碑の下で永遠のねむりについている犯罪者の数も少なくないことと存じますわ」老婆は年寄りにしては不似合なほど澄みきった眼で私の顔を見ながら話を結んだ。

「あなたは結婚なさいましたか？」しばらくして私は訊ねてみた。

「はい、愛していましたフランスの画家と一緒になりました」と彼女は私が少年時代によく見たことのある画の筆者の名を口にして「良人は成功しました。ながく生きていましたら美術院会員にもなりましたでしょうが、不幸に早く亡くなりました。そして私は子供も二人ありましたのですが」とここで急に声を曇らせて、「二人とも先立ってしまいまして、私は今ではこの世の中に独りきりになりました。そして六十年前と同じに今でも交際嫌いな変人でございます。けれども私はただ人殺しの妻にならなくてすんだことをいつも神様に感謝しています。あなたはお初めての私がこんなことを申しあげましたので不思議に思っていらっしゃるでしょうが、あなたが小説家でいらっしゃると承わりましたから、こんな話にも幾分興味をお持ちかも知れませんと存じまして。私は明日ここを発《た》ちますけれど、あなたとはもうこれきりお会いする機会もございますまい」

こう言って老婆は私の方へ手をのべて別れの握手を求めてから、思い出のゲミイに最後の一べつを投げて、サロンの方へはいって行った。それきり私はこの不思議な老婆には会わなかった。

グリヨズの少女

F・W・クロフツ

仲介業のニコラス・ラムリは机の上に万年ペンをおくと、ほっとして身を起し、時計を出してみて、やれやれと思った。忙しかった今日の日も、どうやらこれで暮れたらしい。いつもの汽車で住宅の方へ帰ろうと思えば、そろそろ出かけねばならぬ時刻になっている。

だが、運命は別の方へ支配した。彼が立って机《デスク》をはなれた時、給仕が名刺を持って入って来たのである。ニウヨーク市ブロードウェイはホールビル百五番のサイラス・エス・スネイスという米国人が面会に来たという。

「通してくれ」ラムリは失望を抑えて命じた。

やがて入って来たのは五十二三の瘦せた背の高い男で、線の強い顔に青い眼が鋭い光りを放っていた。一見してそれと判るアメリカ仕立の黒ずんだ服は上等だが、大きなルビイ入りの指輪やダイヤのカフスボタンは、あまりいい趣味とはいえない。手には恐ろしく大きな、革の書類函を持っていたが、ラムリのすすめた椅子のそばへそれを大切そうにおいて、かすかにアメリカ訛のある言葉で、勿体ぶってゆっくりいった。

「ニコラス・ラムリさんですな？　お初にお目にかかります」

それから、手を出して、初対面の挨拶を口のうちで呟いているラムリと握手を交して、腰をおろした。

「仲介や代弁をしなさると伺って来たんだが、ハンパな仕事でもやってもらえましょうかな？」

ラムリはどんな仕事でも引受ける旨を答えた。いつもの時間に帰りそびれたので、少し機嫌が悪いようだ。

「え、やる？　じゃ一つ、頼みたいことがあるんだが、なに、ちょっとしたことでね、わけはないんだ。それで、うまくやってくれたら、相当の手数料にはなるつもりだ」

「どんな仕事でございますか？」

「一分か二分で話せるごく簡単なことさ。だが、その前に、秘密は守ってもらえるだろうな？」

「それは大丈夫です。私の仕事はたいていそれですからね」

ラムリのいい方には少し冷たさがあった。相手はすぐにそれを感じとって、

「それで安心した。ま、ゆっくり話そう。急ぐことはない。一本どうだね？」

と、チョッキのポケットから葉巻を二本出して、一本を二本の指でつまんで突出した。ラムリはそれを受けた。そして二人はすぐに火をつけた。

「こういうわけだ。私《わし》は材木商でね」とスネイスは紫の煙をプッと吹いて、「商売の成績も悪い方じゃない。フィフス・アヴェニウに家も出来たし、そのほか人並のことはやっとる。金が出来ると閑暇《ひま》も出来て、少しは自分の慰みにも手を出すようになったが、嘘だと思うかも知れないけれど、こう見えて何より好きなのは絵でね、絵が見たいばっかりにヨーロッパ中を廻って、陳列館を覗いて歩いたが、こんな面白いことはなかった。そして、私のコレクションのためにはかなり金も使った。

去年の秋、フランスのポアティエへ行った時だった。とても気に入った絵があって、とうとう買って来たが、その代り一万五千弗《ドル》も取られちまった。グリョズの、十吋《インチ》に十二吋という小品だが、とてもいい顔をした娘の首から上だけ描いたものでね、大したものだった。売った男の話では、元来

これは対《つい》になっていたものだというから、それ以来私はずっと心掛けていたところ、今度そいつをとうとう見つけてしまったんだ！」

スネイスはここで言葉を切って、パイプみたいにしょっちゅう横くわえにしていた葉巻をプッと一服ふかした。

「それというのが、今度はダーラムのアーサー・ウェントオースという華族さんに用事があってね、会いに行って来たが、あれはなかなかいい処だね。用事というのは、あの人はニウヨーク州に広大な土地を持ってるんで、そこの材木を取引に行ったわけだが、話しているうちに、山の地図が要ることになってね、別の部屋へそれを取りに行ってる間に、手持無沙汰なもんだから、つい書斎の中をキョロキョロ見ていたんだ。ところが、私の後の壁にかかっていたのがなんと、グリョズの少女で、かねがね私の探していた対の一方じゃないか！　これは写真で知っていたから、一目でそれと判りはしたが、ことによると模写かも知れんと思って、早いとこ手にとってよくよく見てやったけれど、どう見ても真物《ほんもの》に違いない。そこで、主人の出て来ないうちに、パチパチっと二枚ばかり素速くコダックに納めてしまった。

それから取引の方は、曲りなりにどうにか片附けたが、人のいい華族さんだと思って相手になっていると、どうしてどうして一筋縄の人物じゃありゃしない。絵の話はこっちからは何も持出さなかったけれど、何とかしてこの絵の真贋を知る工夫はないものかと、私は取引の間にもそればかりが気になってならなかった。そこで、ロンドンへ帰って来ると早速、その道に明るい商売人で、ペルメルにフランス・ミッチェル商会を出している男を訪ねて、私に代って絵を見に行ってくれと頼んだ。ミッチェルの鑑定ならこれほど確かなことはない。

ミッチェルは次の日すぐにダーラムへ行ってくれた。そして、主人のウェントオースが友だちをつれて鉄砲うちに出かけるのを見すましてから、家へ行って執事の手の平へ鼻薬を塗りこんで、まんまと絵を見せてもらって来た。間違いなく真物に相違ないそうだ。しかも、そればかりではなく、グリヨズくらいになると持主の名がちゃんとその社会に知れてるものだが、ミッチェルは帰って来ると早速いろんな古い記録を調べてくれて、あの絵はウェントオースの先代が五十年ばかり前に、真物に違いないということで買い入れたものだと判った。

そこまで判ればもう占めたものだ。当主がその経緯《ゆきさつ》を知ってるかどうか、そこまでは判らんが、ミッチェルは三千磅《ポンド》が相場だろうといってる。つまり一万五千弗だな。そこで頼みというのは、ラムリさん、私はあの絵が欲しいんだ。一つ買いとって下さらんか」

スネイスはこういって、椅子の中で少し反気味《そりぎみ》に、返答いかにと相手を見つめた。だが、面白がって話を聞いていたラムリは、ここに至って急に尻込んだ。

「それはオイソレとはお引受出来ませんねえ。先方さんでも、まず売るとは申しますまい」

「いや、なに、売るさ、ちゃんとこっちから膳立してゆけばね。いいかね」とスネイスは指を折りながら、「ここに貧乏で困りぬいてる華族がある。これはちゃんと知ってるんだから間違いはない。華族の体面を保っているのがやっとなんだ。そこへ持って来て三千磅じゃ、決して十分とはいえまいかも知れぬが、それにしても一銭の銭でも咽喉《のど》から手が出そうな時なんだ。それでも売らないというんだね？　よろしい、それじゃ何故売らないんだ？　みえのためだろう。書斎のあの壁を見るたびに、先代から伝わったものを売ったというので気が咎めたり、知りあいや召使たちに売ったことを知られるのが辛いというのか。そこは私がちゃんと膳立をして来たのだ」

スネイスは足許へおいた書類函をとって、丁寧にあけ、中から薄い布《きれ》に包んだものを出してラムリの机の上においた。そして、ほっそりした手先でその布を解くと、金ピカの立派な額縁に入れた小さな油絵が出てきた。

上品で美しい少女の顔だけを描いたもので、青い眼といい、クリーム色の皮膚といい、ふさふさとした金髪といい、何ともいえぬ美しさがあったが、しかも見るものの心を打つのは単なるその美しさだけではなかった。その絵の中から滲み出てくる一種の気韻であった。少女は口もとにほのかな微笑を浮べて、はるかの方を見ているが、まるで神の姿を見ているのではないかと思われた。ラムリはほれぼれと絵に見入った。

「大したものだろう？　模写でさえこれなんだからね。しかもこの絵は世界でも有名だから、模写はずい分沢山あるが、これなんか実に何ともいわれぬ出来栄《できばえ》だ。知ってればこそ模写だといえるが、ウェントオース卿にしても誰にしても、知らなければ真物と思いこむに決ってる」

ラムリは何故だかちょっと嫌な気がした。どっちかというと敏感な方なので、相手の態度に何となくそう感じさせるものがあったのだろう。

「そこで私の考えというのは、これを持ってウェントオース卿を訪ねていって、正直に模写だと話した上で、模写ではあるけれどそれの判るのは世界中さがしても二人か三人しかいないのだから、二千磅出すから真物と交換して欲しいと、こう切り出してもらいたいんだ」

「何故御自分で行かないのですか？」

「それには二つの理由がある。第一は、あの材木の取引以来、どっちかというと私はあまり好かれておらん。いや、別に何もいわれたわけではないが、私にはいくら丁寧にされても、ちゃんと判っている。それから第二に、私は明日パリへ行かなければならない用件があって、金曜日の船で、米国《くに》へ帰ることになっているから、ほんのロンドンに寄るだけの時間しかない。そこでお願いするというわけなのだ」

ラムリはいいとも悪いとも答えなかった。が、スネイスはますます熱心になって口説き続ける。

「向うは金が欲しいのだから、間違いなく承知するだろう。向うの身になって考えてみるがよい、絵を交換したことは誰ひとり知る者はないのだし、誰に見られたって絵の変ってることに気のつかれる心配はないのだ。万々一にも模写だと判ったとしても、五十年前に先代が買う時模写を摑まされたのだといってしまえばそれまでだ。自分が顔を赤くすることは決してありはしない。それでも向うが承知しないといったら、二千磅を三千磅にするがいい。百や二百はどっちへ転んでも私は構いはしない。ただあれを手に入れさえすればいいのだ。そしてお前さんへの手数料は、そうさ、うまくやってくれたら実費のほかに、手数料が二百磅としておこうか。少いかね？」

「少いどころじゃありませんよ」

「じゃそうしておこう。引受けてやってくれるね？　いや、待った。私はここへ来る前に、お前さんのことをよく聞き合せたから、十分安心して頼めるというものだが、お前さんにしてみれば私に会うのは初めてのことでもあるし、いきなり信用するというわけにもゆかなかろう。だから私は、ここで二千磅だけ手付金を渡しておこう。もしそれ以上要るようだったら、お前さんの方で出しておいてもらいたい。絵と引換えに、そのほかの費用と一緒に払うことにしよう。どうだね、それでいいだろうね？」

ラムリは忙しく頭を働かした。仕事は簡単で、別に悪事とは思われない。いや、相手を騙すわけではないから、堂々たる取引だといえる。ウェントオース卿に会ったら正直に、少しも包むことなく事情を述べて、交換を懇請すればよいのだ。

「お話はよく判りました。出来るだけ骨を折ってみましょう」

「やってくれる？　そいつは有りがたい。ではこれを受取って下さいよ」

と材木成金《なりきん》氏はポケットから札たばを摑み出して、ちょっと数えてラムリに渡し、残りをポケットに納めた。渡されたのは英蘭銀行の百磅紙幣が二十枚だった。

「たしかに」ラムリは急いで受取りを書いて渡した。

「ついては、二つだけ承知してもらわなければならないことがある」スネイスは改めていいだした。「第一に、先方へは私の名を出してもらいたくない。前にもいったように、材木の取引のとき面白くない感じを互いに持ったのだから、私の名を出したら纏まる話も考えて纏まらぬことになる恐れがある。だから名は出さずに、ただアメリカのある金持とだけいっておいてもらいたい。それから金曜日まで三日間の私の行動を承知していてもらわないと、まさかの時困るだろう。私は今晩の船でパリへ向けて発《た》ち、金曜日の朝まではアングルテル・ホテルにいるつもりだ。金曜日の晩の六時にここにやって来て絵を受取ることにしよう。七時のリバプール行連絡列車で発つつもりだから、間違えないようにね」

「よく判りました。じゃ明日明後日とまる二日だけ日があるわけですから、その間に何とか骨を折ってみましょう。それから、この函はこのままお借りしておきます」

スネイスが帰ってゆくと、ラムリは机の前に坐りこんで、聊《いささ》か類のないこの妙な依頼のことをじっと考えこんだ。絵を買ってくれと頼まれたことは何回となくあるが、今度のような風変りの注文を受けるのは初めてだった。言葉巧みに模写を売りつけるというのは聞いたことがあるが、模写を持っていって、金をつけて真物と交換するという手は、長い間の経験にもかつてないことだった。だが、何という巧妙な方法だろう。これならもし、ウェントオース卿がほんとうに金に困っているなら、恐らく承知するかも知れない。しかも、模写を摑ませるのと違って、極めて公明正大な取引なのだ。とは思ったが、ラムリは、何となく物足りなかった。彼は人を見るの明があった——少くとも自分ではあると思っていた。そして、彼のあらゆる本能が、このスネイスという人物を警戒しろと命じているのである。かつて見聞きした詐欺の話などが、しきりに思い出された。

しかし、仕事は引受けてしまったのだ。考えてみたとて追っつくことではない。頼まれただけのことはしなければならない。やるとなれば、日限も切られていることだし、ぐずぐずしてはいられない。そこで、彼はその晩の十一時の汽車で、ダーラムに向ってロンドンを出発した。だが、思い乱れて、彼は眠れなかった。夕食に少ししつこいものを食べすぎたせいもあるが——彼は胃がちっとばかりよくなかった——それにしても、何となく意気昂《あが》らず、よくないことが持上りそうで、心が重かった。

ふと彼は気がついた。——スネイスがあんなにも気前よく寄越したこの札は、贋札なのではあるまいか？　彼は慌ててポケットからそれを取りだして、検《あらた》めてみた。怪しい廉《かど》は少しもない。だが、これは確かめてみる必要があるだろう。朝、ダーラムに着いたら何より先に銀行へ駈けつけて、よく見てもらうことにしよう。

そう考えた時ラムリはふと、スネイスがこれを自分に依頼した真意は、必ずしも尋常な手段で絵を交換して来いというのではないのじゃないかと気がついて、非常な誘惑を感じた。ウェントオース卿に気づかれぬよう巧みに絵をスリ替えてしまえば、二百磅の手数料ばかりではなく、二千磅または三千磅の絵の代の方も自分のものになるではないか。いや、あの男のことなら、四千磅といっても嫌とはいうまい。スネイスはそれだけ出すから、巧みに絵をスリ替えて来いという意味を、あんな婉曲な言葉で話したのではないか？

しかも、スリ替えは何の雑作もあることではない。この函を持って、ウェントオース卿の邸内に入る工夫さえすれば、あとは何とか口実を設けて、電話だといってもよかろう、卿を一時部屋の外へ出してやればよいのだ。二十秒もあれば、仕事は完全にすんでしまう。絵をスリ替えたら、急がず悠々と帰って来ればいいのだ。それで三千二百磅、うまくやれば四千磅は取れるだろう。

四千磅あれば、上手に廻せば年二百五十磅以上はたしかだ。この際二百五十磅の年収が増せば、どんなに仕事も楽になり、生活にゆとりが出来るだろう！

「うーむ、畜生！」ラムリは額の冷たい汗を拭きとった。

スネイスはもちろん、面倒なことを訊ねるはずがない。ニヤリと意味ありげな笑いを漏らすだけで、黙って金を払って、絵を持って帰ってゆくだろう。彼にしてみれば、欲しいものが手にさえ入れば、そして自分に関する限り不正がなければ、それがどんな手段で持って来られたものであっても、聊かも気にする必要はないのだ。

ラムリは夜を通してこの誘惑と闘いぬいた。だから翌朝ホテルへ寄って食事をしたあとで、銀行を捜しに出かける時は蒼い、やつれた顔をしていた。銀行では、不安の一つが安全に除かれた。二十枚の札は擬《まが》いなしの正物《ほんもの》だった。

一時間後に、彼はウェントオース邸の玄関にタクシを乗りつけた。主人に会いたいと申し入れると、まず小さな客間へ通された。待っていると、痩せて猫背の、苦労が断えぬか顔に深い皺を刻んだ年輩の人が出て来た。これが主人アーサー・ウェントオース卿その人であった。見たところ、年中持病に悩まされ通しているといった風なところはあったが、話してみると別段イヤな人ではなかった。イヤなどころか、入って来るなりまアまアとラムリを椅子に掛けさせた態度など、威張ったところもなく、むしろごく穏やかな人柄に見受けられた。

「私は、名刺にもございます通り」とラムリは早速はじめた。「仲介業の方を致しておりますので、今日は米国のある富豪からの御依頼によりまして、お願いの筋があって上りました次第にございます。それにつきましては、妙なことを申すようではございますが、お願いをお聴き届け下さいますれば、私はそのお方から二百磅以上の手数料を頂だい出来ますような次第で、甚だ厚釜《あつかま》しい申しかたではございますが」とここでちょっと微笑を浮べて、「私と致しましても是非々々お聴き届け頂きたいと、勝手に力瘤を入れているような始末でございます」

「ふむ、どんなお話だか、聞いてみた上でなるべく御満足のゆくように計らいましょう」ウェントオース卿はラムリのあけすけな話を面白がっているらしい。

ラムリは黙って函を開き、中からスネイスのグリョズをとり出した。

「や、や、これは！」卿は目を見はって、「私のグリョズ！　どうしてこれがあんたの手に？」とやや気色ばんだ。

「いえ、御前、これは御前のではございません」ラムリは相手の慌てかたに釣りこまれて叫んだ。「模写でございます。模写ではございますが、なかなかの出来でございましょう？」

老卿は絵の上にのしかかるようにしてじっと見ていたが、

「そう聞かなんだら、私のものとしかどうしても思えない。額縁までが、そっくり同じじゃないか！

どれ、書斎へ行って私のと較べてみよう」

ラムリは急いで絵を布に包み、函に納めて主人の後について書斎へ行った。書斎は立派な家具で飾られて、ひろびろとした結構な場所だった。老卿はラムリを中へ入れて入口をぴったり閉めておいて、煖炉棚の上の壁を指《ゆびさ》してみせた。かねて期していたことながら、ラムリはその瞬間、その場へ立ちすくんでしまうほどの驚きを感じた。それほど、そこに掲げられた絵が、自分の持って来たものと一分の相違もなく同じだったのである。

「あんたの持って来たのを並べてごらん」

老卿にいわれて、ラムリは自分の絵を出してそっと真物の横へ並べた。二人は無言でそれを見較べた。二つの絵は、同じ原版から印刷された、二枚の原色版でもこうはゆくまいと思うほどよく似ていた。額縁のこまかい点に至るまで、一つとして違うところは発見されなかった。

「どうも驚いたものだ」老卿はながい間じっと見つめていた後から歎息して、煖炉の前の深い肘掛椅子を指した。「ま、お掛けなさい。そして、お話を詳しく聞こうじゃありませんか」

ラムリは絵を函に納めておいて、静かに腰をおろした。

「私の頼まれました方は熱狂的な美術品蒐集家でございまして、近ごろこれと一対になっていますグリョズを買い求められましたにつき、対の一方のこれの原作を是非手に入れたいと、熱心に希望しておられるのでございます。つきましては、大変不躾《ぶしつけ》な申出ではございますけれども、この模写に適当と思召《おぼしめ》す金額、例えば二千磅を添えて差出しますゆえ、原作の方をお譲り下さいますわけには参りますまいかと、実は甚だ申しにくうはございますけれど、ひょっとして御承諾が得られまいものでもあるまいと、そんなことから厚釜しくもお邪魔に上りました次第で」

「ほほう！」ウェントオース卿は聊か呆れた貌で、「それは大変不思議な、聞いたことのないお話だな」といったなり、いいとも悪いともいわずしばらくじっと考えていたが、ちらと横目で相手を見ながら、

「三千磅といったら、どういうことになります？」といった。

「御前さまの方でその位が当然との思召しでございましたら、それでもよろしいことになっております」

老卿はますます驚いた様子で、

「いよいよ不思議だ！　一体あんたの依頼者というのは、どうして私のグリョズが真物だと思ったのだろう？」

「その点は、残念ながら私にも判りかねます。けれども、そのお方は、原作に違いないことをよく御承知のようでございました」

「これは驚いた。実はね、持主の私がこのグリョズは模写だと思っているんですよ。それに、よしんば、これが真物だったとしても、一千の三千のと、そんな値うちのものじゃなかろう。私も絵の方はそう明るい方ではないが、それにしても千磅というところがせいぜいだと思う」

「では御前さま、千磅で御交換願われませんでしょうか？」

「それは違います。私のいうのは、お話がいかにも不思議で腑に落ちないから、よく了解のゆくように説明してほしいというのです。原作の二倍も三倍もの値段で、模写を譲ってくれというのはどう考えても不思議というのほかはないからね」

「ではございますが御前さま、絵の値段などと申しますものは、それがどうしても欲しいとなります

と、道理も何も超越してしまうものではございませんか？　また、手放す方《かた》の側になってみますれば、相場以外に感情の加わることもございましょうし、あるいは家宝になっている等の事情も出て参りましょう。私の依頼を受けましたお方は、御前さまに原作でないくらいなら飾ってなぞおかないという思召しがあるかも知れないと考えて、それで二千磅と申しあげるようにと、こうお命じになったのかも知れません。でございますから、これは誰方《どなた》さまがお聞きになりましても、決して法外だなどということはございますまい」

「それはそうだ。それで、私がこの模写を二千磅で譲るといったら、あんたは満足なわけじゃな？」

「満足するどころの段ではございません。御恩のほど、いつまでも忘れはいたしません」

「お金はそこへお持ちだといいましたね？」

「はい」ラムリは卓子《テーブル》の上へ、二十枚の百磅札を並べた。ウェントオース卿はそれをとりあげて、

「失礼なことを申すようだが、お話が非常に不思議だからこんな疑いも起してみるのだから、悪くは思わないでもらいたいが、これが贋札でもなく、また、出所も怪しいものでないという証明がない限りは……」

「その点でございましたら、どうぞ御安心願いとうございます。これは決してそんな素状《すじょう》の金ではございません。お疑いがございますならどうぞ銀行へお使いをお出し下さいまして、証明をお取り下さいましても結構でございます」

老卿は黙って、卓子の方へ身体をねじて、すらすらと何か白紙に書きつけた。

「これに署名して下さい。さすればこの絵は持っていってよろしい」

ラムリは出された証文の文句に眼を通した。

拙者は本日ダーラム市なるアーサー・ウェントオース卿邸において、従来邸内書斎に掲げられいたるグリョズ作「少女」模写と交換に、拙者持参のグリョズ作「少女」模写に添えて、英蘭銀行百磅紙幣第 A61753E より第 A61772E まで二十枚にて金二千磅相渡候也

「私としてはアメリカの富豪だとかいうあんたの依頼者の金を、詐《いつわ》って受けたといわれては困るのでね。だからこうして交換はするけれど、これが模写だということが判ったら、今日から一ケ月以内ならいつでもお金は返します。その代り、絵ももと通り交換してもらわなければ困る。まあ、御希望だからお金まで貰って交換はするけれど、私がそういったと伝えて下さいよ、この絵は決して真物ではないので、この間違いは向うさんの責任だということをね。いずれにしても、いいことをしたのはあんただろう」

ラムリは畏《かしこま》って証文に署名し、別に二千磅の受取を貰って買いとった絵を函に納めて大喜びでいとまを告げた。

その午後、ロンドン行の急行の中で彼は煙草をふかしながら、ぼんやり考えていた。スネイスはこれを真物だというし、持主のウェントオース卿は模写だというが、いったいどっちが正しいのだろう？　だがいずれであっても自分には更に痛痒のないことだ。自分は頼まれたことを果したというに過ぎない。スネイスに会ったら包まず経過を話して、約束の手数料を受取ればいい。それでこの事件は自分の手を完全にはなれるのだ。……

だが、それは彼がこのまま何事もなくロンドンへ帰ったとしての話だった。いったい人は、この世

に不思議は少いと思っているけれど、事実は小説よりも奇なりで、ほんとうの意外というものは小説の中よりも現実の人生の方により多く経験されるものである。この場合がそのよき実例で、ラムリは汽車の中で偶然にも、ほんとに思いがけなくもダブスに会ったのである。グランタムの駅で、ひょっくりラムリの車室に乗りこんで来たのが、見るとアカデミーの会員で、ラムリとはゴルフ友達のダブスだったのである。

二人は奇遇に驚くと共に、大いに喜んで、元気よく雑談を交していたが、そのうちにラムリが、問題のグリョズの件をダブスに訊いてみたら面白かろうと気がついた。そこで、彼は函をあけて、持って来た絵をとりだしたものである。

「どうです、これは？」ラムリは何もいわずに、ダブスに絵を渡してこう切り出した。

「暗くてよく見えないが、なかなか器用に模写してあるようですね」

「模写ですって？」

「模写ですとも。これは有名な絵ですからね、君がもしパリからこいつを盗み出したんでなければ、真物はルーヴル博文館に飾られているはずですよ」

ラムリは驚いた。「ダブスさん、そ、それはほんとでしょうね？」

「何で嘘をいいます？　少しでも絵の判る者なら、誰でも知ってることですものね。そうだ、私なんかルーヴルのどこにこれが飾ってあるか、今でもちゃんと思い出せますよ。まさか、真物だと思って摑まされたんじゃありますまいね？」

「いや、実は何も知らないもんだから、ある人に頼まれて買ったんです。その人はこれを真物だと思いこんで欲しがってるんですがね」

「ふむ、失敬だけれど、いくらで買いました？」

「二千磅です」

「うへッ！」ダブスは呆れ顔で、「はんとうですか？　原作でも恐らく千二百磅くらいのものですぜ。これなんか、そうさ、まず四十磅がせいぜいでしょう」

ラムリは地球が逆に廻りだしたように感じた。

「こいつは何が何だか判らなくなっちまった。実はね、いまもいう通りある人に頼まれてこれは買ったものですが、その人のいうのに一千磅は三千磅出してもいいから、是が非でも買ってくれと、こういう依頼なんです」

「何かの詐欺が目的じゃありませんかね？」

「さア、私もそれを思わないじゃありませんが、依頼者というのがアメリカの成金風の人ですから、そうでもなかろうかと思っているんです」

「あはは、そんなことだろうと思った」

それきり話はわきへ逸《そ》れてしまった。

けれどもラムリは、この絵が模写であることに責任はないとはいいながら、それだけではすまされない一種の気まずさの残るのをどうすることも出来なかった。そのうえ、その晩になってもう一つ不思議なことを発見するに及んで、ますますその悩ましさは深くなる一方だった。

ヨーロッパ中の美術館を遍歴したことと思われるスネイスほどの人物が、何故これの原画がルーヴルにあることを知らなかったのだろう？　いやそういえば、スネイスは自分の鑑識だけでは不安だったので、ペルメル街のミッチェルとかいう美術商に、わざわざ鑑定させたというではないか？　ミッチェルという美術商がペルメルにあったかどうか、寡聞にして知らないけれども、スネイスほどの人物が信頼してたのむからには、むろんその道の権威であるに違いない。それが、まるで素人《しろうと》かなんぞのように、ルーヴルにある絵を知らないとはどうしたものだろう？

ミッチェル商会のミッチェルとはどんな人物だか不思議でならなかったので、ラムリはロンドンに着くと早速事務所へ駆けつけて、絵を金庫の奥深く納めてから、ロンドン人名簿をひろげてみた。だが、ペルメルにはそんな名の店は一軒も存在しないことが判明した。

どうしたというのだろう？　ラムリの気がかりは、今や大きな不安となった。どこかにこれはよからぬことが行われているのだ！

彼は事務所を閉めきると、思いもよらぬ難事件に自分が巻きこまれつつあるのを感じて、異様な緊張のうちに河岸通り《エンバンクメント》のアメリカ人を常得意とする大きなホテルへいって、ニウヨークの人名簿を借りだした。そして調べてみると、フィフス・アヴェニウはもとより、ニウヨーク中どこを探してもサイラス・エス・スネイスなんていう人の名は出ていなかった。それで、ブロードウェイのホールビルというのを調べてみたが、そんなビルはどこにもありはしなかった。

「騙された！」ラムリは思わず呟いて、額の汗をぐっと押し拭った。「すっかり計画して来たんだ！　スネイスもなければミッチェルもありゃしない。あの男の話はみんな嘘だったんだ。だが、こんな御丁寧な悪戯《いたずら》ってあるもんじゃなし、一体どうしたというんだろう？」

彼はホテルの読書室に坐りこんで、じっと考えに沈んだ。すると、その時は無意識に聞き流していたいろんな細かい事が、つぎつぎと想い出されるに従って、次第にそれが重りあって心の中に一定の形をなすに至った。第一、会っている間はそうも思わなかったけれど、考えてみるとスネイスそのものが、一つの謎であった。彼の話したことではなく、スネイスの人物が既に怪しげな存在であった。その言葉つきといい態度といい、すべてが不調和の極であった。たとえば、ときどきとてもひどいアメリカ訛りを出したり、アメリカの三文小説やキネマに出て来る尖端アメリカ語を使うかと思うと、次の言葉はラムリ自身と少しも違わない英国風の発音になったりした。そう思って、あの時の対話をいろいろ思い起してみればみるほど、ラムリにはスネイスが自分の素状を隠すため、偽アメリカ人になりすましていたとしか考えられなかった。

いろいろ考えているうち、ラムリはふとこうではないかと思うことに考えあたった。というのは、スネイスはルーヴルからグリョズの真物を盗みだすつもりではあるまいか？　現に彼はパリへ行くといっていた。スネイスはこの絵を破棄しておいて、万一ルーヴルの絵を盗んだ嫌疑がかかっても、ウエントオース卿から買いとった絵だといい張って罪を逃れるつもりではあるまいか？　もしそうだとすれば、議論の余地なく彼は罪を免れるだろう。しかも、それが事実ならばラムリ自身も、共犯とまではゆかないが、犯行のうちの一役をつとめたことになる。どうしたものだろう？　どうして、事の真相を突きとめたものだろう？　そして、貰う約束の手数料二百磅はどうなるのだろう？

考えぬいた揚句、ラムリは警視庁へ行って一切の事情を訴え、どうしたらよいか指図を仰ぐことにした。そうしておけば、後腐れの心配がないと思ったからである。

時計を見たら丁度十時だった。ホテルを出ると彼はその足で警視庁を訪ねた。

「当直の警部さんにお目にかかりたい者です」というと、小さな部屋へ通された。そこには背の高い、もの柔かな中にもやり手らしい警部が控えていて、用件は何かと訊ねた。

「実は、少し妙な事に出会《でくわ》しまして、それで御相談に上りましたのですが、別にこれという、証拠のあるわけではありませんけれど、どうも疑わしい気がするものですから、一応お耳に入れて、御意見を伺った方がよいかと思いまして」

こんな風に前置しておいて、ラムリは初めから詳しく事情を話していった。警部はフムフムと肯《うなず》きながら黙って聴いていたが、ウェントオース卿の名が出ると急に眼を輝かした。が、それでも口は出さないで、ラムリにしまいまで話し終らせた。そして、一応の話を聴きとると、

「お話は大変よく判りました。そして、これを警察へ相談においでになったのは、大変いいところへ気がつきました。さもないと、もしこれが何かの犯罪だった場合、あなたの立場が大変悪くなるところでした。ちょっと待っていて下さいよ」

そういって警部は出ていったが、間もなく大きな書類の綴込を持った人をつれて戻って来た。

「これは係り警部のニブロック君です。御面倒でもさっきの話をもう一度ニブロック君に話してあげて頂けませんか？」

そこでラムリは再び同じことを初から詳しく話した。ニブロック警部は昂奮に双眼を輝かせながらも、職業的冷静さは失わないでじっと聴き終ると、静かに書類綴を繰って中から数葉の写真を選び出してラムリに渡した。

「これをよく見て下さい」

写真は普通の男や女の半身像だった。ラムリは何気なく一枚々々見ていったが、四枚目に至ってはっとした。それは擬《まご》うかたなきサイラス・エス・スネイスだったのである。

「その男を見たことがあると見えますね？」ニブロック警部は嬉しそうに両手をこすり合せながら、

「これは面白いことになってきた。早速適当な処置を講ずることにしましょう」

二人の警部は低声で何か相談しあっていたが、話が決ったと見えて、ニブロック警部の方がいった。

「その絵は金庫にしまってあるといいましたね？　むろんウェントオース卿の邸から持って来た時のままおいてあるのでしょう？」

「そうです」

「ではそれを一応私どもの手へお渡し願いたいです。急ぎますから、御面倒でもこれからすぐタクシで取りに行って頂けませんか、私たちも同道します」

三人は一緒に警視庁を出て、通りかかったタクシをよび停めてラムリの事務所へ急がせた。事務所に着くと、ラムリは二人の警部を案内して中へ入り、窓の厚いブラインドをおろしておいて、金庫から例の函をとり出した。ニブロック警部は中の絵をちょっと見てから、もとの通り函に納めながら、

「函ごとお預りしてゆきます。明日の夕方五時にはここへお返しに来ますから、どうぞ御心配なく。

——あの扉は何ですか？」

「あれはカード室です」

「それはいい具合です。明日はわれわれがあそこに隠れていますから、スネイスが来て話がこじれてきても、御心配は要りません。では、今晩のところこれで引取りましょう」

ラムリは何が何だか判らなかった。警部に説明を求めたけれども、知らない方がスネイスが来た時好都合なのだといって、ニブロックは相手にしてくれなかった。

「それに、もしスネイスが約束の時間よりずっと早く来でもしたら」と警部はつけ足した。「絵は大切なものだから銀行の金庫に保管を頼んであるけれど、六時には必ず渡すといっておけばいいでしょう。そしてわれわれは、銀行から絵を持って来た使いのつもりでおりましょう。もっともその場合は、

カード室に隠れるわけにゆかないから、廊下で様子を聞いていることにします」

翌日の夕方、ラムリが独りで事務所に居残っていると、五時ちょっと過ぎに昨日の二警部が平服で、一名の制服巡査をつれてやって来た。

「絵を持って来ましたよ。但し私の過失でとり落したため額縁の角が毀れましたから、新しいのに入れて来ましたが、絵は別に損じていません」

ニブロック警部はそういって、別に茶色の紙に包んできた古い方の額縁を出してみせた。なるほど角のところが罅《ひび》割れて、金が少し剝げている。

「スネイスが額縁の変っていることを何かいったら、あなたの過失にしておいて下さい。よくあやまった上で、古い額縁を出して見せたらいいでしょう。それから先は私の方で引受けます。じゃ、そろそろ来る時刻でしょうから、われわれは向うへ入っていましょう」

三人の警官は奥の狭い部屋へ入って、境の扉を細目に閉め残した。ラムリは絵を金庫に納めてから、落着きのないビクビクした気持で机に向って書きものを始めたが、心はそこになく、これからどうなってゆくのか、甚だ心許ない思いだった。警部はどうしてもっと詳しく教えてくれないのか、それがひどく不服でもあった。事情がよく判っていれば、それだけスネイスとの会見も有利なはずではないか?

時間のたつのがおそかった。ラムリは一再ならず、時計が止っているのじゃないかと耳のそばへ持っていったほどだった。それでもどうやら六時になった。すると、約束通り、それが二三分すぎた時スネイスがやって来た。

「どうもお国の汽車はのろくていかん」入って来るなり、スネイスの挨拶はこれだった。「たったいまパリからやって来たところです」

　それから彼は腰をおろすと、重い外套の前を開けて、心配そうに切りだした。

「それで、交渉はどうなったね？　うまくいきましたか？」

「大成功でございましたよ。それも大した骨折りなしに手に入れて来ました。ただ一つ、困ったことがあるのですが、ウェントオース卿はあれを真物じゃない、やはり模写だといっておられましたよ」

「それでも、持って来たことは持って来たんだね？」スネイスは努めて平静を扮《よそ》ってはいるが、心中少なからず慌てたらしい様子だった。

「金庫に入れています。ただ、模写だといわれたものですから、もしもこのまま買って帰って……」

「そんなことはいい。ウェントオース卿が知らないんだから、お前さんが何も心配することはないさ。ただ私に絵を渡して、要っただけの金を受取れば、それで万事O・Kになるんだ。——それで金はいくら払ったね？」

「二千磅です。もしこの絵が模写だと判って、引取って欲しいと仰有《おっしゃ》るなら、一ケ月以内に持ってゆけばいつでも金は返してもらえることになっております」

「へえ、それは御親切なことだね。どれ、絵を出してもらおうじゃないか」

　ラムリは立って、金庫から例の函を出して机の上においた。スネイスは包きれぬ昂奮で手先を震わしながら、函を開けて絵をとり出した。そして、さも嬉しそうに絵に見入っていたが、何を思ったか、急に顔色をかえて呶鳴った。

「これは違う！」

　そして疑わしそうにラムリを睨みつけながら、強い声で詰めよった。

「つまらない真似をすると、後悔しなきゃならないぜ！　これは一体どうしたというんだ？」

ラムリは隣の部屋に警官が三人もいると思えば気が強かった。それで、相手の意表に出る傲然たる態度で答えた。

「スネイスさん、少しお言葉にお気をおつけ下さい。私は人からそんな風にいわれたことは一度もないのですからね。前言をお取消しになるまでは、私は何も申しますまい」

スネイスはカッとして、今にも暴力を振いそうに見えたが、やっと思い止った様子で、気まずそうにいった。

「悪かった。悪かった。いや、なかなか気の強い男だ。それにしてもこれはどうしたのかね？　ウェントオース卿の絵じゃないじゃないか」

「そんなことはありません。ウェントオース卿から護り受けてきた絵です」

「これは怪《け》しからん！　どこかでスリ替えて来たんだな？　第一額縁が違ってるじゃないか」

「いや、額縁はたしかに変っています。そのことなら、いま申しあげようと思っていたところですが、今申しあげておわびしようと思っていたところですが、粗相《そそう》でつい絵をとり落しまして――」

スネイスは遂に我慢しきれなくなって、烈火の如く怒りだした。

「バ、バカッ！　肝心の、いや、もとの額縁をどこへやったッ」

「ここにありますよ。落して少し毀れたから、わざわざ新しいのと取替えておいたのですが、古い方もちゃんと捨てずにとってあります」

スネイスはべったり腰をおろして、額の汗を拭きながら、

「それならそうと、何故はじめにいわないんだ。じゃその古い額縁も貰ってゆこう」

ラムリは金庫から改めて古い額をとり出して、今は言葉も幾分ぞんざいにスネイスに渡した。

「さ、これです。よく見て下さい」

スネイスは受取って一応検め、引繰返《ひっくり》して裏側を見た。と、忽ちそれを机の上に叩きつけて、悪魔の形相もの凄く立上って罵った。

「ウヌ泥棒！　ヌスット！　十秒以内に返して寄越せばよし、さもなければ一足とびに地獄へ叩きこんでくれるぞッ！」

ラムリはピストルを突きつけられて、石のようにその場へ立竦んだ。だがその瞬間、忘れていたニブロック警部の静かな声が後に聞えた。

「駄目だよ、ウイリアム・ゼンキンス。それは止すがいい。敵わぬと知ったら、潔よくピストルを捨てて、恐れ入るがよかろう」

ギョッとして振返ったスネイスは、二人の警部がピストルの筒先を揃えて自分に向けているのを見ると、一瞬間、逃げようか手向おうかという様子を示したが、逃れぬところと思ったか、だらりと腕を垂れると共に、ピストルを投げだしてしまった。

「ヒウズ君手錠を、それからそのピストルを拾っときたまえ。絵も額縁も一緒に持って帰ろう」ニブロックが命じた。

スネイスは恐れ入って、ヒウズ巡査からおとなしく手錠を受けた。すると、ニブロック警部ははじめてピストルをポケットに納めながら、心から気の毒そうにラムリにいった。

「とんだ危い目にあわせてしまって……吃驚《びっくり》したでしょう？　でもね、われわれとしてはこの男の欲しがっているのが、絵ではなくて額縁だったという証拠を握る必要があったんですよ。おかげで注文通りゆきました。オイ、ゼンキンス、何かいうことがあるかね？」

スネイス、いやゼンキンスはあまりの意外さに茫然として、何とも返答しなかった。

「よし、それならすぐに引揚げることにしよう。ラムリさん、この絵と額縁はもう一度お預りしてゆきますよ。詳しい話はいずれ後で教えてあげます」


それから二日たって、ラムリはニブロック警部に呼ばれて警視庁へ出頭した。行ってみると捜査課長を真中に先日の二警部、それにウェントオース卿が来ていた。卿はラムリの入って行くのを見ると、手をさしのべながら飛んで来て迎えてくれた。

「この人ですよ、私《わし》が大いに感謝しなければならないのは。やア、先日はどうも。あんたの立派な処置のおかげだと、私は大いに感謝しとります」

「私には今もって自分のしたことが判りませんが……」

「いや、すぐに判ります。警部さん、それでは詳しく事情を話してあげて下さい」

ニブロック警部は足を組み直して、

「ラムリさん、あなたはあの絵を、お友達のダブスさんは、せいぜい四十磅の値うちしかないというし、スネイスは二千磅以上に踏んだといいましたね？　これはどっちも間違っているんですよ。ほんとうの値うちは四万五千磅以上だったのです」

「……」ラムリは目を見はった。

「なんでそんな値うちがあるのだと思います？」警部はわざと焦らすようにこういって、嬉しそうに机の抽斗《ひきだし》から小さな函をとり出し、中からぞろぞろと銀色の紐のようなものを撮《つま》み出してみせた。

「真珠！　頸飾り！」

「そうです。しかもこれは、ただの頸飾りではありませんよ。六ケ月前に盗まれたウェントオース夫人の頸飾りで、四万五千磅以上の価値のあるものです」

「想い出しました。そのことならいつか新聞で見たことがあります。しかし、それがどうして……」

「まだ判りませんか。こういうわけですよ。八九ケ月前にウェントオース卿は新しい侍僕《じぼく》としてウイリアム・ゼンキンスという若い男をお雇いになったのです。なかなか役に立つ男で、卿は十分信頼して気を許しておしまいになったけれど、これが実はあのサイラス・スネイスだったのですよ。

ゼンキンスが雇われてから三月ばかりして、卿のお邸で盛大な舞踏会が開かれました。その日は夫人がこの頸飾りをつけられるはずで、夕方七時ごろに卿は金庫から出してきて、夫人にお渡しになりました。ところが、夫人は晩餐の身支度に少し手間取ったので頸飾りはつけずに化粧台の抽斗へ入れたまま、慌てて食堂へ出ていったのです。晩餐がすんで、いよいよ舞踏の支度をするため夫人が部屋へ戻ってみると、いつの間にか頸飾りは紛失していました。それが八時半ころのことです。

それっというので、早速ある私立探偵に頼むと共に、一方土地の警察へ届け出て、一切の交通を断って邸内隈なく捜査が行われました。しかし、その頃舞踏の客がつぎつぎと到着して来ましたから、夫人の希望によって事件は一切秘密に附して、舞踏会は予定通り進行されました。

捜査の結果は、新参者《しんざんもの》ではあり、ゼンキンスに嫌疑がかかりました。しかも彼には、七時から八時までの間に五分間だけ、どこにいたか誰にも分らない時がありました。その間に夫人の部屋へ行ったかも知れないのです。だが一方、彼は七時以後一度も外へ出ていないし、また外部にいたかも知れない共犯者と連絡をとった形跡のないことが立証されました。だから、頸飾りが市場に現われない点もあり、当局としては、盗みはしたが依然邸内のどこかに隠匿《かく》されているものという結論に到達して、大捜査を実施しましたが、遂にどこからも出て来なかったのです。

ここまでいえば、ゼンキンスらしい男がウェントオース邸内の書斎にあるつまらない絵を、大枚の金を投じて手に入れたがっている話を聞いた時、私がどんなに喜んだかお判りでしょう。しかもあなたは、ウェントオース邸の召使の写真の中から、ゼンキンスを選び出したじゃありませんか。だから私は、あなたから絵をお預りして帰ると、額縁をよく調べてみたところ、裏側に溝を掘って頸飾りを入れ、上からパテで塞いであるのを発見しました。それで頸飾りだけ抜きとって、あんな芝居を打ってゼンキンスが欲しがっているのは絵でも額縁でもなく、四万五千磅の頸飾りだったという動かぬ証拠を押えたのです。

ゼンキンスは恐れ入って自白しましたが、夫人つき女中のルーシルと旧い知り合いで、頸飾りのことを小耳にはさんでいたものだから、盗みだしてバラで売り払う気を起したものらしいです。それで、苦心して執事と仲よくなって、その口添えで住みこむまで漕ぎつけたのですが、すぐに持ち出すと危いから、いろいろ物色したあげく、あの額縁の裏に隠すことに決めて、前もって溝をこさえて準備していたのです。

舞踏会の晩には夫人が頸飾をつけるとルーシルから聞いたものだから、狙いをつけて待っていると、夫人が頸飾りなしで食堂へ出ていったので、その留守に二階の夫人の部屋へ忍びこんで盗みだし、すぐに書斎へ行って額縁の裏に隠したのです。

それから、捜査の厳しい間だけおとなしくしていて、少しほとぼりの冷めた三月後に、暇をとって出てしまったのです。それから、何とかしてあの絵を手に入れる工夫ですが、今更自分で譲り受けたいと申し出るわけにはゆかないから、今度のような芝居を打ったのです。あの絵を手に入れるには、まアこれ以上うまい方法はちょっとありますまいよ」

話はこれですんだのだが、蛇足としてラムリはウェントオース卿に渡した二千磅（スネイスのゼンキンスの）を貰った上、別に卿からお礼として千磅の小切手を贈られたことを加えておこう。

三つの鍵

ヘンリ・ウェイド

一

ハトン・ガードンは、ホルボーンの大通りを新聞街で名高いフリート街の方へ曲ったところにある一廓、ここらあたりはかの有名な、一六六六年の倫敦《ロンドン》大火にも焼け残ったと伝えられる場所で、附近には古い建築物が多い。ついでに歴史をいってみれば、ここはもとエリザベス女王の国璽《こくじ》尚書サー・クリストファ・ハトンの庭園のあった場所なので、それが地名に残っているのだといわれる。――が、歴史はいまどうでもよい。現在のハトン・ガードンは、ダイヤモンド商が軒をつらねているので知られている。

その中の一軒の店の、二階の一室で、二人の男が、別々のテーブルについたまま、じっと睨みあっている。部屋の一隅では、小型ながら最新式の金庫が、壁の中に塗りこめになったまま扉を開け放たれて、内部をさらけだしている。金庫の中は下に四つの抽斗《ひきだし》があり、その上部には帳簿の類が納められていた。

部屋の中にいるのは、先に述べた二人だけである。二人は長いこと続いた激論に疲れ、さっきからもう二十分も無言で睨みあっているのであるが、心の中《うち》はその金庫のことでいっぱいであった。遠くホルボーン通りの騒音が、かすかに聞えるほか、柱時計の音が妙に耳につくほど、部屋の中は静かである。

二人は、揃って地味な色合の上等の服を着ていることと、一見してそれと判る人種的特徴を備えていること――はっきりいえば猶太族《ユダヤぞく》だ――を除けば、鷺と烏ほど異る風貌を持っていた。年長の方は丈《せい》が低く、太って頭は白くなっているが、若い方は痩せて、丈が高く、鬢髪《びんぱつ》黒々としている。実際二人の間には、血縁はつながっていなかった。血縁はなかったが、きょうが日まで三十年来苦楽を共にしてきた、親身も及ばぬ親しい間柄だったのである。

階段に跫音《あしおと》がして、ノックがあり、少年の給仕が紺の背広を着た若い男を案内してきた。

「警視庁のプール警部です」新来の客は軽く頭をさげて、「こちらはレヴィ・ベルグ・エンド・フィリップ商会ですね？　盗難があったということですが……」

それを聞くと二人の男は、われ勝ちにとまくしたて始めた。それから気がついて、両方一時に口を噤《つぐ》み、目を瞋《いか》らして睨みあった。その一事で、早くも警部は事情を呑みこんだらしい。

「そう両方から一時《いちどき》にいっても、判りませんな。ひとりずつ、ゆっくり説明したらよいでしょう」

ちょっと揉めたが、結局痩せっぽちのベルグが、肥ったレヴィに先をゆずることになった――。

「われわれはダイヤモンド商でして、こちらのアーロン・ベルグとは三十年来共同経営をして参ったものです。それが十数年まえに、戦争で打撃を受けた――と申すのは、このアーロン・ベルグは元来独逸人《ドイツ》でして、拘禁されてしまいましたので、新たにヂョーヂ・フィリップという男の出資を得て、三人の共同経営ということにしたのです。なおこのフィリップは、五年ばかり前に弟を当商会に加入させましたが、これは組合員としてではなく、一個の使用人の資格でした」

「そのフィリップ君は、いまいないのですか?」警部が質問をした。

「フィリップ兄弟は、イースタ休みをとって、田舎へ遊びに行きました、ゆうべ」

「店をあなた方に委せてですか？」

「われわれはイースタなんて、休みたくもないです。キリスト教徒じゃありませんからね」とレヴィはここで妙に昂然と肘を張って、「ところであの金庫を見て下さい。あれには商売柄、いつでも五千磅《ポンド》から二万磅までくらいのダイヤモンドが入っているのですが、近頃ちょっと大きい取引がありましたので、ゆうべあれを閉めた時は、掘り出したばかりで、まだ磨きあげないのを混ぜて、三万磅あまりのものが入っていたのです。それがどうでしょう、きょう開けてみると、一つもないのです！」

「ゆうべ金庫を閉めたのは、誰ですか？」

「それはです、この金庫には鍵が三つありまして、そのうちの二つは金庫の扉を開ける鍵、あとの一つはダイヤの入っている抽斗の鍵ですが、ベルグとフィリップは扉の鍵を一つずつ持ち、抽斗の鍵は私が保管しているのです。ですから、いいかえれば、ベルグと私か、あるいはフィリップと私が立合うのでなければ、ダイヤは取出せないというわけでして、ベルグとフィリップとが立会ったのでは、同じ鍵が二つ揃うだけで、ダイヤは取り出せないということになるのです。これならば安全無比でして、さもなければわれわれとしても安心してはいられません。

——ところで昨日ですが、ベルグは商用でバーミンガム市へ行って留守でしたから、店を閉めてからフィリップと私とで品調べをして、金庫へ納めて鍵をかけ、一緒に店を出てゆきました」

「ちょっと待って下さい。フィリップ君が金庫に鍵をかったのは、たしかでしょうな？」

「それは私が検査しましたから、間違いありません。抽斗の方も、私が鍵をかけたのを、フィリップに検《あら》ためさせました。いつでもそうすることになっているのです」

「あなた方が帰ってしまえば、店には誰もいなくなるわけですね？」

「そうです。店の鍵はみんなが持っていますから……給仕は別ですけれど、フィリップの弟にも持たせてあるのです。それからこの店には私が寝泊りしていますが、閉店後に三四時間外出することは、よくあります。金庫はアセチレンを使っても六時間以内では破れないという保証つきですから、その点は安心なものです」

「ゆうべはフィリップ君と一緒に店を出て、どこへ行きました?」

「スポーツ倶楽部《クラブ》へ、土耳古《トルコ》風呂に入りに行きました。フィリップも私も風呂好きでして、二週間に一度は行く習慣なのです。向うへ着いたのが六時ころで、一緒に入って、七時半頃に出て、私は帰ってきました」

「風呂に入っている間、鍵はどうしました?」

「鍵は紙入れと一緒に、戸棚へ入れて、錠をかっておきました」

「その戸棚の鍵は?」

「服のポケットに入れておきました」

「上って服をつけるとき、ちゃんとそこにあったですか?」

「ありました」

「戸棚の中の紙入れにも鍵にも、異状は認められなかったのですね?」

「認めません」

レヴィはそれからこの店へ帰ってきて、念のため金庫の扉に触ってみたが、ちゃんと錠がおりているので安心して、三階の自分の部屋へあがってゆき、オムレツを作って夕食をすませ、クラレットを半瓶のんでから、小説本を持って早めに寝床へ潜りこんだ。

けさは、ベルグ独りを店に残して、午前中商用で外出していたが、午后になってダイヤを二三取り出す必要が生じたので二人で金庫を開けてみたところ、この始末だった旨を説明した。

「抽斗にも錠がおりていたのですね？　ふむ、で、あなたの方に何か心当りといったようなものはありませんか？」

「それは判りきっていまさアね」レヴィは猶太《ジュウ》特有の大袈裟な身ぶりで、ベルグの方をちらと見やりながら、「ゆうべまでちゃんと在ったのだから、盗難はきょう午前中のことでしょう。きょう午前中ここにいた者は、ひとりですからね」

「でも抽斗の鍵は、あなたが持っていたのでしょう？」

「いつのまにか型を取って、合鍵を拵えてやがったんですよ。ひどい奴だ。すぐにも押えて頂かなきゃなりません。いったんアムステルダムへ行ったが最後、もう出て来っこありませんからな、永久に」

「アムステルダムへ？」

「そうですよ。アムステルダムは何しろ、宝石研磨《みがき》にかけちゃ、本場ですからな。大きいのは小さく切ったり、磨きなおして形を変えられたら、判らなくなってしまいます。ヴァン・ドリングの工場だって、あるいはヂョーストにしても、儲かると見れば、少々怪しいとは思っても、黙って注文を引請けますからね」

プール警部は、一刻も早く手配することの必要なのを認めて、細かい点を訊ねるのは後廻しとし、これでレヴィへの質問を打切った。次はもう一人の組合員ベルグであるが、ベルグのいうことも、レヴィと大同小異であった。違っている点といったら、今度の事件はレヴィとフィリップとが、グルになって企らんだ仕事で、フィリップがイースタ休みに名をかりて、アムステルダムへ運んだものと思うということだけである。

「フィリップ君は、休みにどこへ行くか、行先はいい置かなかったのですか？」

「いっていましたよ。ハムプシャのワイチャーチへ釣りに行くのだといっていましたけれど、むろん出まかせに決っていまさア」

　このとき、後続部隊としてガワー部長刑事が、二人の私服と写真技師をつれて到着した。金庫の指紋写真を撮ると、プール警部はその場からガワーをアムステルダムへ急行させ、二名の私服には、それとなく二人の組合員の身辺を監視するように命じておいて、いったん本庁へ引揚げていった。

二

本庁へ帰ったプール警部は、そこからアムステルダムの和蘭《オランダ》警察当局を電話で呼び出し、事情を告げてダイヤモンド研磨工場を注意することと、そこへ配達される小包に気をつけてほしいと依頼した。そのうちにガワーも先方へ着くだろうから、この方面の手配はこれで十分であろう。

そこでプール警部は、スポーツ倶楽部へ出かけていって、事務長に面会を申し入れた。事務長は、倶楽部内ではなかなか威張っているらしく、希望を聴取すると、一名の書記をつけてくれたので、その案内でプール警部は、土耳古風呂へ行ってみた。

あとからあとからお客があって、なかなかの繁昌《はんじょう》ぶりに、警部はまず意外な思いがした。書記が、入浴の場合の手順を説明してくれる。まず、係員に二志《シル》渡すと、切符とタオルをくれるから、貴重品を持っている人は、そこにある戸棚へ入れると、係員が錠をかって、鍵をよこす。次に、いよいよ浴室の入口へ進むと、そこにも第二の係員がいて、切符を受取り無料入場者などの間違いを防ぐことになっている。そこで入浴者は、中へ入り、カーテンで個々に小さく仕切られた脱衣場で、服を脱ぐわけだが、このとき同伴者が一緒になりたかったら、境いのカーテンを開ければよい。それから、タオルをくれる切符売場は、土耳古風呂のと普通の風呂のと共同であった。

切符売場の係員は、前の晩にレヴィとフィリップとが土耳古風呂の切符を買ったことを、覚えていた。二人とも、常顧客《じょうとくい》なのである。係員は二人にそれぞれ貴重品を戸棚へ入れさせ、錠をかってから鍵を渡したが、戸棚が何番と何番であったかは、覚えていない。そしてこの係員は、七時から八時まで他の者と交替して、食事のため休憩を取ったから、いつどんな風にして二人が帰っていったか、それは知らない。

一方、浴室入口の係員は、レヴィとフィリップとが六時頃に来て、七時半頃に帰っていったのを認めた。この点はレヴィのいう処とぴったり附合する。それから、入浴中に二人のうちいずれかが、外出したとか、戸口へ出て来て誰かに会ったというようなことはないし、浴室の入口はただ一つだけであった。

以上の事柄をたしかめてから、プール警部はいったん事務長事務室へ引返して、フィリップの弟ハロルド・フィリップがこの倶楽部の会員であるか否かを訊ねてみた。ハロルドは、六ケ月間の短期会員ではあったが、立派に会員となっていた。そこで警部は再び土耳古風呂へとって返し、ハロルドがゆうべ入浴したか否かを調べてみた。切符係は、ハロルドを見知らぬと答えたが、入口係の男は、その人ならよく知っているがゆうべは入浴に来なかったと確言した。

一方、倶楽部の入口係はついて訊ねてみるのに、これは三人あったが、その中のひとりが、ハロルドの倶楽部へ来たのを確かに認めたと答えた。時刻については、来たのが多分七時くらいであったと思うが、何分多人数出入することでもあり責任ある返答はいたしかねるということであった。

プール警部がスポーツ倶楽部で調べ得た素材《データ》は、一応右の通りであるが、警部はこれによって、今回のダイヤモンド盗難事件に関しては、二人の猶太人でなく、フィリップ兄弟が何となく臭いという印象を受けた。第一に、盗難が兄弟の休暇を取ると同時に起ったというのは、単なる偶然としてはあまりに都合がよすぎる。次に、兄弟は、同じ倶楽部の屋根の下で、何十分かをすごしていたが、その間レヴィは、金庫の鍵を肌身につけていなかったのだ。といって、そのあいだ兄のヂョーヂは一度も浴室から外へは出なかったのだし、弟ハロルドも土耳古風呂へは入らなかったのだから、兄弟がそこで連絡を取ったという形跡は、今のところ認められない。ただ、ヂョーヂ・フィリップは入浴中レヴィの隙を見て、その服のポケットから戸棚の鍵を取り、それによって戸棚から金庫の鍵（レヴィ保管の）を取り出すということは、可能といえるが、それには自分が脱衣所と戸棚との中間にある戸口を出入《ではい》りしていないのだから、手先となる者を使う必要がある。しかし、この場合手先の第一容疑者たる弟ハロルドは、土耳古風呂へ入っていないのだ。それに、レヴィは入浴後直ちに家へ帰ったというから、盗難は極めて短時間のことといわねばならず、ハロルドにそれだけの時間的ゆとりが果してあったか否かも、疑えば疑える。

プール警部は、倶楽部におけるこれらの諸問題を、後から再考することにし、取敢えずフィリップ兄弟の足どりを調べてみることに決めた。とりわけ、アムステルダムへ行ったか否かは、重要な契機《ポイント》である。盗品を小包に託するということは、殆んど考えられなかった。アムステルダムでも、曖昧《あいまい》品を扱う工場は知れているのだから、即座に手が廻るくらいは、犯人といえども気づくはずだからである。

手はじめに、兄弟の写真を手に入れる必要がある。それには家の方をあたってみるのが、常識であろう。兄弟はまだ独身で、ちょっとしたアパートに家政婦をおいて、共同生活をしているとレヴィに聞いたので、行ってみると幸い家政婦が居あわせて、ゆうべは九時頃に兄弟とも帰って来て、大急ぎで荷物を取りまとめ、ハロルドの方はけさ八時すぎに、オートバイで出かけていった。行先はワイチャーチと聞いている。兄のギョーナの方は、九時半ウォータルウ駅発の汽車に乗るため、九時十五分すぎになってタクシで出かけたが、汽車に乗り遅れそうなので、大慌てにあわてていた。行先はワイチャーチのブル旅籠《イン》と聞いている。二人とも上機嫌で、楽しそうであったと教えてくれた。

そこで警部は家政婦を口説き落して、ギョーヂの部屋を見せてもらったが、その際、テニスの服装で撮った兄弟の写真を、マントルピースの上から掠めてくるのは、何でもない技巧にすぎなかった。警部はそれを本庁に持ち帰ると、引伸し複製して航空郵便でアムステルダムの警察へ送った。

写真を航空郵便で送ったにつき、プール警部はふと思いついて、ヘイマーケット座近くの航空発着所へ行ってみた。定期航空旅客機は、すべてクロイドンの飛行場から着発するが、旅客はみんなこの発着所へ集合し、そこから飛行場まで、会社のバスで送迎されるのである。

訊ねてみると、アムステルダム行の定期便は、けさ九時三十分クロイドン発、アムステルダム十二時着のが発《で》ていた。切符はすべて前売りのものばかりだったというから、全部前々からの計画で便乗したことになる。なお旅客は全部、八時四十分発の会社のバスで、飛行場まで送られた。離陸間際になって、飛行場へタクシを飛ばしたという人はない。そして旅客にはフィリップという人はなかったし、荷物の世話をしたポーターに訊いてみても、フィリップ兄弟に該当する人物はいなかったという。

三

プール警部は、その晩の六時八分ウォータルウ発の汽車で、七時五十分にワイチャーチ駅へ着いた。ブル旅籠に部屋をとってから、食堂へ行ってみると、お客は大半食事をすませた後らしかったが、片隅でまだ胡桃《くるみ》をつまみながらポルト酒をかたむけ、夢中になって何かを論じあっているのは、紛れもなく写真で見たフィリップ兄弟に違いなかった。警部は何ということなしに、臭いなという感じを受けた。

食事は、田舎の割りに上等であった。腹が大きくなると、警部はすっかり元気を恢復した。そしてそれから間もなく、あたりに人なき骨牌《かるた》室で二人を捕え、名刺を出して話しかける機会を掴んだ。兄弟は盗難のことを聞いて、出資者の一人である組合員と、単なる番頭と、それぞれの立場にふさわしい程度に驚いていたが、そこに作為があったか否か、警部にも判別はつかなかった。警部が、商会の関係者は残らず、一応の訊問をしなければならないが、それには個々に行いたいのだと説明すると、兄弟はすぐに承知して、壮年期に入って肉のつきかけている兄ギョーヂの方から、質問に答えることになり、弟は席をはずした。

ギョーヂ・フィリップは、商会における自分の位置、金庫の鍵の分散的保管法、ゆうべはレヴィとつれだって、スポーツ倶楽部の土耳古風呂へ行くまえに、二人で品数を調べて厳重に錠をかったことなどを説明したが、その内容はレヴィの話と全く同じであった。警部は、二人の入浴中、レヴィの鍵がどうなっていたかについては、故意に何の興味も持たないような顔をしておいた。もっともフィリップは、入浴中に一度も浴室の外へは出なかったし、倶楽部内で弟には会わなかったから、むろん言葉なぞ交すわけもないと述べた。

次にギョーヂは、倶楽部を出てレヴィに別れてから、知りあいの男とソホで食事を共にして、早めに帰った。それは荷物を拵えるのと、一週間休むから、そのあいだのいろんな用事を処理しておくためだった。けさは、少し寝すごしたので、急いで駈けつけたけれど九時三十分の汽車には間にあわず、止むなく十一時三十一分のに乗って、二時五十九分にワイチャーチへ着いた。盗難のことは全く寝耳に水で、自分としても何等思いあたることもなく、参考となりそうな意見も申しあげられない。レヴィとベルグは猶太には違いないが、善良な人物だから、自分は絶対に信用していると語った。

そこで警部は、さまざまな質問を発して、右に述べたフィリップの足どりを、時間的に確定しようと試みた。その結果、最も重要と考えられるのは、フィリップがいつも乗りつけている運転手のタクシで、駅へ乗りつけたという一事であった。

「それで荷物はどうしました？　次の汽車を待つあいだ、一時預けにでもしておいたのですか？」

「いいえ、赤帽に一志やって、十一時三十一分のに乗るのだから、積みこんでおけと命じておきました。そのあいだ赤帽が、どこに保管しておいたか知りませんが、ワイチャーチへ降りてみたら、ちゃんと同じ汽車で届いていました」

「荷物はそれでよいとして、九時半から十一時三十一分まで二時間も、あなたは何をしていたのですか？」

「ぶらぶらして時間を消しました。大体の道筋を申せば、ウォータルウ橋を渡って河向うへ行き、ウエストミンスタ橋を廻って戻ってみたら、まだ少し早かったから、喫茶室へ入って珈琲《コーヒー》を一杯、それから乗りこんだのです」

フィリップは、この散歩の道中で、知った顔には出くわさなかったか、調べてみたら、あるいは通行したのを見覚えていてくれる者が、ないとは限るまいといった。しかし警部は、そんな必要はなかろうと思った。タクシの運転手が証明してさえくれれば、フィリップはアムステルダムへ行かなかったのは確実と信じてよい。いくら飛行機でも二時間で行って来るというのは不可能だ。もし行ったとすれば、弟のハロルドの方であろう。

しかし、次にハロルドを調べてみるのに、これもアムステルダムへ行ったらしくはなかった。彼のいうところはこうである――。

ハロルドは八時半頃にオートバイで出発、ウォキング街道を飛ばしていったが、生憎《あいにく》と車が故障を起したので、重いのを二哩《マイル》ばかりも押して、やっとベージングの町へ辿りついたのが、十二時頃だった。しかし、何分イースタ季節のことで、旅行者が多く、どこの修繕工場も忙しく、午後三時すぎまでなければ直しきれないというので、食事をしてから映画を見に入った。プログラムはグレタ・ガルボものであったが、こいつが案外面白かったので、つい四時すぎまで見てしまい、それからオートバイを受取って、残りの十哩を飛ばし、ワイチャーチへ着いたのは五時くらいであった。

オートバイはふだん、倫敦のワーダア街の、ホークという男のやっている車庫に預けている。ベージングで故障を修繕させた工場の名は、フェアファクスといった。食事をしたレストランの名は忘れたけれど、町役場の前の表通りにあった。ハロルドのその時の服装は、鼠の服の上へカーキ色のオヴアオール、荷物は兄に頼んで汽車にしたが、手廻りの品だけ小さな鞄につめて、オートバイに積んでいた。

ゆうべは五時半に店を退けて、スポーツ倶楽部で撞球と入浴とをやって、食事をしてから、荷物拵えのため早めに家へ帰った。盗難のことについては、何等思いあたる節もない。

以上のことを証明し得る人物としては、撞球の相手のヂャック・フリーストン、浴場の係員、車庫の主人ホーク、ベージングの修繕工場、レストランの給仕人などがある。

以上ハロルドの話を聞いて、プール警部は、兄弟のうちいずれかがアムステルダムへ行ったのだという自説が、少し怪しくなったと思った。しかし、よく考えてみると、ハロルドには兄と違って、疑わしいところが相当にある。第一がオートバイの故障、それからグレタ・ガルボを見て数時間をすごしたというのも、疑えば疑える。もっとも、フィリップ兄弟が盗んだとしても、第三者を使って国外に持ち出させた——持ち出させなくてもよいわけだが——という場合も考えられなくはない。しかし、第三者の介入は、それだけ危険率を増すわけだから、警部としては信じたくないと思った。とにかく警部は、依然アムステルダム説を固守して、アリバイの方を細かに検討してみようと思った。

寝るまえに、警部はワイチャーチ警察へ行って、倫敦の警視庁へ電話をかけてみた。するとアムステルダムへ急派したガワー刑事から既に電話の報告があって、盗難後に、札つきの宝石商へ英国からの小包は一個も配達されていないこと、札つき連中には厳重な監視をつけたことが判った。警部はなお、飛行場の方を調べるように、電話で命じておくように頼んだ。

四

翌朝夙《はや》く、プール警部は宿の亭主、馭者、駅の赤帽などについて、フィリップ兄弟到着の時刻、荷物のことなどを確かめた。それからハロルドのオートバイを修繕させたというベージングの町へ行こうとすると、ハロルド自身が気軽にオートバイの後へ乗せて、つれていってくれることになった。兄のギョーヂは、朝の汽車で倫敦へ帰っていった。警部は警視庁と電話で連絡をとって、誰か駅まで出迎えさせ、ひそかに尾行するように打合せた。

若いだけに兄ほどまだ肉はついていないが、ハロルドは見たところギョーヂにそっくりの青年で、強いていえば鼻下に濃い髭のあることくらいが相違であった。彼は人々の識別に便するため、きのうと同じ服装——カーキ色のオヴァオールで元気にオートバイを飛ばしていった。

ベージングでは、一番にレストランへ行ったが、女給も現金係《キャシャー》も、きのう見かけた人のように思うけれど、忙しい際のことゆえいちいちお客に注意していたわけではないと、やや曖昧な返答をした。次に修繕工場だが、ここではたしかにハロルドを見覚えていたし、ひる頃に来たといい、四時前後にオートバイを受取って行ったといい、時刻の点でもハロルドのいうのとおり一致していた。なお職工のひとりが、オートバイには小さな鞄がつけてあったが、ハロルドが食事に行くとき、それは持っていったと云った。ゆうべのハロルドの説明には、そのことはなかったが、貴重品が入っていたからそうしたのだと、改めてここでそれを承認した。警部はこの点が気になるので、もう一度レストランへ引返してみたが、女給の方はハロルドが鞄を持っていたように思うと答え、現金係には全然記憶がなかった。映画館へも行ったが、ここでは誰もハロルドを記憶する者がなかった。これは無理もないところがある。

以上で、ハロルドのアリバイは成った。しかしプール警部は多くの経験から、一見確実らしいこのアリバイも、どこかに作為があるかもしれないのをよく知っていた。

ワイチャーチへ引返すというハロルドと別れて（若い彼は、商会の災難くらいで休暇を棒に振る気にはなれない様子だった）倫敦へ帰った。帰るとすぐ、ギョーヂをきのうの朝ウォータルウ駅へ送ったという運転手ビガストを尋ねあてた。

ビガストは九時半の汽車に乗るのだと聞き、懸命の腕を振ったが、何としても時間が足りなく、二分だけ遅れてしまった。ギョーヂはこれまでしばしば駅へ送ったことがあるけれど、この人はいつでも向うへ行って十分なり十五分なり余裕のあるように出かける習慣だのに、きのうの朝は珍らしく、きちきちの時刻に出かけたのだという。

次に警部は、一昨日《おととい》ウォータルウ駅で、ギョーヂが荷物を預けたという赤帽を尋ねたが、これもすぐに判明した。赤帽のいうことは、ギョーヂの言とよく一致していた。もっとも警部はそのほかに、ギョーヂが二等の切符を持っていたこと、荷物はかなり沢山あって、その中に釣竿が二本――釣竿は大切そうに車室へ持ちこむ人が多いのに、その客は小型の鞄一個を自分の手に残したのみで、あとは全部赤帽に託したこと、十一時三一一分の汽車にその客が乗ったか否か、料金はもう貰ってあることだし、見ていなかったことなど。

念のため出札係で訊ねてみると、一昨日ワイチャーチ行の切符は二等が二枚、三等が十三枚売れているが、客の顔はどれも覚えていない。但し二等二枚のうち、一枚は午前中に、一枚は午後売ったように思うという返事であった。

以上、ギョージ・フィリップの言は、赤帽と運転手によって裏書きされ、時間の観念の強い彼が、いつになく汽車に乗りおくれたり、大切な釣竿を粗末に扱ったりしたとはいえ、これでアリバイは一応成立したことになる。しかし警部は、このアリバイを動かしがたいものとは信じなかった。

倦《たゆ》むこと知らぬ警部は、更にその足でスポーツ倶楽部へ廻《つ》った。ハロルドの言葉の真偽をたしかめるためである。行ってみると、一昨日の晩ハロルドと球を撞いたというフリーストンが、おそいランチの後の休息をしていたので、都合よくすぐに要領が得られた。撞球のことは、やはりハロルドのいう通りに違いなかった。

切符は、普通の沐浴場のも土耳古風呂のも、同じ場所で扱っているが、用意してきた写真を見せても、係員は知らぬと答え、ハロルド・フィリップという名も聞いたことがないといった。次に、玄関へ行って係員に念を押してみたが、ハロルドが倶楽部へ来たのは、五時半頃なんかじゃなく、やはり七時ちかくに違いないと係員は断言した。しかるにハロルドは何といっているか？——五時半に店を出て、すぐ倶楽部へ行き、撞球のあとで入浴してから食事をしたといっているではないか。

ここに至って初めて、ハロルドの言葉には確然と、疑わしい点が現われてきた。彼はついに尻尾を出したのであるか？

だが、この時間の食いちがいは、いったい何を意味するのだろう？　警部はしばらく黙想していたが、ハタと膝を叩いた。切符係りはあの晩七時から八時まで、食事休みで売場を離れたといっている。

ハロルドが七時に倶楽部へ来たものとすると、そのあいだに入浴したことになるらしく、これはその時の代理の者を調べてみる必要があるが、一方フリーストンが五時半からハロルドと球を撞いたと称しているのは、どうなるか？　見えすく嘘をついているのか？

尋ねてみると、代理をつとめた男はピンポン室の更衣場で働いていたので、写真を示すと、名前は知らないが年上の紳士はあのとき土耳古風呂から出てきて、戸棚に預けた物を受取っていったが、猶太らしい紳士と一緒であったと答えた。

「その猶太紳士も、何か預けていたのかね？　そして預けた品に別状はなかったのだろうね？」

「はい、よほど大切な品と見えまして、受取るとき恐ろしく丁寧に中を調べていらっしゃいましたから、何か変なことでもありますかとお訊ねしましたくらいで……」

それから若い方の紳士、つまりハロルドは、普通の浴場の方へ入ったが、恐ろしく早あがりで、入ったと思ったら出て来たように思う。ハロルドのあがったのは、ヂョーヂたちよりも十分くらい先であったろうと答えた。

そこでプール警部は、再び土耳古風呂へ引返して、係員の案内で脱衣場につづく便所を見せてもらった。そうして換気法式とその構造を検分して、ニコニコしながら出てきた。

五

プール警部が警視庁へ引揚げてくると、折よくアムステルダムへ出張させたガワー刑事から電話がかかってきた。

「警部殿ですか。やっと形がつきかけて来ましたよ。お送り下すった写真が、けさ着きましたから、航空会社の者に見てもらいましたところ、きのう着いた客の中には二人ともいなかったが、弟のハロルドの方がロバーツと名乗って、きのうの十二時十五分発定期旅客機で、英国へ向ったそうです」

「面白い！　それでこっちからの定期は何時に着いたか、訊いてみたかい？」

「訊いておきました。時間表では十二時到着となっていますが、きのうは十分だけ早着したそうです。よくよく天候の悪い日でない限り、少し早着するのが普通なんだそうですよ」

「到着した客の中には、フィリップ兄弟に擬し得る人物は全くなかったのかな？」

「それがですね、乗った客の方には、いまいう通りハロルドのいたことが、はっきり判っているのですが、降りた客の中にはいなかった。いなかったけれど、身長や全体のからだつきなどから考えて、似よりの者が二人だけあったことはあったそうです。しかも一方は髯も何もない男だったそうで、この方はまず問題ありませんが、もう一人というのは頰髯をもじゃもじゃ生して、ロイド眼鏡をかけていたそうです」

「ハロルドにきょう会ったら、鼻の下に髭を立てていたが、その頬髯の男というのは、ちょっと怪しいね。十二時のが十分の早着で十一時五十分、それからバスでアムステルダム市中の発着所へ行って、誰かに盗んだ宝石を手渡して、再び十二時十五分発の倫敦行定期のバスに乗る余裕があったろうか?」

「その点も調べてみましたが、発着所かまたはその附近に予かじめ相手を待たせておいて、手渡したのなら、不可能じゃなかろうと航空会社ではいっています」

いよいよ面白くなった。ハロルドは十二時十五分アムステルダム発の旅客機に乗ったというが、それならどうして殆んど同じ時刻に、ベージングへオートバイで現われ得たか? 答えは簡単だ。ハロルドは現われなかったのだ。ではベージングでオートバイを修繕させ、レストランへ行ったのは誰か? むろん兄のヂョーヂに違いない。彼は鼻下につけ髭をし、オヴァオールを着て弟になりすまして、アリバイを残すに必要な行動をしたのだ。

警部はヂョーヂが九時三十分の汽車に乗りおくれ、赤帽に荷物を預けたとき、小さな鞄を一個自分で持っていったことを思いだした。あの中にオヴァオールが入っていたのに違いない。彼は赤帽に別れるとすぐ便所へ入って、髭とオヴァオールで変装し、オートバイに乗って出発したのだ。

兄はオートバイを、どこで弟から受取ったか? ハロルドは八時半にワーダア街の車庫から預けてあるオートバイを受取ったが、その直後の八時四十分にはヘイマーケット座のそばにある、航空会社の発着所へ、オヴァオールを脱ぎすて頬髯をつけて現われている。してみるとオートバイはあの附近に預けるか、乗りすてるかしてあったものに違いない。その位置は、調べれば判明するかも知れない。

労力をいとわぬプール警部は、早速調査に着手したが、案外すらすらと判ってしまった。即ち彼が目をつけた車庫を順にあたってゆくと、二軒無駄をしただけで、カヴェント街に新しく出来た大きな車庫が、四馬力のランパント製の車輛番号ＷＣ２３２０号というのを、八時三十分にロバーツという人から預かり、一時間後の九時四十五分に、チェッキで受取りに来た同人に引渡していることが判った。

扱った者のいうところを聞くと、ロバーツとはハロルドのことに違いなかったが、後で受取りに来た男については、いわれてみれば預けに来た人よりも少し肥っていたようだと、おぼろげな記憶を辿っていった。なお、受取るときロバーツは、オートバイの後方に小型の鞄を結《ゆわ》えつけたそうである。

これで、兄はオートバイでワイチャーチへ行き、弟はアムステルダムから帰って、汽車で行ったことが判った。――だが、待ちたまえ。汽車で行ったハロルドは、二時五十九分にワイチャーチへ着いている。しかるに実際は、このときハロルドはまだ、アムステルダムから帰途の機上に在ったはずである。のみならず、ハロルドには兄にない鼻下髭があるが、ワイチャーチ駅へ下車してブル旅籠へ入った男は、髯がなかったということは、兄は弟に化けられるが、弟には兄の代りがつとまらないという、動かすべからざる事実の現われである。

プール警部は、鉄道案内を繰ってみた。すると二時五十九分にワイチャーチへ着くためには、二時二十六分ベージング発の下り（それが十一時三十一分倫敦発の列車だ）に乗ればよいことが判った。ギョーヂは弟に化け、弟のオートバイで倫敦を出発して、十二時頃にベージングへ着き、故障の修繕を依頼したり、レストランへ入ったりして、アリバイを残し、二時二十六分発の下りに乗りこんでから、変装を解いて持って来た鞄の中に隠し、ギョーヂとしてワイチャーチへ下車したのだ。

ではハロルドの方はどう行動したか？　あの日午後四時すぎに、ベージングの修繕工場へ現われて、オートバイを受取って行った人物こそは、彼であること疑うべくもない。同じ日の十二時十五分にアムステルダムを旅客機で出発したはずのハロルドが、四時すぎにベージングへ現われることが可能であろうか？

警部は再び鉄道案内を繰ってみた。すると倫敦を午後三時三十分発の汽車が、四時四十分にベージングへ着くことが判った。四時四十分では、「四時すぎ」というよりも五時に近いわけであるが、忙しい工場のことであるから、それぐらいの違いは観過して差支えないであろう。

ではハロルドは三時三十分ウォータルウ発の汽車に間に合ったかどうか？　鉄道案内の定期航空路の部を繰ってみると、十二時十五分アムステルダム発の定期機は、二時四十五分クロイドン飛行場着陸、会社のサーヴィス用バスで、三時三十分に倫敦のヘイマーケットの発着所へ着くとあった。これでは汽車の間には合わないはずであるけれど、定期旅客機は時間表よりも少し早く着くのが普通であるし、それにクロイドンでバスに乗らず、タクシを雇えば、三時三十分の汽車には十分間に合うであろう。ハロルドは汽車の中で悠々と頬髯を取り去り、オヴァオールを着て、ベージングに下車、オートバイを受取ってワイチャーチへ乗りこんだのだ。

何という巧妙な交通機関の利用であろう！　ただこの拵えられたアリバイのうち、ベージングでグレタ・ガルボの映画を見たことだけが、証明出来ていないけれど（実際見ていないのだから）場所が場所であるから、警部の方でも深くそれを咎めるわけにゆかず、ハロルドの方からいえば、アリバイの弱点とはならないわけである。

六

翌朝八時三十分に、プール警部はフィリップのアパートを訪ねて、ちょっと見てもらいたいものがあるからと、兄のヂョーヂの方をつれだした。ヂョーヂは喜んで同行に応じた。それから十分たって、プール部下の一刑事が、同じことをいってハロルドに同行を求めた。ハロルドはやや渋りながらも、拒絶はしなかった。

八時四十五分、スポーツ倶楽部の浴場は、客ひとりなくガランとしていた。こんな早朝から客の来ることはめったにないので使用人たちが気をゆるしていると、そこへ三人づれの客がドカドカと入って来た。客はヂョーヂ・フィリップとプール警部とそれに刑事の一行であった。

警部が切符も買わずに、ヂョーヂを浴室の方へ引張りこんだので、何事が始まるかと好奇の目を光らせて、係員たちは覗きにいった。するとヂョーヂはやや蒼ざめて、しかし妙に口数多く、あの晩にレヴィと二人で使った脱衣室はこれだと警部を案内し、自分はここへ、レヴィはこの釘へ服を掛けたのだと教えた。

「どっちが先に、服を脱ぎました?」警部の質問が始まる。

「さア……ええと……どうも思い出せません」

「君は覚えていないかね?」警部はあたりを見廻して、脱衣場係の顔へ視線を止めた。

「はい、それはあの、レヴィさんと仰有《おっしゃ》いますか、あのお方の方が先に熱室へお入りになりました。このお方は一二分間遅れてお入りになったように覚えております」

「そのときこの人は、脱衣場からまっ直に熱室へ入っていったかね？」

「いいえ、そのまえにたしか、便所へお入りでございました」

「ふむ、便所はどこだったかね？」

係員の案内で、一行は便所へ入っていった。ヂョーヂ・フィリップは死人のように蒼ざめてしまい、刑事に押されるようにして、進まぬ足をはこんだ。扉《ドア》を押して入ると、中はタイル張りの広やかな室で、一方に便所の扉が二つ並んでおり、反対側に手洗い鉢があった。この手洗い鉢を取りつけた方の壁は、換気の目的であろう、上部を切って、天井との間に一尺ばかりの隙が設けてあった。

「熱室へ入るまえに、ここへ来たんですね？」

警部が少し大きい声で、ヂョーヂの顔を見た。ヂョーヂが何か答えようと、唇をピクピク動かしたとき、タイル張りの床の上にチリンと金属性の音がした。見ると足もとに鍵が一個落ちている。

「ハロルドが、こうしてレヴィ君の鍵を返してよこしたんですね？」警部が静かに鍵を拾いあげた。ヂョーヂは何と思ったか、やにわに戸口の方へ脱出を企てた。だが二歩《あし》駈けただけで、刑事のため上衣の裾を捕えられて、引戻された。

「トレヴァス君、こっちへ連れて来たまえ」

警部が大きい声で呶鳴った。すると壁の向う側に二三人の跫音が遠ざかりゆき、やがて入口の方から、ハロルド・フィリップが二人の刑事に引き立てられて、入って来た。兄弟はそこで、浅ましい手錠姿の対面を無言のうちにしたのである。

七

本庁へ帰ったプール警部は、次のようにこの事件を課長に報告した。もっともここには重複を避けて、要点だけを記すに止める——

「最初スポーツ倶楽部の土耳古風呂へ行ってみて、浴場の入口が一つしかなく、入浴中にヂョーヂがそこへ近づいていないと判ったとき、入浴中のレヴィの鍵を秘かに何者にか渡したのだろうという考え方は、全然まちがっているかと思いました。しかしハロルドも同じ頃倶楽部へ来て、これは普通の浴場へ入ったと聞いたので、普通浴場と土耳古風呂とは隣合っており、切符売場や貴重品預かり場が共通だという事情を考えて、何かそこに有るに違いないと睨んだのです。

そこでいろいろ調べてみると、二つの浴場の便所がまた、隣合っていて、間に扉こそないけれど、壁の上部が換気のため切ってあるのが判りました。それで一切は氷解してしまったのです。あとは兄弟がどうしてこの巧妙な計画を遂行したか、そのあとを辿ればよいのです。

——倶楽部のような多人数の出入りする場所では、予かじめ目をつけてでもいない限り、ハロルドの行動を初めから終りまで突きとめるというのは、困難です。そこにこの計画の根拠があるといってもよいでしょう。ヂョーヂとレヴィとは貴重品即ち金庫の鍵と紙入れとを戸棚にしまって、いや係りの者に渡して戸棚に入れさせ、鍵を受取って浴場の入口を入り、脱衣場へ行きます。但し、ヂョーヂは預けると見せて、実は金庫の鍵だけはポケットに忍ばせておくのです。

脱衣のとき、ジョージはわざとぐずついて、レヴィを先に熱室へ行かせるように仕向け、素早くポケットから鍵を取って、便所へ入ってゆきます。

一方ハロルドの方は、二人よりも三十分だけ早く店を出て、倶楽部へ行き、アリバイを残すため急いで球を撞いてから、普通浴場へ入浴するような顔をして、便所へ入って待っています。そうして隣の便所へ入って来た兄と、口笛の合図によって連絡をとり、換気窓から兄の金庫の鍵と、レヴィの貴重品戸棚の鍵を受取ります。

あとは殆んど説明を要しないくらい簡単です。ハロルドは係員に鍵を渡して、レヴィの紙入れを受取り、そのまま倶楽部を出て、ハトン・ガードンへ帰り、ダイヤを盗み出して再び倶楽部へとって返したのです。このことは、多人数出入りする倶楽部のことで、係員も各人の行動をいちいちは覚えていないのが普通と申しましたが、偶然にも玄関のボーイが、七時頃にハロルドが倶楽部へ来たのを覚えていたので、ほぼ証明されます。皮肉なことに、ハロルドは最初倶楽部へ来たときを見覚えられずに、ダイヤを盗んで二度目に来たときをボーイに見覚えられていたわけです。

――ハロルドはレヴィの紙入れを再び戸棚へ預けて、普通浴場の方へ入り、口笛の合図で鍵を兄に返します。このとき、レヴィの紙入れは恐らく前とは違う戸棚へ納められたかも知れないけれど、自分で戸棚へ入れたのでないためもあり、度々来て安心しきっているので、何事も気づかずにすぎてしまいます。

あとは、交通機関の巧妙な利用というだけのことです。二人とも既に犯行を認め、アムステルダムにいる共犯の名も申しましたから、至急取押えるよう、電話で手配しておきました」

地蜂が螫《さ》す

リチャード・コネル

その夜マシウ・ケルトンは、新しい考え物――恐ろしくむずかしい暗号文と取組《とっく》みあって、ついに夜をあかしてしまった。朝の五時まで、いろいろにひねくりまわした揚句に、自分でお茶をいれて一杯のむと、熟れた山林檎《やまりんご》のような顔に微笑を浮べて、寝床へもぐりこんだ。鍵がどうやら判りかけたのである。

マシウ・ケルトンには道楽が一つあった。考え物である。若い頃から将来への慮《おもんぱか》りよく、刻苦精励したおかげで、化学薬品の発明によって中年にして産を興し、今では事業の第一線から退き、余生を全くそれに打ちこんで凝りかたまる考えもの、考え物といったら眼のない老人だけれど、中でも彼の最も好むのは、人の行為の謎――つまり探偵であった。

その夜十二時、古風なしかし整然たる書斎で、彼が変な記号をならべた暗号文を前に、しらが頭をひねくっていると、電話のベルが鳴りだしたので、ちょっとうるさそうに顔をしかめたが、それでも静かに立っていって、受話器を耳にあてた。

「もしもし、こちらはエヴァン・ターナアですが……」妙に急きこんだような声が伝わってきた。

「ああ、ターナア君、どうかしましたか。何をそんなに慌てているんです?」

「すぐ来てくれませんか、ガイ・オークリの家、知ってるでしょう、河筋の大きな家だから?」

「いまちょっと忙しいのだけれど……用事は何です?」

「実はいまね、ルイス・コープの死体が発見されたんですよ。オークリの家の前で、射殺されているんです」

「それで犯人の目星は?」といったが、相手がちょっと答えよどむ様子なので、「ガイ・オークリが疑われているというわけなんですね? 本人は何といっています? むろん否認しているとすれば、何かアリバイでも持っているのですか?」

「それがその、一向に取りとめないので……」

「オークリが殺《や》ったんだろ。人は圧迫を受けると、往々爆発するものだから……で、私にどうしろというんです?」

「だから、すぐ来て頂きたいんですがね」

「そりゃ困る。私はいま、面白い考え物をやっとるところだから……コープの殺されたのなんか、何もむずかしい問題はないじゃありませんか。コープとオークリが蛇蝎《だかつ》のように憎しみあっていたのは、世間周知の話だ。男と男との間に強い憎しみのある場合は、何か起らずにはすまない。それが、たま起ったただけのことじゃないのですかね」

「そんなことをいったって、私は何とかしてオークリを、現在の窮境から救いだす義務があるのです。だからこそ、こうして君の出馬を願っているわけで、君ならば警察の見落している有利な材料を、何か発見するかも知れん。ねえ、ケルトン君、ちょっとでいいから来てくれませんか。お願いですよ」

「有りふれた、単純な人殺しには、どうも興味が持てなくてね。むしろ嫌悪を覚えますよ」といったが、マシウ・ケルトンはちょっと考えて、「それで、オークリにはアリバイがないといいましたね?」

「正直にいうと、そうなんですよ。弁明というのを聞いたけれど、一向他愛のないもので、これじゃ簡単に死刑になっちまうと思うのです」

「ふむ、ちょっと変っているな。面白そうだ。じゃとにかく、すぐに行ってみますよ」

銀行家ガイ・オークリの家は、広い松林の一端にある、ヴィクトリア朝式の大きな、うす暗い建物であった。マシウ・ケルトンは、家具まで黒ずくめの槲製《かしわせい》の、陰気な大きい客間へ通されてみると、主人のガイ・オークリをはじめとして、そこには弁護士のエヴァン・ターナア、警部ラモット、医師アッシャなどの顔が揃っていて、彼らはいっせいに目礼をした。

「今晩は。ようこそ。困ったことが出来ましたよ」まずラモット警部が口を切る。

「殺人ですって？　どういうのです？」

「書斎へ来て下さい。私から詳しく話そう」ターナアがいった。

マシウ・ケルトンは弁護士の後について、本のギッシリ詰った、質素な書斎へと行った。

「オークリさんは私の訴訟依頼人でしてね、今度のことは、非常に不利な材料が揃っているのですよ。その第一は、コープとの間柄が非常に悪かった――二人は恐ろしく憎みあっていた。これは誰ひとり知らぬ者のない事実です」

「原因は女ですか？」

「そうです」

「死んだコープ夫人？」

「そうです」

「それで？」

「お願いするからには、何もかも打《ぶ》ち割って申さねばなりますまい。二人の間に不倶戴天《ふぐたいてん》ともいうべき怨恨のあったことは、まぎれもない事実ですが、一週間ばかり前でしたか、私はこの家でオークリ君に御馳走になったことがあるのです。いったいがこのオークリという人は、私も長年顧問弁護士としてつきあってはいますが、一向に個人としては親しくなれなかったくらいで、親友というものは殆んどないのじゃあるまいかと思うのです」

「性格の強い、無口の人には、よくあることですよ」

「でそのとき、オークリ君は、お酒の加減か大そう口が軽くなりましてね、はじめは何でもない世間ばなしだったのですが、そのうち何かの拍子でコープの話になると、急に威丈高《いたけだか》になって、『畜生！　きょう彼奴《あいつ》を見ましたぜ、あの鼻曲りめを！　あんな奴を生しておいちゃ、胸糞が悪くて、第一おちおち眠れもしませんや。何とかこっちの身の危くない方法さえありゃ、あんな奴は捻り殺してやるんだが……』というのです。私は驚いて、ほかに聞いている者がないからいいようなものの、そんな馬鹿なことをうっかり口外してはいけないと、注意してやりますと、気がついたか、いまのは冗談だといいましたが、なに、冗談なものですか、あれは本気なんですよ」

「ふむ、それからどうしました？」

「そういうことのあった後へ、今晩の騒ぎです。今晩オークリ君は、御承知の通り独身のことで、独りぼっちで食事をしましたが、だいぶ酒をやったということです。強いカクテルを四杯、白葡萄酒を半本、ハイボール一つというのですから、相当のものでしょう。これは執事のリーヴスの証言です。いったいがオークリ君は飲むと気の荒くなる方で、やはりリーヴスの証言ですが、今晩はしたたか飲んだ後で、すぐ書斎へ入りました。ところが九時半に、ルイス・コープがこの家へやって来たのです。タキシードを着て、よほど興奮しているらしく、取次に出たリーヴスを突きのけるようにして、書斎へ入って行きました。中からはすぐに、激しくいい争う声が漏れてきたといいますが、リーヴスは構わずそのまま地下室のボイラを見に行ったのだそうです。そして恐らく七、八分ぐらいそこにいてから、階上《うえ》へあがってみると、書斎がひっそりしているので、却って変に思って、ノックしてみたが返事がない。で、そっと中へ入ってみると、オークリ君は椅子に掛けたなり酔いつぶれており、コープの姿はなくて、テーブルの上に半分空《から》になったウイスキの瓶と、コップが一つおいてあったそうです。そこでリーヴスは、正体のないオークリ君を担ぐようにして二階の寝室へつれていって、寝かしたのだといいますが、そういうオークリ君の酔態には、馴れているらしい様子です。

十一時二十分に、運転手夫婦と、庭男夫婦が停車場からタクシーで帰って来ました。町へ活動写真を見に行っていたのです。自動車が門を入って、真直玄関へ行かずに、召使入口の方へ行く小路の岐《わか》れめで停められた瞬間、少し先の、家から二十碼《ヤード》ばかりの芝生の上に、何やら白いものの落ちているのが、ヘッドライトの中に見えました。不思議に思って行ってみると、それがコープのシャツの胸だったのです。コープは心臓を射ぬかれて、仰向けになって死んでいました。タキシードのシャツの胸が少し焦げているから、二三呎《フィート》の近距離から射たれたものらしいです。

で一同は、家へ入らずそのまま四分の一哩《マイル》ばかり引返して、そこで交通整理をしていた騎馬巡査のレスターを呼んで来ました。レスターは懐中電燈で、死体やあたりをすっかり調べてみたけれど、肝腎のピストルが見あたらないので、これは他殺にちがいないと、本署へ電話をかけたのです。本署からはラモット警部が、警察医のアッシャをつれて早速駈けつけましたが、死後一時間を経過しているということで、ともかくもこの家へ入れて、オークリを起したのです。

オークリ君は初め、まだ酔っている様子でフラフラしていましたが、コープの死体を見せられると急に酔も何もさめたらしく、急にシャンとして、口を噤《つぐ》んでしまい、コープの死体ばかり見つめていたそうです。その様子を仔細に見ていたラモット警部は、そのときオークリ君の顔には憎悪が、相手は死んでいるのにも拘らず、アリァリ現われていたといっていますが、すかさず、『君が殺ったんですか？』と突込むと、『私じゃない。私が殺してやりたかったのに！』と答えました。そこへ私が駈けつけたものですから、すぐにオークリ君に注意して、そんな馬鹿なことをいうのを止めさせ、一方ラモット警部に頼んで、あなたに　応調べて頂くまで、オークリ君を逮捕するというのを待ってもらったわけです。いくら罪のないのが判っているといって、銀行家が警察へ引かれたとあっては、信用に係りますからね」

「それはそうだが、果して罪のないものだかどうだか……罪があって引張られたのだと、一層困るわけですな。ルイス・コープは評判も芳《かんば》しくないし、実際あまり性質《たち》のよくない人物だけれど、殺してしまうとは、しかもこんな風にして殺すとは、オークリもどうかしていますよ」

「酒の上のことですかしら」ターナアは呟くようにいった。

「とにかくあなたも、弁護士として、何とか心配しなければならないわけですね。正当防衛論は成立しませんか」

「見込がありませんね。最初に見た巡査も、格闘のあとはなかったといっているし、オークリ君自身も、コープと肉体的に争った覚えは絶対にないと主張しているのですから」

「じゃオークリをちょっとここへ呼んで頂きましょうか。顔色を見たって罪の有無は判らないけれど、少し訊いてみたいことがあるのです」

弁護士はすぐにオークリをつれてきた。彼は五十歳ばかりの大柄な男で、人生の苦労と悲哀をなめつくしたらしく、顔には深い皺が刻みこまれていた。

「一本いかがです。ハヴァツへ注文して巻かせたのです」マシウ・ケルトンはケースを出して、葉巻をすすめた。オークリは喜んで一本つまんだが、その手は少しも震えていないのを、ケルトンは認めた。

「ところでオークリさん、一体どうしたのですか？　今晩の事情を簡単に話して下さい」

「私が殺したんじゃない」オークリは疲れたように、ドッカと椅子に尻を落した。

「それをターナア君と私とで、証明しなければならんわけですが、それにはあなたから、事情を一応伺わなければなりません」

「私は近ごろめっきり弱っていたのです。仕事のことやら、コープの問題で、いまにもガックリゆきそうなほど、気力も何も弱りきっていたのです。向うも私のことは、見るもイヤなほど憎んでいたでしょうが、あれから七年になるけれど、私も初めて会った時からして、あの男がたまらなくイヤだったのです。それが、四年まえのあの騒ぎです。悪いといえば、どちらも悪かったのに違いありません。裏切り、虚構、偽瞞――実に浅ましい限りでした。しかし、彼女が死んでしまった今となっては、もう何でもないはずなのに、そのはずがはず通りにゆきません。われわれのあいだの憎しみだけは残ったのです。コープは腹癒《はらい》せをしたがって、蛇のような目で機会を狙いだしました。きょうかあすかと、それを待っていた私の苦痛を察して下さい」

「そのお気持はよく判ります。それで？」

「今晩私は食事のときに、酒をすごしました。今晩だけじゃなく、近ごろはずっとそうだったのです。気をまぎらすためには仕方がありません。食後も、ウイスキの瓶を持って、書斎へ行きました。前後不覚に酔ってやろうと思ったわけですが、そこへ突然コープが入ってきたのです。初めは、酒のうえに神経が手伝って、幻覚を見たのかと思いましたが……『フフフ俺を恐れているな。どうだ、覚えがあるだろう』というので、幻覚ではないことが分り、殺しに来たなと思いました」

「そのときあなたは、ピストルか何か、武器を持っていましたか？」ケルトンが質問をはさむ。

「いいえ」

「ピストルは所有しているでしょう？　どこにあったのです？」

「持っていることは二つ持っています。一つは寝室の化粧台の抽斗《ひきだし》に、一つは食事のまえに着換えた服のポケットに入れてありました」

「判りました。それで？」

「そういってコープは、私の前に立って、ニタリニタリ気味の悪いうす笑いを浮べているのです。その顔は、どう見たって正気とは思えません。しばらく私を気味悪がらせてから、コープは静かにいいました。『どうだ、耳よりの話を聞かせようか。俺はきょう医者に診てもらったが、肺が悪いから、うまくいってもう一年とは保《も》たぬといわれたよ。どうだ、嬉しかろう？』

　前へ立ちはだかって、ニタニタやられてはとてもやりきれません。『出てゆけッ！』と呶鳴りつけてやりますと、コープは急に今までの穏かな態度をすてて、『何故俺を殺そうとしないんだ？』といいますから、『よし、殺してやる！』と叫びながら、私は起きあがろうとしましたが、酔っているので腰がふらついて、急には起きられません。しかしコープは、不思議なことに、一向襲いかかる様子もなく、却って後退りしながら、『今晩は止したがよかろう。そんな腰つきで、人が殺せるものかね。俺も今晩は、お前の命を預けておいてやるが、いずれは生しておかぬから、そのつもりでいろよ。それもさんざ苦しめた上で殺してやるからな。あばよ』

そういって彼は、あたふたと出ていってしまいました。私はしばらく呆然として、テーブルに手をついたまま立っていましたが、そこにあったコップをとって、ウイスキを一杯ぐっと呷《あお》ると、そのまま椅子に倒れて、前後不覚になってしまいました。次に気のついたのは、寝室でリーヴスに服を脱がされているときでした。以上が嘘も偽りもない事実です」

「ピストルの音は聞かなかったのですか？」

「少しも知らなかったです」

「コープを追って、外へ出たのではありませんか？」

「いいえ、書斎から一歩も外へ出ません」

「ふむ、あなたはワイシャツの飾りボタンを一つしかつけていませんね？　何故ですか？」マシウ・ケルトンは意外なことを訊ねた。

銀行家オークリは自分の胸に目を落した。そこにはボタン孔が二つあるのに、上の孔に黒真珠の飾りボタンをつけているだけ、下のはボタンを差した様子さえなかった。

「見当らなかったものだから……泥棒にやられたらしいです」

「泥棒が入ったのですか？」

「二ケ月ばかりまえ、留守に入られました。銀の食器と宝石類を少しやられましたが、ナニ大した被害じゃなかったのです」

「どうもありがとう。じゃどうぞあちらへ」

マシウ・ケルトンはオークリを客間の方へ追いやっておいて、むずかしい顔で葉巻をすぱすぱやりながら、弁護士に向っていった。

「ターナア君、私は弁護士でなくてよかったと思いますよ。あんな拙《まず》い話を聞かされたんじゃ、やりきれない」

「しかし事実かも知れませんからな」

「陪審員を納得させるには、骨が折れますよ。——死体を見たいものですね」

死体は正式の検屍官の来るまで、上から毛布をかけただけで、現場に残してあった。マシウ・ケルトンは、ターナアをはじめとして、ラモット警部、アッシャ医師、オークリと共に、そこへ出ていった。そして強力な懐中電燈でざっと調べてみてから、そこに張番していたレスター巡査に向って訊ねた。

「何か発見しませんか?」

「弾丸《たま》を見つけました。土の中から掘りだしたのです。貫通したんですな」

「ちょっと見せて下さい」ケルトンは巡査から、手のうえに弾丸を受けて、じっと仔細に見入り、警部に話しかけた。「どうお思いです?」

「ピストルのことは、私も少し調べています。というよりは、まア一種の道楽なんですが、この弾丸は少し変っていますねえ。尖《さき》が鋼《はがね》で、非常に長い。そして二二口径にしては大きすぎるし、三二にしては細すぎる。こりゃ不思議な弾丸ですねえ」

「不思議でしょう? 実は私もピストルに趣味を持っていますが、これはスコマク拳銃《ピストル》の弾丸ではないかと思うのです」

「スコマク拳銃? 聞いたことがありませんな」

「米国ではあまり知る人がありません」マシウ・ケルトンは警部の方を見ずに、何故かオークリの方を注意しながら、「恐らく米国中を探しても、一ダースとは輸入されていないと思いますが、これは独逸《ドイツ》で発明されて、チェコスラヴァキヤで製造されたのです。しかし、二五口径の単発で、チョッキのポケットにも忍ばせ得るほど小型なくせに、威力はこの通り十分人を殺《あや》め得るものなので、警察が直ちに製造を禁止しました。だから市場には全部で百個ばかりしか出されていないです」

といって、突然、オークリに向い、「あなたはスコマクの豆拳銃をお持ちですか？」と訊ねた。

「持っています」銀行家はギュッと口を一文字にむすんだ。

「どこにあります」

「化粧台の抽斗に」

「弾丸は？　こめてありますか？　今晩それを持っていたのじゃありませんか？」

「いいえ、近ごろは見もしなかったです。半年ばかりまえ、紐育《ニューヨーク》のある輸入商から買ったのですが、その後数回試射をしたところによると、二十呎以上離れては、あまり正確でないようです。その後は化粧台の抽斗に入れたまま、一度も出したことはありません」

「じゃ今でもそこにあるはずですな？」

「あると思います」

「もう一挺の方は？」

「この方は普通の五連発で、鼠色の服の尻のポケットに入っています」

「レスター君、ちょっと二階《うえ》へいって、二挺とも取って来て頂けませんか」マシウ・ケルトンは巡査に頼んでおき、警部に向って、「ところで、コープはピストルを持っていましたか？」

「いいえ、ここに所持品の明細表がありますが、金時計とライタをつないだ金鎖、革の紙入れが一つ、中は名刺と紙幣が四十二弗《ドル》入っているだけ、頭字《かしらじ》入りの白い絹ハンカチが一枚、煙草の四本残っている革のケースが一つ、生焼けのビフテキを賽《さい》の目に切ったものらしい小さな紙包みが一つ」

「えッ、ビフテキを?」とケルトンはその紙包みの中を覗いてみて、「コープのようなちゃんとした男が、しかもタキシードを着ながら、ビフテキをポケットに持っているとは、一体これはどうしたのですかね」

「それを私も不審に思っているのですよ」

「ふむ、で、そのほかの所持品は?」

「所持品はそれだけですが、レスター巡査がこんなものを拾いました。コープのポケットからこぼれ落ちたものらしいです」

警部が出して見せたのは、プラチナ台に黒真珠をちりばめた飾りボタンであった。

ケルトンはコープの胸を調べてみて、「コープのじゃないな。コープは金ボタンをちゃんとつけている。——これはあなたのですか?」とオークリの鼻先へそれを突きつけた。

「おう、私のですよ。これと一対《つい》になっているのです」オークリは自分の胸へ目をやった。「それがどうして死体のそばに落ちていたのでしょう? 私には判りません」

そのとき、レスター巡査がピストルを二挺持ってきてケルトンの手に渡した。ケルトンは自動拳銃の方を、安全装置をはずして弾倉を調べてみた。弾丸は五発ちゃんとしている。次に豆ピストルの方だが、これは明らかに発射してあった。弾丸がそこにこめてなかった。

「おや! たしかに弾丸ごめしてあったのに!」ガイ・オークリが覗きこんで叫んだ。

「…………」マシウ・ケルトンは、オークリの顔を穴のあくほど見つめていたが、そのとき松林の奥の方に、長い、うめくような声が、ひと声聞えた。

「おや、何でしょう?」ケルトンはギョッとした。

「ハッハッハッ、梟《ふくろ》ですよ」エヴァン・ターナアが笑いとばした。「この季節になると、毎晩のように聞えます。きっと山猫か何かに捕られたのでしょう。それ……」

梟は苦しそうに、ギャアギャアと鳴きつづけたが、やがてパタリとそれも聞えなくなった。

「殺られたな」ターナアが呟いた。

マシウ・ケルトンは、無言のまま、何か考えていた。その顔は、極度の精神集中をやっていることを示した。

「想像だな……」ふと彼は呟いた。

「なに?」

「何でもない。——レスター君」

「はい」

「君は死体の周囲を十分調べたんでしょうね?」

「半径十呎以内は、草をわけて入念に調べました」

「それでこの飾りボタンだけしか発見しなかったのですね? ——アッシャさん、コープの身長はどのくらいありますかね?」

「優に六呎はありましょう」

そこでマシウ・ケルトンはラモット警部を片隅に呼んで、「あなたはオークリを逮捕するつもりでしょうが、それを明日まで待ってくれませんか。禁足を命じて、この家の中に監視するだけにして、引張るのは待って頂きたいのです」

「そんなことをいったって、これだけ証拠の揃っているものを、ほったらかすわけにゃゆきませんよ」

「それもそうですが、何もいま持ってゆかないたって、明日でもいいじゃありませんか。明日の午後五時までに、私から何とか挨拶しなかったら、その時こそどうぞ逮捕して下さい」

「危いですからねえ」

「それは私が責任をもって保証しますよ」

「そうですか。あなたには度々御恩を受けて、そのお返しもまだ出来ないでいる始末だから、じゃ、よござんす。承知しました。しかし、それにしてもあなたは何か見込があるのですか?」

「見込みといえるかどうか、まア夢かも知れませんよ。こんなことを話せば、あなたは笑うにきまっているから、まア明日まで待って頂きましょう」

ケルトンは微笑を浮べて話を打ちきり、一同の方に向って、「では私はこれで帰ります。帰って、やりかけの暗号文解読を、片附けてしまいたいと思います」といった。

「どうでしょう、お見込は?」ターナア弁護士が心配そうにいった。

「まだ何ともいえないけれど、一縷の望みがないでもありません。明日の朝十時に家へ来て下さい。庭の養蜂場の方にいますから。——蜂がそばにいてくれると、どういうものか私は落着いて考えごとができるのです」

翌朝約束の刻限に、エヴァン・ターナアが訪ねてゆくと、マシウ・ケルトンは約束通り、庭の養蜂場でベンチに腰をおろし、蜂の活動をじっと見つめていた。

「お早う。蜂というものは非常に面白いものでしてね、蜘蛛もそうだけれど、私は人間の行為に何か判らぬことがあると、いつもそれを蜂や蜘蛛におきかえて考えてみるのですよ。それで問題の解決した例が、尠なくありません。例えば蜘蛛の雌ですが、こやつは必ずその良人《おっと》を食ってしまいます。良人も求愛をするとき、自分の運命がどうなるかということは、よく知っているらしいですね。しかも、愛には打ちかてない。ギャラントなロメオは、胸をときめかしながら、ヂュリエットの許へ忍びより、愛の囁きをしたと思うと、その場で彼女の腹をこやしてしまうのです。この実際を私は去年の春観察したのですが、その示唆によってマールトン夫人が良人を三人まで毒殺したあの事件を、解決するに成功しました。ある種の地蜂のやり方を見ると——」

「待って下さい」ターナアがいらいらして遮った。「もう十時すぎました。地蜂の習性については、日を改めて伺うとして、オークリ君はどうなるでしょう?」

「そのことですが」とケルトンは同じような態度で、「いまあなたの来るまえに、私は地蜂のすることを見ていたのですが、それがオークリを救う手段を暗示してくれるらしいのです。いまは説明しないでおきましょう」とケルトンは微笑をふくんで、「これは私が全然過っているかも知れないのです。というのは、もともと非論理的に、結論だけつけてしまったからですが、これからそれを理論づけるべき材料を集めに行かなければなりません。幸先《さいさき》のいいように、この地蜂君をつれてゆきましょう」

マシウ・ケルトンはポケットから、厚紙に大きな地蜂をピンで差したものを、出してみせた。

「行くって、どこへ行くんです?」

「ルイス・コープの家へ、必要な材料を探しにでさアね。コープはどこに住んでいたのでしたっけ?」

「ブライアリ森の入口の小さな家ですよ。この三四年、あそこで隠遁者のような生活をしていたのです」

「人は孤独をまもって、じっと考えこんでいるほど危険なことはないですからねえ」

コープの家は、森を背負った石造の小さな建物で、近所には住む人もないほど淋しいところであった。

「なるほど、これはひどい場所だ」ケルトンはそういいながら、静かに自動車を降りた。

「一体ここに何があるというんですか?」ターナアは不思議でならないらしかった。

「何って、鼠取りの一つくらい、必ずあると思うけれど……」

「鼠取り?」

家の中にはむろん誰も居らず、玄関には鍵がかかっていたが、それはケルトンが合鍵でわけもなく開けた。内部はごく簡素ではあったが、割合とよく整頓されていた。

「どんな本があるか、ちょっと見てやりましょう。読書範囲を見れば、その人は大体判るものだから」居間の小型書架には、ポウの古い全集と、まだ新しい四冊ものの鳥禽《ちょうきん》学エンサイクロペヂアがあった。「ほう、面白い組合せだな。それに独り住居《ずまい》のくせに、これっぽちの本しかないというのは、どうも感心できないて」

ケルトンは独り言《ご》ちながら、静かに台所の方へ行ってみた。すると、多分隣の食器室からであろう、ゴソゴソと微かな物音が聞えてきたので、ニッコリ会心の笑をもらして、その扉《ドア》を押しあけた。そこには大型の、旧式な金網製の鼠取りがあって、その中で三匹の小さい鼠が、出たがって暴れているのであった。ケルトンは何を思ってか、金網の戸をあけて、鼠を逃がしてやった。

「まずここまでは、見込み通りだった。あとは帰りがけに、薪小舎《まきごや》を覗いてみれば、それでよろしい」そういいながら彼は、その言葉とは反対に、あっちこっちの抽斗をあけて、しきりに何かを探していたが、やっと見つかったと見えて、小さな丸いものを黙ってポケットに納めた。それが細くて丈夫な撚糸《よりいと》の玉にすぎなかったので、ターナア弁護士はいよいよ不思議でならなかった。

ルイス・コープは独り住居の退屈しのぎに、薪を挽くのを仕事にしていたと見えて、小舎の中にはそれがキチンと積みかさねてあった。

「こんなところに、何もありゃしませんよ」ターナアがいった。

「そうですかしら」

「だってここには薪のほか、鉞《まさかり》と斧《おの》が一挺ずつ、鋸《のこぎり》、熊手のほかには鸚鵡《おうむ》籠が一つあるだけですよ」

「この籠を、あなたはどう思います？」マシウ・ケルトンはじっとそれを見つめていった。

「そりゃ独り住居の侘しさに、鸚鵡でも飼っていたことがあるんでしょう。それが死ぬか、逃げるかして不要になったので、ここへおいてあるんでしょう」

「それだけですか？」

「それだけかって、鸚鵡の種類や性別や呼名は、籠を見ただけじゃ判りませんやね」

「そうじゃない。籠の状態によく注意して下さい。ここやここに、赤い汚れがあるでしょう？　それでも何か判りませんか？」

「どれ、どこに？　なるほど。してみると鸚鵡は殺されたんですかな、最近に。きっとコープの気に入らないことをいったので、捻り殺したのでしょう」

「人の顔というものは、死んでからも、何事か自分の感情を表示しているものです。私はあの顔を見て、コープは非常に感情の強い人物だけれど、一面にそれを圧《おさ》えつける冷静な頭脳も持合せていたと見てとりましたよ。さア、ではもう行きましょう」

「またどこかへ行くのですか？」

「オークリ邸の門前で、ある人たちに会う約束があるのです」

自動車がガイ・オークリ邸の門前に近づくにつれて、エヴァン・ターナアはカーキ服の青年が十二三人、そこの塀の上に腰をおろしているのを認めた。彼らは自動車の中にマシウ・ケルトンのいるのを見て、いっせいに塀からとび降りた。

「ボーイ・スカウトじゃありませんか」ターナアが目を丸くする。

「私は隠れたる後援者のひとりなんですよ」

マシウ・ケルトンは自動車を降りて、ぐるぐるっと取りまいたボーイ・スカウトに向い、しきりに身振りを加えながら、何か説明した。熱心にそれを聴取していた青年たちは、説明が終ると一散に、オークリ邸の裏の松林の中に駈けこんでいった。マシウ・ケルトンはその後姿を見送ってから、前夜ルイス・コープの倒れていたという場所へ、ターナアをつれていった。

「私の推理が正しくて、稀有の幸運にめぐまれれば、いまに何か判るはずです。そのあいだに、さっきの続きの地蜂の話をしてしまいましょう」

「判らん、ケルトン君、私には何のことやらさっぱり判りませんよ。判るといって、一体何が判るのです？　地蜂に鼠取りに鸚鵡籠にボーイ・スカウト――こりゃ一体何を意味するんですね？」

「……私は正気です。少なくとも気は狂っていないつもりだから、安心して下さい。そしてまア、蜂の話を聞いて下さい」そういってケルトンは、ポケットから磔刑《はりつけ》になった蜂をとりだして、「こいつはけさ、私の養蜂園に迷いこんできたのです。蜜蜂には大敵ですから、許してはおけません。早速追いまわして、手で捕りましたが、そのときこいつは怒って、私の手を螫しました。幸い手袋をはめていたから、こちらは平気だったけれど、こいつはすぐ死んでゆきました。私が殺したわけじゃないのです。つまりこいつは、生涯に一度しか螫さない――一度敵を螫すと、そのまま死んでゆく種類なのです。そのことはむろん、自分でも知っているのです。丁度雄蜘蛛が、雌に食われてしまうことを承知のうえで、求愛するのと同じに、螫せば死ぬことは知りながら、こいつは私を螫したのです。それは何故かといえば、死をも辞せぬほど私を憎んだからです。人間にもそういう奴がいますよ」

「というと……?」

「サムソンもペリシテ人《びと》を殺すためには、自分も一緒に死なねばならぬのは承知のうえで、柱を引いて家を潰しました。愛は強いというけれど、私はこの世の中で憎しみほど強いものはないと思います。今度の事件にしても、コープはオークリを憎んでいました。殺してもあきたりないほど憎んでいました。そして実際に、殺そうと思えば殺せる機会はいくらでもあったのです。しかし彼は殺さなかった。それはなぜか? 彼は残忍であると同時に、狡猾でもあったのです。ただ殺すだけでなく、十分苦しめた上で殺し、うらみを晴したかったのです。そこで、考えたあげく、巧妙な方法を案出しました。彼は重い肺病で、療養に手をつくしても、一年とは保たないと医者から宣告されました。それで、自分がまず死んで、オークリが殺したように見せかけ、結局彼を死刑台に立たせようと考えついたのです。彼は企みに企んで事を運びました。まずその準備として、オークリの家へ泥棒に入り、銀の食器と宝石類を盗み出しました。真の目的は、オークリのピストルを持ちだして、発射しておくことだったのです。これは彼に罪を塗りつけるうえに、必要欠くべからざる準備工作です。黒真珠の飾りボタンも、補助的には有効な材料となりましょう。

次にコープは、オークリが独りだけで家にいる晩を狙って、出かけてゆきました。そのとき相手が自分を殺してくれれば、問題は簡単に片附くわけですが、幸か不幸かオークリは手を出さなかった。で、オークリとの口喧嘩を執事のリーヴスに聞かせただけで満足して、表へ出ると、そこでオークリのと全く同じピストルで自殺をとげたのです。証拠は十分でした。どんな裁判官でも、オークリをコープ殺しの犯人として、死刑台にのぼすに違いないほど十分でした。現に弁護士たるあなたでさえそれを信じたくらいでしょう。私もはじめは、オークリが犯人だと思いました。しかし再考してみると、腑に落ちないところがある。それは心理上の問題です。オークリほどの男が、なぜこんな無計画な、愚かな殺しかたをしたか？」

「なるほど、そう聞くと、いかにも尤《もっと》もらしく見えますが、私には腑に落ちないところがありますよ。その説明でどうしても納得できないのは、ピストルです。コープは自殺したのだとして、それではピストルはどうなったのでしょう？　死体のまわりは丹念に調べたけれど、ピストルは落ちていなかったのですよ」

「そこが面白いところなんですよ。そこにコープの計画の独創的ともいうべき面白さがあるのです。あなたはコープのポケットからビフテキの賽の目切りが出たのを覚えているでしょう？」

「忘れやしません」

「それですよ、手掛りは。あれがあったから、私は大胆に想像力を働かしてみたのです。それが果して的中しているかどうかは、まだ判らない……おや、ボーイ・スカウトが一人帰ってきましたよ。──フレディ、どうだった？」

フレディと呼ばれた青年は、息を切らしながらそばへ来て、軍隊式に敬礼してから、

「見つかりました」と答えた。

「じゃその場所へ案内してもらおう」

マシウ・ケルトンは迷惑がる弁護士を急きたて、フレディを先に立てて松林の中へ入っていった。五十碼《ヤード》も林の中へ入ってゆくと、ボーイ・スカウトは立停って、頭上を指《ゆびさ》した。見あげると、松の樹の割合と低い枝から、身長二呎もある大型の梟が死んでぶらさがっているのである。

それは脚に丈夫な紐がついていて、それが枝にからまっているのだが、そのため逃げられなくて、夜行性の野獣に襲われたものらしく考えられた。

「登っていって、そっとおろして来たまえ」

ボーイ・スカウトは、ケルトンの命令で、スルスルと樹にのぼり、枝にからんだ紐を丁寧にといて、鳥ごと下へ落してよこした。紐は長さ二呎もあろうか、一端をしっかり脚にむすびつけ、他の端には一見玩具《おもちゃ》のような豆ピストルがついていた。

「おや！　オークリ君のによく似た……」ターナア弁護士が叫んだ。

「全く同じですよ。スコマクの豆拳銃です。しかもこの通り、射ってあります。コープはこれで死んだのですよ。鈎金《かぎがね》も頭を摺りつぶして、引金にちょっと触《さわ》れば発射するようにしてあります。背の高いコープは、腕を一杯にのばして、自分の心臓を射ったんですよ。すると梟は、予定の通り、脚にピストルをつけたまま、音に驚いて飛び去りました。飛び去った梟は、松林の奥へ行って、どこかの枝

に止まるでしょう。すると長い紐が枝にからんで、梟はそこで飢え死にするか、山猫の類に殺されてしまいます。そして時と共に紐が腐り、ピストルは下に落ちて、密林の中へそれきり失われてしまう——というところまで、コープが計算を立てていたことは、想像にかたくありません」

「しかし紐なぞつければ、梟が騒ぎたてて、誰かに知れそうなものだと思いますがねえ」

「よく馴らしてあったのですよ。恐らく雛のときから、そのつもりで飼いならしたのでしょう、鼠を餌にしてね。ポケットにあったビフテキの切《きれ》だって、餌ですよ。そしてオークリに会うときは、どこか樹の枝にでもつなぎとめておいたのでしょう」

「実に驚くべき奴だ！」

「それにしても、可哀そうは可哀そうですね。地蜂のように、自分の身を殺して腹癒せしようと思ったのが、犬死《いぬじに》に終ったのだから。さア、じゃこの梟とピストルを持って、ラモット警部のところへ行ってよく説明してやって下さい。私は家へ帰って暗号文を解いてしまいます。もう一息で鍵が見つかるところだから」

五十六番恋物語

スティヴン・リイコック

ここに私の語ろうとしている話は、ア・イエンという私の知った男から、この男の開いている洗濯屋の奥の小さな部屋で冬のある夜聞いた話である。ア・イエンは小柄で物静かな支那人で、顔なども真面目な考え深そうな顔つきをしているが、性質が元来彼の国の人によく見受ける憂鬱な、黙想的な男なのである。私との間は数年越の友情であって、永い夜を彼の店の奥のほの暗い燈火《あかり》の下で差向い、パイプを友にいつまでもいつまでも黙想に耽ったことも幾度《いくたび》かあった。私が彼に興味を感じていたのは第一に想像力の豊富な点であって、これは恐らく東洋人の特性であろうが、これあるがためどれだけ彼は日常のむさくるしい労苦を忘れ得ていたか知れないと思う。ただ、想像力は豊かであるが、物事を分析的に見る眼の鋭さに至っては、この話を聞くまで私は少しも気づかないでいたのであった。

その晩例の通り私達の坐っていたのは煤けた小さな部屋で、家具といっては二脚の椅子と小さな卓子《テーブル》があるばかり、燈火はたった一本の蠟燭だけであった。四方の壁には絵が貼ってあったが、それも多くは日刊新聞から写真を切り抜いて、ほんのぼろ隠しに貼りつけたものにすぎなかった。その中にたった一枚ともかくも絵らしい絵というのはペン画の肖像でちょっと上手に仕上げであったが、その人物というのが非常に美貌の青年でありながら、限りなき哀愁を浮べているのである。深い事情は知らないが、ア・イエンは何んでも非常に悲しい経験を持っていて、この絵はその事件に関係のあるものなのらしかった。もっともその事情については私は質問することを遠慮していたのだが、この話を聞いた晩に偶然にもその来歴を知ることが出来たのである。

その晩例の通り差向いで黙って煙草をやっている時、何を思ってか突然彼は話しだした――。彼はなかなか教養もありいろんなものを広く読んでもいるので、殆んど完全と云っていい英語を話す。もっとも発音は支那人風に著しく間延びのした流暢《りゅうちょう》さを持っているが、その口調までここに真似るわけにはゆかない。

「あなたはさっきから御気の毒な五十六番さんの肖像を眺めていますね。この話はまだ申上げたことはありませんが、今晩は丁度五十六番さんの祥月命日ですから、一つあの方の御話をしましょう」

そう言ってア・イエンはちょっと言葉を切った。私はパイプに新らしく火をつけて、早く先を話すように、点頭《うなず》いて見せた。

「五十六番さんはいつ頃から私と関係が出来たのか、判然たることを覚えていません。もっとも帳簿を調べれば判ることは判りますが、調べてみようとも思いません。とにかく最初は普通の御得意様並の心持しか持っていなかったのです。いや、あるいは、五十六番さんは洗濯物を決して自分で持って来ることはせず、必ず使いに届けさせるのが例になっていましたから並以下の注意しか払ってはいなかったのかも知れません。それでもしばらくしていよいよこの人は私の店の定得意《じょうとくい》になってくれるものと見究めがつきましたので、五十六番という御得意様番号をつけて取扱うことにしましたが、その頃から一体この人はどんな方だろうといろいろと考えてみるようになりました。そのうちに、ぽつぽつといろんなことが判って来ました。第一に、洗濯に出す品物の質から見て、この人はさして金持というほどではなくとも、かなり豊かな暮しをしている人だと思いました。それに、規則正しい生活をしている若いクリスチャンで、社交界にも相当に顔を出しているものと思われました。これは洗濯物の品数が一定していること、必ず毎週土曜日に洗濯物が出ること、毎週一回位の割に礼服用のシャツを着るらしいこと、などで判ります。人柄は、カラの高さが二吋《インチ》でしたから、気取らぬ奥ゆかしい人だと思いました」

私は聊《いささ》か驚いてア・イエンの顔を見つめた。こうした分析的推理法はある人気作家が最近発表した小説で読んで知っていたけれども、東洋生れの一洗濯屋であるこのア・イエンがこうした才能を持っていようとは、私の夢にも思っていなかったことであった。

「私のところへ洗濯物を出すようになった頃の五十六番さんは大学生だったのです。もちろんそれはしばらくしてから判ったのですが、どうしてそれを知ったかと申しますと、夏の間四ケ月だけ留守になるのと、大学の試験時になると私のところへ来るシャツのカフスに年月日や公式、幾何学の命題などが鉛筆で書き散らしてあるからです。私はこの人の学生々活に少なからぬ興味を持って眺めていました。それは四年間続きましたが、その間私はずっと引続いて毎週この人のために洗濯してきました。一体御得意様のこととなると何んとなく気にかかるものですが、その上この五十六番さんはどこか好もしい人と思えたものですから、私は一層尊敬もしますしどうか成功なされればよいがと念ずるようになりました。それで私は及ぶかぎりのことをしようと思って、試験季節が来る毎に、ワイシャツの袖を肘の下あたりまで糊でカチカチに固めて、書く場処を広くしてあげることにしました。いよいよ卒業という時の試験の折なんか、私の気の揉みようは御話にならぬほどでした。とにかく五十六番さんにとっては学生時代の一大危機なのです。五十六番さんがどんなに一生懸命であったかは、私のところへ来るハンカチが試験中に無意識でペン拭きの代用にしたらしいインキのあとだらけであったのでも知れます。しかし、遉《さす》が四年間の学生々活中にはこの人の道義的観念も一段と進境を示したことは争われぬ事実で、初年級の頃は試験時になるとあんなに沢山書き散らしてあったカフスが、この時分になるとぐっと綺麗になりました。そして、量ばかりではなく、書いてあることの質が遥かに向上して来ました。それから、六月に入るとすぐの土曜日に来た洗濯物の中に皺だらけになった礼服用のシャツがあって、胸のあたりが一面に酒だらけになっているのを発見した時は、五十六番さんもいよいよバチェラー・オヴ・アーツとして祝賀会に出られたかと、他人《ひと》ごとながらうれしさでぞくぞくしました。

それから、その年の秋も過ぎ冬となっても、五十六番さんのハンカチでペンを拭く癖は止みませんで、殆んど慢性になったらしく見えましたが、学業の方はいよいよ法律学を専攻なさることになりました。そして、その年はよく勉強なさいました。毎週の洗濯物の中には礼服用のシャツなんかは見られなくなったくらいです。けれどもその次の年になっていよいよこの人の生涯を誤まるような大変なことがもちあがって来ました。というのは、その少し前あたりから一週一回せいぜい二回くらい出ていた礼服シャツが、急に一週四回も出るようになり、麻のハンカチが次第に絹ハンカチに代ってきたのです。これは勉強中の身をも忘れて、社交界を飛び廻るようになった証拠だと私は思いました。それればかりではなく、五十六番さんは恋をするようになりました。それは疑う余地のない事実でした。そして、礼服のシャツは一週に七枚出るようになり麻のハンカチは全く姿を隠してしまいました。カラは二吋だったのが二吋四分の一になり、やがて二吋半なりました。その頃の帳簿は今でも保存してありますが、一目見れば五十六番さんがどんなに苦心して身窘《みだしな》みしたかが判ります。忘れもしません、その頃土曜日毎に私のところへ届けられる五十六番さんの洗濯物の包みを、あの人の恋が報いられているという証拠を摑みたいと思って、どんなに私は胸をおどらせながら開けたことでしょう！　どうかして恋の勝利を得られるようにと、私はあらゆる秘術をつくして入念にあの人のものを仕上げました。相手の女の方は立派な、気高い方でした。それは、その頃まで五十六番さんの洗濯物の中にはちょいちょい烏賊胸《いかむね》やカフスだけの袖口だのありましたのがその女の方と知るようになってから、そんなものをすっかりやめてしまったのでも知れます。

楽しい求婚時代！　あの頃のことを考えると私でさえ胸がおどります。私は土躍日を楽しみに、全く土曜から土曜へと渡ってゆくような気持で暮していました。そのうちにながい冬もすぎて、世の中はいつしか春になりました。するとあの日珍らしくも五十六番さんから新らしい白のチョッキが仕上げに届けられました。それが何んのためであるかはすぐに判りましたから、私は舐めるようにして丁寧にそれを仕上げました。次の土曜日には再びそのチョッキが届けられましたが、私はそれを見て右の肩のあたりに可愛らしい手の掛けられたことを知り、五十六番さんの申出の容れられたのをこの上なく喜びました」

ア・イエンは言葉を切ってちょっと休んだ。そして、火の消えたパイプを手の上にのせたまま、一つしかない眼でじっと壁の方を見つめた。壁には蠟燭の光がゆらゆらと揺れて、わびしく明暗の隈を作っている。しばらくして彼はようやく語りついだ。

「派手やかな夏のネクタイ、雪のようなチョッキ、一点の汚れもない純白のシャツ、恋するものの気むつかしさから日毎取換えられる高いカラー——それからの生活がどんなに幸福であったか、決してくどくは申し上げますまい。私はこの上なく満足でした。何一つ運命の神に要求したいとは思いませんでした。けれども、何んという皮肉でしょう、その生活が永続しないものであろうとは！　その年の夏が過ぎて秋に入ると時々喧嘩《いさかい》があるらしいのを知って私は胸を痛めました。一週七枚出ていたシャツが、四枚になり、その上烏賊胸やカフスさえ再び使われるようになったのです。そうかと思うと仲直りが出来て白チョッキの肩に悔悟の涙のあとが見え、シャツが再び毎週七枚ずつ出るようになることもありました。けれども、不和の度数は次第に多くなり、時には感情の激動するがままに乱暴の演ぜられることもあると見え、チョッキのボタンのとれていることもあるようになりました。そしてシャツは一週三枚になり、二枚になり、カラの高さは一吋四分の三になってしまいました。それでも私は、この五十六番さんのためには出来るだけの注意を怠りませんでした。これでもか、これでもかと、気をもんで私は仕上げに念を入れていたのです。あの頃の私の眼には、シャツにしても、カラにしても、これだけ美しく光沢《つや》が出ているのだから、鉄をもとろかす力があるように思われました。けれども、私が気を揉んだくらいが何んのたしになりましょう。一ケ月ばかりのうちにすっかり胡麻《ごま》化《か》しカフスや烏賊胸がのさばりだし、遂にある曇った土曜日に来た洗濯物の中からセルロイドのカラが幾本か現われました。それを見た時私は、五十六番さんもいよいよ相手に見捨てられたのだなと思いました。この頃を五十六番さんが、どんなに苦しんだことか私は一々説明する材料を持っておりません。けれどもただそのセルロイドのカラさえやがてはやめて、紺のフランネルのシャツを着るようになり、とうとう鼠色のシャツにまで下落していったことだけは申しておかねばなりますまい。それから三週間目に来た洗濯物が私と五十六番さんとの最後の交渉でした。それは持物全部をかき集めたのかと思われるほどの大きな包みでした。そしてその中に一枚胸のところが血で真赤に染ったシャツを発見した時の私の驚きはありませんでした。しかもシャツの丁度心臓のあたりに弾丸《たま》でも射ぬいたらしい焦げた穴まであるのですもの。考えてみるとそれから二週間ばかり前に街角で新聞売子が『青年の厭世《えんせい》自殺』と叫んでいたことのあったのを思い出しました。これが五十六番さんだったに相違ありません。実に気の毒なことでした」

この時店の方に誰か来たらしく、ベルが鳴ったので、ア・イエンは例の彼一流の物静かさで立って行ったが、しばらくして戻って来た時はもう五十六番さんのことなんかけろりと忘れたような顔をしていた。それから間もなく私は悄然と浮かぬ顔で帰って来た。帰り途にも私はこの異邦の淋しい友の上を、いろいろ考えていたが、何んとなく相済まぬ気がしてならなかった。というのは、どうにも云いだす気になれなかったからだとはいえ、あることを話しそびれて来たからである。でも、あの場合ア・イエンのそれとも知らず画いている空中楼閣を一撃のもとに破壊し去るなどいうことが出来るものではない。私自身は世間を逃れ、淋しく暮らしている男で、あんな恋など知りはせぬのだが、云われてみれば一年ばかり前に大きな洗濯物を一抱え出したことをぼんやりと覚えていた。丁度三週間ばかり田舎へ行って来て、洗濯物がうんとたまったから、しかもあの中には鞄の中で赤インキの瓶が毀れたため真赤に染った上、その始末をしている時葉巻の火が落ちて焦げたシャツがたしか入っていたはずだ。もっともそれは去年ではなく、ずっと前の事のような気もするし、あんまり確かではないけれども、ただ一つ一年ばかり前にもっと近代的の洗濯屋に出すことに変えるまでは私がア・イエンの得意客で五十六番という客番号をつけられていたことだけは間違いのない事実である。

古代金貨

A・K・グリーン

「御覧下すったら、どうぞこちらへお戻しを願います。十五分以上は決してお目にかけないことになっておりますから」

主人セヂウィックが笑顔よく、いくらか気取ってこういったので、六七人の客たちは、誰かがその古代金貨を主人の手へ返すものと互いに顔を見あったが、どこからもそれは出されなかった。

「まだ面白いこともありますから、これはこれとして」それでもまだ、夫人ですら疑いを抱かなかったほど、主人の笑顔は晴れやかだった。「さ、ロバート、頂いて用箪笥へしまっておいで」

ロバートはこの家の執事だった。客たちは互いに目顔で訊ねあったが、両手をひろげてみせるもの、静かにかぶりを振ってみせる者、誰もそれを持っている様子はなかった。

「どなたかお膝に落ちているのじゃございませんか？　テーブルの上には見えないようですね」若い婦人客が不安そうに口へ出した。

それで思いだしたように、客たちは慌ててナプキンを除《の》けてみたり、脱いであった手袋を振ってみたり、自分たちの当惑を紛らすためにも、しきりにそわそわしだした。

「ないはずはありませんよ。たった一分前までは、たしかに有ったのですからね。あの時、ええと、ダーロウ、君が持っていたようだが、どうした？」

「誰かの手へ渡しましたよ」

「ふむ、すると皿のかげか皿敷の下へでも滑りこんだかな」

主人がこういって、自分の皿から先に持ちあげてみたので、客たちはめいめいそれに見ならった。「じゃ下へ落ちたのでしょう」主人は皿の下にもないと見て、手で客たちを制した。「御婦人がたの健康のため乾盃してからロバートによく捜させましょう」

みなが盃をあげた間に、彼はさりげない視線をすばやく客たちの顔にはせた。この古代金貨は大層高価な品だから、紛《な》くなりでもしたら大変な痛手なのだった。たった今までこれが話題の中心になっていたのだから、テーブルから転がり落ちたとすれば、誰かの目につかなければならないはずだ。そして自分がこれの来歴を披露する間は、ダーロウが指先につまんで皆の目の前に捧げるようにしていた。あれから——ダーロウにそっと訊ねてみようか？　いやいやそんなことが出来るものではない。ごく親しい知人ばかりなのだ。もっとも一人だけブレークというあまり親しくない男がいるが、一座の誰よりも立派な人物なのだ。ブレークは今晩大分はしゃいでいた。少しはしゃぎ過ぎるくらいだった。だがブレークほどの社会的地位ある人物が……そうだ、決して疑ってはならない。ロバートがきっとどこぞから捜しだしてくれるだろう。決して人を疑ってはならない。よし出なかったとしても、今晩のところはすべて忍ばなければならない。

「さ、それでは音楽でも聞きましょう」

セヂウィックはグラスを下におくと、元気よくこう叫んだ。その金貨のことは少しも気にかけていないらしい主人の態度で、白けかけた客たちの気持はまたいくらかはずんできた。彼等は笑いさざめきながら、主人に続いて隣の客間へと移っていった。

だが、婦人客たちはさすがにまだおどおどしていた。それでセヂウィックはみなの気を引きたてようと、しきりに努めたし、夫人もどこやら当惑そうなところはあっても、表面何げなくしてはいたが、隣の食堂でロバートが這うようにして捜しまわっているのを見ては、男客たちも話がはずまなかった。

見かねてダーロウが、彼は主人の義弟にあたり、この家では自家同様に自由に振舞っている男だが、さかいのカーテンを引こうとしかけたが、ふと義兄の顔を見るとそれを止めて、何か冗談にまぎらしたが、誰もそれに笑声を酬いる者はなく、黙殺された形だった。

「大丈夫ですかしら？　私うちでは眼が一番よろしいのよ。一緒に捜してあげてはいけなくて？」若い婦人客がいった。

この丸顔の快活な娘を赤ン坊のころ座の上であやした覚えのあるセヂウィックは、相好《そうごう》をくずして、

「ロバートで十分ですよ。落ちているとすれば、どこかに有ります。それに丸いものだから、どんな遠方へころげているかも知れない。どうだい、有ったかい？」

「いいえ、あちらにはございませんようで。すっかり捜してみましたのですが」ロバートはさかいのところまで来てこういった。

「よしよし、じゃ今晩はもうそっとしておくことにしよう。カーテンを引いてもよろしい」ロバートは古くからいる召使いだから、セヂウィックは決して疑わなかった。

だが、この時客の中から声が起った。今晩の客で一番年下のハマスリという男だった。

「ちょっとお待ち下さい。この古代金貨は、セヂウィックさんの貴重な蒐集品のうちでも最も貴重な一品で、我国にもただ一個だけしかないものだと承っております。従って殆んど金銭には替えられない品です。これと同じものは、世界中に三つしかないとも承っております。私たちはこれを何でもないことにして放ったらかしてよいでしょうか？　私はそうは考えません。これには私たちも幾分の責任があるものと考えます。セヂウィックさんが見せて下すったので、私たちは手から手へ廻しながら

拝見しているうちに、消えてしまったのです。セヂウィックさんはこれを何とお考えになるでしょう？　私は敢てはっきり申すことは差控えますが、あなた方御自身セヂウィックさんの立場になってお考え下されば、よくお判りのことと信じます。よって私はここに一つの要求を持ち出したいと思うものでありますが、それは、この場で、皆様の前で私のこのポケットをすべて裏返しにして、検《あら》ためて頂きたいのであります。但し、これには御婦人方は全部除外致すことをはっきり申しあげておきます。さ、ではセヂウィックさんはじめ、男子方は皆様あちらの食堂へおいでが願いたいものです」

この思いきった発言に、一同は驚愕してしばし鳴りをひそめた。発言者ハマスリは年こそ若いが百万長者であり、大小を問わず決して他人のものを私するような人物でないのは、誰も信じていた。そしてまた、彼自身他人を疑うような人物ではないのだ。いくら言葉は柔らかでも、それがこういう要求を持ちだしたのだから、それだけでもう一座の空気は異様な緊張を示した。勿論主人セヂウィックは、言葉をつくしてその無用なるを説き、思い止らせようとしたが、はや男客のうち二人までが隣の食堂へ行って、今にもポケット検ためを受けようと身構えているのだ。ロバートはカーテンの紐を持ったまま、どうすることも出来ずにぼんやりしている。

「たしかにそうですよ」二人のうち若い方のダーロウが呟いた。「ちゃんと解決してもらわなければ、今晩は寝ようにも寝られはせぬ」

もう一人の客、これは今晩の最年長者だが、有名な銀行家ブレークは、口こそ利かないけれど同じ肚と見えた。セヂウィックにとって困ったことになったものだ。彼はまだ踏止っている二人の男客の方をちらりと見てから、部屋の隅にひと塊りになっている婦人客の方へ歩いていった。その中の一人は彼の妻なのだが、困惑に顔を赤らめているのを見て、内心びくびくしながら、言葉は、持前のいとも丁寧な態度で、お客の中で比較的親しみの薄い娘さん――ロチェスタから来ているダーロウの姪で、ボストンくんだりまで来てこんな日に遭ったのを内心憤慨しているらしいエディスを選びだして、かけた。

「お聞きの通り、あちらの紳士方があんな風に仰有《おっしゃ》るので、私の立場は板挟みになってしまいました。失礼ながらこれは――」

だが彼は、エディスが少しも聞いていないのに気づいた。彼女は食卓で伯父の隣にいたヒウ・クリフォドがいまハマスリと一緒に、食堂の入口で躊躇しているのをじっと見つめているのだった。二人が躊躇していたのは、セヂウィックが婦人たちに話しかけているので遠慮していたのだが、いま彼が中途で口を噤《つぐ》んだので、そのまま食堂へ行ってしまった。すると、エディスが改めて彼の方へ向きなおったので、セヂウィックはもう一度、しばらく失礼させてもらう旨を述べた。

彼女の返答は、セヂウィックも食堂へ行くまでに文句を忘れてしまったほど平凡なものだった。だが、いくら言葉のうえで平気をよそおっても、そっと眼をそらした時の態度で、彼女の肚はよく判った。

「御婦人方は客間でお待ち下さるそうです」

食堂へ入るなり、気がるにそういったセヂウィックは、その場の光景を見てはッとした。先に入ったダーロウとブレークとは、厳しい目つきで正面から若いクリフォドを見つめているが、見られているクリフォドは、恐ろしいほど蒼白な顔でじっと二人を見かえしているのだ。しかも極めてよく整った顔の、完全といってよい口もとに引きつるような微笑さえ浮べているが、それを見ては、あんな古代金貨なぞ掘り出されなかったらよかったのだと、片隅に畏まっているロバートに至るまで、それを思わぬ者はなかった。

だが、今となっては後へひくわけにゆかぬ。この場の最年長者であるブレークは、この案の提出者ハマスリの方へ目礼しておいて、テーブルの前へ進み寄ったかと思うと、落着きはらってポケットのものを一つ一つ取りだしてはテーブルの上へ並べた。すっかり出してしまうと、彼は両腕をあげてセヂウィックの前へ進み出た。

「どうぞこの身に触ってお検ため願いましょう」

セヂウィックは夢中で、いわれた通りにした。

「たしかに何もありません」

ブレークはテーブルの方へ帰っていった。今まで彼の上に釘づけされていた皆の視線は、セヂウィックの一言で一せいに解放されると共に、いいあわせたようにクリフォドの上へ注がれた。クリフォドにとって、ブレークのいま受けた身体検査は、針の莚に坐らされる思いでもあったろうか、今は血の気を全く失って、石のように堅くなって一心にそれを見つめているのだった。息づまるような空気の中に、次の客が検査を受けるためテーブルの方へ歩みよった。と、クリフォドが上ずった声で叫んだ。

「私は、皆さん、私にはこれは屈辱としか考えられません。口で申しただけで十分ではありませんか。私はあの金貨は持っておりません」

蒼白だった顔を反対に朱を注いだように赤くして、皆の顔を見まわした。そしてその視線がセヂウィックのところまでゆくと、ちょっとそこで宙に迷っていたが、咄嗟にセヂウィックが引取って、

「自宅《たく》へお招きしたお客様に対しては、主人側としてお言葉だけで十分信用すべきものと思います。

ブレークさんはせっかくああして皮切りして下さいましたが、これはもう中止しましょう。私どもはお言葉だけで十分です」

「早まってはいけない」ブレークが言下に反対した。「私は今日最年長者として、金貨を持っていないことを口で申しただけでは十分でないと考えております。屈辱ではないかとのお言葉もありましたが、この場合としては、己れひとりの自負心のために身体検査を拒絶することこそ、大なる屈辱であろうと考えます」

こういわれて、クリフォドは毅然《きぜん》と頭をあげた。

「遺憾ながら私は承服しかねます。かくも公然と、泥棒でないことの証明を受けるくらい大なる屈辱は、私にとってないと思います」

ブレークは黙っていた。彼は極く正直な男だけに、何事によらず他人《ひと》にも自分にもずい分厳しい方だったが、冷酷というほどではなかった。で、むっつりしていたが、ふと何か思いあたったらしく、

「若いうちはいろんなことが気になるもので、これは私にも覚えがあるが、あなたは何か、その写真のようなものをお持ちなのではないかな？　今晩はそんなものには決して目は向けないことにしますから、どうぞその点は安心して下さいよ」

クリフォドは唇の隅に冷笑を浮べて、

「写真なんか持っておりません」といい切り、セヂウィックの方へ頭をさげていった。「今晩はせっかくの御感興を私ゆえお妨げして相すみませんが、お許しを得ましてこのまま引取りたいと思います。御婦人方へはあなたからどうか、よろしくお伝えを願います」

セヂウィックは主人方として、こんな風にお客に帰られるのは好まなかったが、殆んど本能的に手

を出した。するとクリフォドは昂然としてその手を握ったけれど、それはほんの形式だけで、どちらも肚に一物ある冷たい握手にすぎなかった。半ば無意識だったとはいえ、うっかり握手してしまったことを、セヂウィックは私《ひそ》かに悔いながら、一歩身を退くと、クリフォドははや玄関の方へ出てゆきかけた。と、ハマスリは自分が軽率な要求をしたればこそこんなに縺《もつ》れもしたのだと思えばじっとして居られぬか、飛びだしてクリフォドの肩に手をかけた。

「待ちたまえ。このまま帰るのはあなたのためでありません。こんな愚かな案を持ち出したのは、重々私が悪いのです。でも、こうなったら致方がありません。さ、こちらへいらっしゃい。隣に誰もいない部屋がありますから、そこへ入ってお互いのポケットの中を見せあうことにしましょう。私だってどうかするとうっかりポケットへ入れていないとも限りません」

「せっかくですがお断りします。私のことは、どう思って下すってもよろしいです。さ、お放しなさい」

クリフォドは振り切るようにして、ホールへ飛びだしてしまった。と、隣の部屋から衣ずれの音と共に、微かな跫音《あしおと》が聞えた。

「さて、婦人連には何と説明したものかな」セヂウィックは境いのカーテンの方へ歩いてゆきながら呟いた。

「有りのままをいうのですな」ブレークが急いで所持品をポケットに納めながら応じた。「何も男がいいからって、用捨してやるには及びませんよ。あの男は金貨は持っていないにしても、何か秘密を隠しています。それを今のうちに婦人方に知らしておけば、先で頭痛に悩む必要がなくなるというものでしょう」

最後の一句は口のうちでいったのだが、セヂウィックは聞き逃さなかった。そして多分そのためだろう、彼は隣の部屋へ入ると真直に用箪笥のところへいって、開け放しになっていた扉《ドア》を閉めてぴったり錠をかった。これはむろん皆の注意を惹かないではおかなかった。彼女らは彼のすることを無言で見まもっていたが、

「やはりございませんでしたの?」とエディスが訊ねた。

「ありません」セヂウィックは強いて微笑を浮べながら、「実はね、あちらへ行ってから、さっきのことは実行しないことになったのです。それほどにまでして頂く代物ではありませんからね、私もそれに賛成したのです。今晩は愉快にすごすが目的ですから、そんなことで感興が殺《そ》がれてはつまりません」

彼女は熱心に聴きとってから、誰かを捜すらしく男客たちの方へ視線をやったが、求める人がいなかったと見え、顔色を少しかえたようだった。そして、失望を笑いにまぎらしながら、ほかの婦人たちの後へ身を隠すようにした。目ざとくもダーロウはそれを認めて、そばへやって来た。

「そんな屈辱は御免だという人が出て、クリフォドさんは……」

「さ、そんな話はもう止そう」セヂウィックが遮った。「金貨が失くなった、ただそれだけのことです。そんなことでせっかくの興をぶち壊してはつまりません。それよりも音楽だ。音楽だ」

一同の気持をひき立たせるため、つとめて元気な声を出し、先に立って客間へ入っていった。それで婦人たちもいくらか景気づいたようだった。現にその中の一人がそっと座をはずしたのを、たいていの人が気がつかないほどだった。

客間からは直接ホールへ出られるようになっていた。一同が、婦人たちを中心に、ピアノのまわり

に集っている時、そっとここからホールへ辷り出た婦人があった。読者はそれがエディスであるのを御承知であろうし、また、たった一人セヂウィック夫人だけがそれに気づいておりながら、わざと知らぬ顔をした理由をも推察して下さるだろう。

食堂で主人に挨拶して別れたクリフォドは、外套を取りに二階へあがっていったが、すぐに降りて来ようとしなかったのは、そこで苦い反省に訶《さいな》まれているのだった。階段で誰にも会いはしなかったし、ホールにも人のいる気配はなかったけれど、それでも彼は私かに監視されているような気がしてならなかった。ハマスリが引き止めるのを振りきってきた時の、執事ロバートの顔つきが目さきにちらついた。むろんあの男の考えていることは判る。ことによると、疑惑に一歩を進めて、どんな行動に出ないとも限らない……

ここまで考えた時、何故か彼は苦笑を浮べて、いよいよ階段を降りて行こうと身構えた。この家も、いま出てしまえば二度と敷居をまたぐことはないのだと思いながら。

だが、もしホールを出きらぬうちに、誰かに捕って抑留されたらどうしよう？　そう思って瞬間逡巡した時、階段の下に人の気配を感じた。ロバートかな？　彼は手摺りに捉《つかま》ってじっと耳をすました。スカートの衣摺れが微かに聞える。女だ。彼は背筋にぞっと寒気を感じた。人生には経験の浅い彼だったけれど、女から冷たい嫌悪の眼で見られたことは一度もなかった。ああ、今こそとうとうそれに直面しなければならないのか！　それにしても、四人のうち相手は誰だろう？　もしもこの家の夫人ででもあったら？　おそるおそる見おろす彼の眼にうつったのは、夫人ではなくてダーロウの姪エディスだった。彼女なら食卓で言葉を交したが、美しい、ごく気軽な娘さんだ。あれから妙な羽目になったので、すっかり忘れていたが、運命の悪戯《いたずら》か思わぬ場所で顔を合せることになってしまった。最後の瞬間に、あの娘さんが現われようとは、誰が思い及ぼう。

二人は階段の中途でばったり顔があった。眼と眼とがあった。だが、予期した嫌悪はそこに見られなかった。女らしいやさしさを湛《たた》えたむしろ暖かい眼ですらあった。

「さようなら。私ももう帰りますの」

彼女はにっこり笑って手をのべ、彼に握手を与えると、そのまま何事もなかったように二階へあがっていった。ああ胸の疼くこの身に、何のわだかまりもなく別れの挨拶をさせてくれたのは、彼女だけではないか！　ほんとうに何事もなかったかのように、穏かに挨拶していった彼女！　クリフォドは我を忘れた形で、静かに階段をのぼってゆく﨟《ろう》たき後姿を見送っていた。と、しかもその時階段の曲り目まで行った彼女は、振返ってニッコリ微笑をさえ送ってきたではないか！　クリフォドは跳ねとばされたように階段を駈け降りて表へとびだした。

客間では、バタンと強く玄関の戸の閉る音が聞えたので、一同はっとしてそれとなく顔を見合せた。中でもハマスリはセヂウィックのそばへ行って、ひそひそと囁いた。

「それ、いまのが大切な金貨の逃げていった音です。どこへ隠していったか、隠した場所さえ私は指摘出来ますよ。妙にちょいちょい左のポケットに手をやっていましたからね」

「その通りです。私もそのことは目をつけていましたよ」ダーロウが賛同した。「それにあの金貨が出てから、あの男の態度はまるで変りましたからね。金貨が手から手へ渡されるときのあの男の目には、人目をぬすむような、何物かを捜し求めるような、妙な光りが現われもしました。その時は別に何とも思いませんでしたが、今になってみると、思いあたる事ばかりですよ」

「そういえばこんなこともありました」ハマスリは重ねて、「食事中もあの男はむやみにナプキンを口のはたへ持っていったり、それも普通以上にゆっくりやっていました。そして一度私がそれを見ているのに気がつくと、さっと赤くなりましたが、すぐに何かうまい冗談をいったので、私もついみなと一緒に笑ってしまいました。何でもセヂウィックさんが金貨を戻してくれと仰有った時は、ナプキンを口のはたへ持ってって、それをかげに右の手で何かやっていたようでしたよ」

「何という馬鹿だろう。あんな品がなくなれば、やかましい問題を起すくらいのことが判らなかったのでしょうか？　しかもあの男は古代金貨の鑑賞家でもないのに！」

「そうですとも。あの男が古銭学の話をしたのなぞ、聞いたことがありませんよ」

「ダーロウ君があれの値うちを話したようだから、それで悪心を起したのでしょう。あの男は近頃悪運続きで困っているそうだから……」

「そうですか？　そんなには見えませんねえ。服を見たってわれわれよりずっと立派なものを着てるじゃありませんか。どうもあれはらと服装《みなり》を構いすぎますよ」

「そんな必要はないのですがね。お面が財産だって、誰かもいってましたよ。収入の方は『合同銀山』から相当入ったはずだが、最近あの会社が潰れたから、苦しいには苦しいでしょう。それにもし借金でもあるとすると……」

　この時ダーロウは、姪のエディスがちょっとホールまで顔を貸してほしいそうだと呼びに来られたので、話は途切れたが、間もなく戻ってきた彼は、姪と共にお先へ失礼させて頂くと挨拶した。エディスが急に気持が悪くなったから、送って帰らなければならないというのだ。これを潮に、客たちは

それぞれ帰るといいだしたので、今晩の会もこれで解散と決ったが、客間で賑やかに挨拶を交している
ると、突然隣の食堂からびっくりしたような叫声が起り、執事のロバートが慌だしくとびこんできた。

「どうした？　何事だ？」セヂウィックが、人々を掻きわけるようにして出てきた。

「ございました！」ロバートは金貨をつまんで目の上に掲げるようにしながら叫んだ。「食卓の板と板との合せ目に落ちこんでございました。只今リュークと二人であちらを片附けておりますと、ころころと床の上にころげ落ちましたので」

　男たちは互いに無言で顔を見あわせ、婦人たちは狂喜の叫びをあげた。

「そんなことでしょうと思ってましたわ」ホールから穏やかなエディスの声が聞えた。「伯父様お急ぎにならないで。私もうすっかりよくなりましたわ」

　声と共に、帰り支度をしたエディスが入ってきた。顔色も殆んど通常に復している。伯父ダーロウはやさしく肯ずくと一同と共にロバートをとりまいた。

「食卓の板と板との間がほんの少し隙《す》いていましたのは、お給仕のときから気がついておりましたが、捜すときはついそこを見るのを忘れておりまして、誠にはや、申しわけございません」

　ロバートの言葉でダーロウも思いだした。

「そういえば、あの金貨は私の手をはなれてから、私とクリフォド君との間にいた御婦人が、食卓の上でくるくる廻していたのを覚えていますよ。廻しはしたものの、話に気を取られて——あの時私たちはみんなそうでしたが、止るまで見届けるのを忘れていたのですね、きっと。そして気のついた時は見えなかったから、誰かが拾ったものと思ったのでしょう。それにしても、非常な偶然ですが、よくまあそんなところへ転げこんだものですねえ」

「もう一度やってみろったって、恐らく十日かかっても出来やしないでしょう」

「だが、クリフォド君は……」

「そう、少し気の毒は気の毒でしたな。でも、ああまでムキにならなくてもという気もしますよ。ちょっとポケットのものを出して見せさえしてくれたら、あんな不愉快な思いはしないですんだのですからね。それにしても金貨が出てきたのは何よりでした。何でしたら私からすぐに、金貨のあったことをクリフォドさんにお伝えしましょうか？」

「ありがとう。でもそれはやはり私の義務だと思いますから」セヂウィックは用箪笥の奥深く金貨をおさめた。

　そこで一同は帰ることになったが、クリフォドの頑固さを聊《いささ》かムキになって咎めすぎた感のあるブレークは、妻君をダーロウに頼んでおいて、みなから一足おくれ、セヂウィックを捕えて申しいれた。

「ちょっとお願いがあるのですが、あなた今晩のうちにクリフォド君をお訪ねになるのでしたら、私もおつれ願いたいのです。どうもあの男のやる事には判らないところがあるから、是非会って気持を聞いてみたいのです。お邪魔でしょうかしら？　もしお許し下されば、丁度私の自動車が待たせてありますから、二十分で用事はすむと思いますが……」

「邪魔なことなんかありませんよ」セヂウィックは妙なことを頼むとは思ったらしいが、快く承諾した。「だがあの自尊心は少し場所柄を弁《わきま》えなさすぎた感もありますね。何でも比較的知った顔が少なかったところへ、ハマスリ君があれをいいだしたので、グッときたのでしょう。しかし、今となってみれば何とも気の毒で、一刻も早く謝罪しなければなりません」

「そうです。一刻も早いがよろしい」

二人は急いで外套を引掛けると、ブレークの自動車でクリフォドのアパートへと飛ばした。

だが、行ってみるとそこには別の男がいて、クリフォドは引越していったが、行先は判らぬとうそぶいた。でも押問答の末、試みに五弗《ドル》の札を一枚出してみせると、その男は忽ち引越先を思い出して、詳しく教えてくれた。それというので急いでそちらへ車を飛ばしてゆくと、今度はエレベーター・ボーイが睡《ね》むそうにして、

「クリフォドさんなら一週間前に引越してゆきましたよ。行先はさア」といっていたが、何枚かの銀貨を握らされると、これもやはり急に思いだした。

ここで教えられた行先は、二人の紳士に思わず顔を見合させたような場所だったが、二人とも口に出しては何もいわなかった。最初に訪ねたのは一流の上等なアパートだった。二度目のここは、かなり落ちるが、それでもまだまだよかった。これから行こうとするアパートは、まだ行って見ないから判らないが、その町名を聞いただけで、凡そどんな場所だかは想像できた。アパートが、そこに住むクリフォドの落魄ぶりを如実に物語っているのだ。

第三のアパートへ、ともかくも二人は自動車を飛ばした。そこは番人すらいないアパートだった。エレベーターもなかった。汚ならしい階段の下に立って見あげると、階上は小さな部屋に分割され、その一つ一つに名刺が貼り出されている模様だった。

「どうです、あがってみますか？」セヂウィックはブレークに気をかねる様子だった。

「今晩中かかってもよいから、是非探しあてましょう」

「ここより悪いアパートへは落ちようがありませんからね。きっとここにはいますよ」

「あの服装でみると、それもどうかと思われますが、とにかくあの男のやる事は不可解ですよ。あな

たのお宅で立派に晩餐会に出席した者が、こんなところへ帰って来るなんて、どう考えてもね」ここでブレークは急に元気づいて、階段の中途で足をとめ、何故か顔を赤らめながら、「判った。これはきっとね」とあとはセヂウィックの耳に何やら囁やいた。

セヂウィックは眼を見はって、思わず赤くなりながら、「そんなことかも知れませんね。何だかちと不人情のような気がしますよ」

二人はまた、長い長い階段をのぼり続けるのだった。

「上から始めることにしましょう。私は何だか上の方にいるような気がしますよ。ところでひどく暗いようですが、あなたには名刺が読めますか?」

「駄目ですね。でもマッチがありますから……」

立派な服装の二人の紳士が、ドン底の貧民窟ともいうべきこの汚いアパートを、いちいちマッチを摺っては扉の名刺を読み歩いている光景は、もしどこかの部屋の者がひょっくり帰って来でもしたら、異様な眼で眺めたに違いなかった。だが二人は、そんなことを考えている余裕もないほど真剣だった。しかも、なかなか求める名前は見当らないのだ。

「これは何かの間違いですよ、きっと。ここにはいませんね。無駄ですよ、骨を折っても」とうとうブレークの方が悲鳴をあげた。

「そこの扉の下から明りが洩れているが、名刺が出ていないじゃありませんか。ちょっとノックしてみましょう」

ノックすると、中で何かの物音がしたが、扉は開かれなかった。しばらく待ってもう一度ノックすると、中で男の跫音がして、戸口まで出て来た様子だったが、それでも扉は開けられなかった。

セヂウィックが三度目のノックをすると、突然扉が開いて、そこにクリフォドの美しい顔が現われた。だが、何とそれは哀れにも変った姿だろう！　彼はお客の何者であるかを見てとると、昂然としていった。

「金貨があったと見えますね。わざわざ報らせにお出で下すったのは恐縮でした。御用はそれだけでしょうね？　私はもう寝《やす》むところですから……」

「お邪魔して恐縮ですが、ちょっとお待ち下さい」ブレークがいった。「実は、われわれは二つの目的を持って来たものです。第一は、謝罪ですが、これは幸いにもあなたの方から先に仰有って下すった。第二の目的は、これは決して一時の好奇心からではないが、直接あなたの口から返事の聞きたい質問があるのだが、入ってはいけませんか？」

いつも笑顔らしいものを見せたことのないガッチリ屋のブレークが、珍らしくも微笑を浮べていったので、クリフォドはたじたじと後に退《すざ》って入口をあけたが、すぐにそれを後悔したらしく、殆んど敵意に近いものを見せていった。

「もう夜も更けていますし、どんなお訊ねですか知りませんが、別段申しあげることもあるまいと思います。こうして居場所を突きとめられたからといって、現在の貧乏ぶりを説明する気にもなりませんし、以前の贅沢を夢みて愚痴る気もありません」

クリフォドは粗末な机の上のものを、身体で隠すようにしていたが、そこには薄く切ったパンの一片《きれ》とピストルとがおいてあるのを、セヂウィックもブレークも明らかに見てとった。

「誤解してはいけない。何もあなたを恥かしめに来たのでもなければ、さっきも申す通り好奇心からあなたの窮状を見に来たのでもありません。われわれは、いや、これはむしろ私はといった方がよいが、ビジネスでやって来たのです。私はいま、正直で聡明で企業的才腕ある青年を一人求めていますが、あなたの名をある人から聞いて、それも今日聞いたばかりですが、こう申してはセヂウィックさんには失礼ながら、今日の晩餐会に出席したのも、実はあなたと近づきになるのが第一の目的だったのです。結果はあんなことになりましたが、だから何とかしてあの忌わしい疑いを晴らしてもらいたいものと思っていた私の気持は、よく判って下さるだろう。私は年俸一万八千弗の位置につく人物として恥かしからぬ特性を、あなたという人の中にはっきり見きわめたかったのです。今でも、その気持に変りはありません。だが、まだよく判らない点があるから、そこをはっきりさせて下されば、失礼ながら得やすからぬ機会を与えようと申すのです。私はあなたが好きなのだ」

クリフォドの顔には驚ろき、疑い、希望など、複雑な表情が刻々に変化していった。が相手がほんとうに好意を持っていっているのだと知ると、ややきまり悪そうに後の机の上のパンの片に眼を落して、セヂウィックにいった。

「お判りですか？　お宅の食卓から取って来たのです。それも、ポケットへ忍ばせてきたのは、これが一つだけではありません。あの時私は二十四時間一片の食物も口にしていなかったし、明日になってもまるで一片のパンさえも得られるあてはなかったのです。それに、あの場で腹いっぱい食べるのも、何しろ御婦人方の前でもありますし、気が引けたものですから……」

言葉なかばに、それまで入口に立っていた二人は急いで部屋の中へ踏みこんでみた。

見まわしたところ、そこにはクリフォドの持物というべき品は何一つなかった。

ただ夜会服がひと揃いだけありしの日の豊かさを語りがに残っているだけだった。

それも、今晩のように御馳走の招きを受ける事もあろうかと、苦しい思いで手許に止めておいたものらしい。さすがのブレークもこれですっかり了解したらしく、声までふるわせていった。

「誰か友人はないのですか？　どうしてまア誰にも相談しないのです！」

「乞食のまねや、返すあてのない借金は出来ません。私は一心に職を求めたのです。でも職というものは、求めたとて有るものではありませんね。それも私にもう少し自尊心が欠けていたら、誰かに秘密を打ち明け、こうまで屈辱の生活に追いこまれることはなかったのでしょうが、私にはどうしても人を信じる気がなかったのです。私は最後まで希望を捨てずに闘ってきました。このピストルは借りものですが、まだまだこれを使うつもりなんかなかったのです。でも、今晩セヂウィックさんのお宅で泥棒の疑いを受けた時は、いよいよ使用する時が来たと覚悟をきめました。このピストルが私を救ってくれる最後のものだと思いました。しかしその時、その最後の瞬間に、私は一婦人の無言の微笑によって救われました。少なくとも実行を躊躇していたところでした。ただ、あの場合私があらぬ疑いを受けるのを覚悟で、頑強にポケットの公開を拒絶した理由は、このパンを隠していたからなのです」

「よく判りました」

セヂウィックは感動して、

「これはせっかくわれわれに与えられた機会ですから、あなたのお身はわれわれ二人で何とか振りかたをつけてあげるように考えましょう。ねえブレークさん、それがいいですね？」

「いや、そのことですが、クリフォドさん、明日の朝夙《はや》く私の事務所をお訪ね下されば、御一緒に食事をしてから、その後で仕事の方をゆっくり御相談しましょう」

二人の紳士が帰ってゆくと、クリフォドは一時気ぬけのしたように、堅い椅子に腰をおろしていたが、次第に自分の新しい立場が了解されてくると共に、希望と歓喜に胸をおどらせながら、低声《こごえ》で叫ぶのだった。

「エディス！　エディス！　エディス！」

仮面

A・E・W・メースン

一

リカルドウは薔薇《ばら》別荘の怪事件が解決して、グロヴナ・スクエアへ帰ってくると、再び無益に繁忙なアマチュア生活に入ったが、もはやどこのスタヂオも香味を失い、芸術家たちは何等の魅力を持たず、ロシア・オペラでさえ聊《いささ》か単調に感じられるのだった。人生は窮局つまらないものだ。運命が、料理店の女役者のように、連木《れんぎ》をもってシャンパンを掻きまぜ、気のぬけたものにしてしまったのだ。リカルドウは腑ぬけのようになっていた。——あの忘るべからざる朝のくるまでは。

その朝、佗しく独り食卓についていると、不意に扉《ドア》を押しあけて、小肥りに肥った男が剃刀《かみそり》のあとも青く、とびこんで来たのである。

「アノウ君！」

リカルドウはいきなり客の腕を摑んで、食卓の方へ引摺って来ながら、入口でもじもじしている執事を叱りつけるように命じた。

「バートン、もう一人分の支度を。大急ぎだ」そして二人きりになると「君がロンドンへ来るとは、どういう風の吹きまわしだろう」

「事件だよ。パリ、ロンドン間で金塊が紛失してね。しかしそれはもう片附いた。それでちょっと休養さ」

事件と聞いてリカルドウの眼は輝いたが、すぐ曇ってしまった。解決したのでは仕方がない。しかしアノウ探偵は相手の失望には少しも頓着なく、食卓の上に飾ってあった小さい銀器をとりあげて、窓の方へ持っていった。

「来てみたら、何もかも思った通りなんだね。タイムスは経済面が開けてあるしテーブルには古器の模造が飾ってあるし」

リカルドウは神経質な笑いを浮べて、その古器の模造品でない謂れを抗弁しようとしたが、妙に気おくれがしてまだ言葉を口にしないうち、扉があいて再び執事が現われた。

「あの、カラダイン様が、何かお話がございますそうで」

「なに、カラダインが来たって？　こんな時刻にかい？」リカルドウは眼を丸くして、置時計を振返った。まだ八時半になったばかりだ。

「カラダイン様はまだ夜会服をお召しでございます」

「どこにいるんだ？」

「お書斎にお通し申しておきました」

「よし、すぐ行ってみる」

といったがリカルドウは、別に急ぐでもなく、そのまま腰を落着けて、呟くようにいった。

「全く以て妙だな。何か面倒な問題でも起したのかしら？　僕はここ数ケ月、あの男にはまるきり会っていない。僕ばかりじゃなく、誰もがそうなんだ。もとは毎日のように顔を合せていた仲なんだのに……」

リカルドウはしきりに訝かしみながら、アノウの様子をそっと見たが、相手が泰然として食事をつづけているので、止むを得ず勝手に話をはじめた。

「カラダインは青年英国を代表する花形のひとりだった。そのことは誰でも公然、口にしていた。いまに自分の天職を発見したら、カラダインはすばらしい事をやり遂げるに違いないというのが、一致した意見だったのだ。ニウマーケットやアスコトの競馬場に、カウズ海岸のヨット競技に、オペラに、夜会に、凡そ一流の人々の集る場所で、彼の顔の見えないということは決してない。オペラなどは、必ず一流夫人のボックスに同席して、それも十時半より早く姿を現わすようなことはない。要するに競馬でもヨット会でもオペラでも夜会でも彼の出席しないものは一口にインチキだとしてよいくらいの社交界の花形だったのだが、それがある日忽然として消えてしまった。パッタリ姿を見せなくなったのだ。スキャンダルはなかった。誰かと紛争を起したわけでもない。その証拠には、彼のことを蔭口をひとつ叩く者はなかったのでも判るが、そのカラダインが突然、どこへも絶対に顔を見せなくなったのだから。みなその原因を解しかねた。それで当座はよりより話題にのぼったものだったが、飽きやすい世間はいつとなく彼のことなど忘れてしまった。そのカラダインが不意に、こんな朝っぱらから、しかも夜会服のままで訪ねてきたというのはそりゃ、一体どうしたことなんだろう？」

アノウはニコニコして聞いているだけで、大して興味もないらしかった。

「そんなことは、早く本人に会って訊いてみたらいいだろう」

「ウンそうしよう。煙草はそこの硝子《ガラス》の函に入っているよ」

と云いすてて、リカルドウはゆっくり出ていったが、五分もすると、こんどは息せき切って駈け戻ってきた。

「アノウ君、早く来たまえ。君はとても運のいい男だぜ」

「休養中じゃイヤともいえまいね」

そんなことをいいながら、アノウはリカルドウの後について、書斎へ行った。行ってみるとカラダインは蒼い顔をして、書斎の中をイライラと歩きまわっていたが、リカルドウに紹介されて、窶《やつ》れてはいるが際だって美しい顔に熱意を示していった。

「あなたがこの国の官憲でないのが、私には非常に有りがたいです。調べるのは御免ですが、どうか助言だけは与えて下さい」

この言葉は忽ちアノウの眉をひそめさせた。彼はリカルドウを睨みつけて喰ってかかるように、

「どういう意味なんだ。これは?」

「私はいま、自分の力にあまる困難に直面しているのです。ぜひ誰かに適切な助言を与えてほしいのです」カラダインが直接答えた。

アノウは刺しとおすような鋭い眼で相手を見据えたが、やや言葉を柔らげて、

「お掛けなさい。お話を伺いましょう」と自分も手近の椅子を卓子《テーブル》のそばへ引寄せて腰をおろした。

「私は昨晩セミラミス・ホテルへ行きました。仮装舞踏会があったのです」カラダインは河岸通り《エンバンクメント》にある有名なホテルの名をあげて「もっともふとしたことから行きあわせたのでした。私の家がすぐ近くのアデルファイにあるものですから」

「それじゃ君は……」リカルドウが驚いて何かいいかけたが、アノウが手で制止した。カラダインは言葉をつづけて、

「むし暑い晩で、窓をあけておきますと、ホテルの方から賑かな音楽が聞えてきましたが、聞くともなく耳を傾けているうち、ふと古い記憶が胸に甦ってきたので、ついふらふらと出かける気になった

のです。ところが切符は丁度持っていましたけれど、仮面《ドミノ》がないので、舞踏室へ降りる階段の上で止められてしまいました。

係りの者は、外套預り所へ行けばドミノが借りられると教えてくれましたが、その時はもう一時の昂奮からついうかうかと出てきたのを後悔しはじめていたので、口ではそうしようといったものの実はそのまま帰るつもりで引返しかけたとこへ、ホテルの方から勢いよくトントンと階段を降りてきた若い女が『それには及びませんわ』といいながら自分の羽織っているドミノを脱いで、ふわりと私の肩へ投げかけてくれました。すらッと背の高いからだつきが、どことなく男の子みたいな感じの若い娘で、金髪の根もとをリボンで束ねて、余ったのをうしろにふさふさと垂れています。繻子《しゅす》の上衣に緑と金との半ズボンを穿き、チョッキは白、絹靴下の足には真赤な繻子の靴をはいて、まるでドレスデン出来の陶器の絵にでもありそうな美しさです。

慌ててドミノを肩に受けとめながら、お礼を云おうと振返ったときは、もうキャッキャッと笑いながら階段を駈け降りるところで、そのまま舞踏場の中へ姿を消してしまいました。急にはげしい冒険心に駆りたてられた私は、急ぎ階段を駈け降りてみると、その女は舞踏場へ入ったばかりのところに立って、まアといった顔で賑やかなあたりの光景を見廻していました。そしてドミノを着けた私の姿を見ると、ころげるようにして笑いだしましたから、私はすぐに申しこんだのです。

『お願いできますかしら?』

『どうぞ!』彼女はピョンと跳ねるようにして、すぐ私と組んで踊りだしました。陽気で、とても元気のよい女です。

『わたしオペラの舞台からすぐに来ましたのよ。名前? 名前はそうね、セリメーヌとでも何とでも、せいぜいこの扮装に似合う十八世紀風の名としておいてね』

そんな冗談をいいながら、壁の凹所《おうしょ》に飾ってあるパン神の像の前まで踊りゆくと、

『この神様のお引合せだから、今晩はお友だちになりましょうね』

『今晩だけですか？　明日から路傍の人になるんですか？』

『そんなこと、あとでいいでしょ』

そのまま情熱的に踊りつづける彼女の美しさは、広い場内でもひと際目立っていました。私はあちこちから羨望の目で見られたものです。ドミノを被っているとはいえ、知った顔があっちにもこっちにも、沢山見えましたから、私はなるべくその方へ近づかないように踊っていましたがね。

ここまでは、しかし、一種の冒険というだけの話で、別に変った経験でもなかったのですが、それから三十分ばかりして今度の奇怪な事件の最初の事象が現前しました。というのは、踊っているうち彼女が突然アッと小さく叫んで、その場に立停ってしまったのです。私はびっくりして彼女を励ましましたが、彼女はその言葉も耳に入らぬらしく、美しい幻でも見るように、私の肩ごしに恍惚と何ものか見つめているのです。その視線を追って私の発見したのは、何のこと、コテコテ飾りたてたマリー・アントアネットに扮している中年の背の低い肥った婦人です。

『なんだやっぱり、知った人が来ていたんですね』

はじめ彼女は誰も知った人がいないといっていたので、私が咎めるように、やや強くいうと、彼女はやっと夢からさめたように、その肥満婦人が市俄古《シカゴ》のスタイン夫人といって、百万長者の未亡人で、同じ船で来たのだということを説明しました。

『あの夫人もやっぱりこのホテルにいるんだわ。わたしけさリバプールに上陸したばかりだってこと、

あなたに話したかしら？——さ、踊りましょうよ』

後でそれは頭の中のある恐ろしい考えを振りすてるためだったと判りましたが、それからの彼女は、まるでめちゃめちゃに踊りとおしました。あれだけ激しく跳びはねれば、邪念も妄想もあったものじゃありますまい。そして夜食のころにはすっかり親しさをまして、彼女はジョーン・カルウという本名を初めてうちあけました。

『わたしカヴェント・ガードンのオペラ座へ入りたいと思って来ましたの。たいていよかろうと思うんだけど、知った人がひとりもないでしょ。わたしイタリーで大きくなりましたの』

『紹介状は貰って来ているんでしょう？』

『あるわ。ミラノの先生からのと、アメリカ人のマネージャーからのが』

私は名刺を渡して、オペラ人には知合いも多いから、ひと肌ぬいでもよいと話していると、そこへさっきのスタイン夫人が取巻きの青年をぞろぞろつれてきて、すぐ近くに席をとりました。するとジョーンの様子が急に変って、私の言葉なぞ耳に入らぬらしく、グロテスクなアントアネットの方にばかり気をとられているのです。私はいやな気持で、彼女を促してそこそこに席を立ちました。

舞踏場へ帰ってから、彼女は食事まえとは打って変って元気がなくなり、何となくソワソワしていましたが、踊りながら出口の近くまでゆくと、急に踊りをやめて立停ってしまいました。

『わたしもう帰るわ。疲れて、だるくなっちゃった』

あまり突然でもあり、まだ時刻も早いのですから、むろん引留めましたが、彼女は美しい渋面をつくって、

『三十分と経たないうちに、あなたはきっとあたしが大嫌いになるわ。そうならない先にお別れした

方が、賢こくはなくて?』

仕方がないから借りたドミノを脱ぎましたが、その隙に彼女は、足の下に踏んでいた小さなものを急いで拾いあげました。金属製の光るものだったようですが、靴下留の金具か何かだろうと私は気にもとめず、一緒に階段をのぼってロビーへとゆきました。

『これきりということはないでしょう? もう一度どこかでお目にかかりたいものですね』

『いいわ、あたし名刺を頂いてあるから、都合のいい日を手紙でお知らせするから』

ジョーンはいったんホテルの方へ帰ってゆきかけて、何かいいたそうに二三歩引返してきましたが、思いかえしてか逃げるようにホテルの階段を駈けあがっていってしまいました。時計を見ると、それが一時半のことです」

カラダインは一気に喋りつづけた。リカルドウは話の途中たびたび質問を発しようとしたのを、そのたびアノウに目顔で制止されていたものだから、このときアノウが、

「であなたが家に帰ったのは?」と訊ねた尾について、

「そうだ。その点が重要だ」といった。

カラダインは何時に家へ帰ったか、自分でも判然《はっきり》しなかった。ジョーンが彼を悩殺し、魅殺し、惑殺しておいて、さっさと階上へ姿を消してしまったので、しばらく茫然としていたが、何ということもなくもう一度舞踏場へ行って、しばらくその辺をうろついてから歩いて家へ帰っていった。そして寝られないままに、舞踏曲の聞えてくる窓際に坐って、彼女のことなど考えていると、表に自動車が停って、ベルが鳴りひびいた。

今ごろ誰が来たのだろうと、妙に胸をときめかしながら、自分で降りていって扉を開けた。入って

きたのはさっきの仮装のままドミノまでつけたジョーン・カルウだった。

「扉を閉めて！」彼女は隠れるようにして囁いた。

「自動車は？」

「帰してしまったわ」

閉めた扉に締りをしてから、カラダインは改ためてジョーンの顔を見た。二階のあかりが微かに頭の上へ落ちてくるだけで、ホールは殆んど真暗といってよかったが、その中で彼女の顔は妙に血の気がなかった。しかも微かに息をはずませているのだ。無言のまま二階へ案内して、客間へ入ると初めて、それも声を殺して彼は訊ねた。

「どうかしましたか？」

「わたしが一心に見ていた女のひと、覚えているわね。あなたは男だから判らなかったでしょうけれど、あれあの人がとってもいい真珠の首飾りをつけていたからなの」

カラダインは恐ろしい予感に打たれて、彼女を凝視した。

「わたし真珠がたまらなく好きなの。貧乏だから、自分では一つも持っていませんけれど、お友だちが病気のときなど、貸してもらったりしているうちに、いよいよ欲しくて欲しくて、真珠が自分のものになるなら、魂とでも交換したいと思ったことさえ、一度や二度ではありません」

そう聞いてカラダインは、踊りの最中に彼女の態度の急に変った理由が初めて判った。

「へえ、あの夫人が真珠の飾りをつけていましたかね。私は少しも気がつかなかった」

「色といい光沢といい、そりゃすばらしい真珠だったわ。あれを見たら、踊りなんかまるでつまんなくなりました。あんな下品なお婆ちゃんなんかに持たせとくの、勿体ないことだと思ったわ。まるで気違いね、あなた、わたしが急に踊りを止めたの、覚えているでしょ？」

ジョーンは椅子をすすめられても掛けようとはせず、指の先で卓子の上に小さな輪のようなものを描いていた。

「何か足の下に踏んで隠した時ですか？」

「あの女の鍵なの」

カラダインはこのときオウと一種の奇声を発した。すると彼女は初めて顔をあげて、彼をまともに見たが、その眼の中は恐怖でいっぱいだった。

「小さなエール鍵。スタイン夫人が何か探す様子で、しきりに床の上を見ているので、何気なく下を見ると、足許にそれが落ちていたのだわ。あの夫人の部屋はわたしのと同じ三階で、わたしちゃんと知ってたの。魂を売ってあったから、悪魔がいよいよそれを受取りに来たんだわ」

彼女は部屋へ帰ると、鍵をしっかり手に握ったまま、ながいこと一つところに坐ってじっと、夫人の寝るのを待っていた。もう大丈夫と思うころ、そっと廊下へ出てみると、廊下はところどころ燈火《あかり》が消しのこしてあるだけで、うすぼんやりした中に、シンと静まりかえっていた。彼女は案内知った夫人の部屋へうまく忍びこんだ。

夫人の部屋は彼女のよりずっと大きくて、入ったところが小さなロビーになっていた。真暗な中でしばらく耳を澄していたけれど、何の物音もしないから、そのまま奥の扉のところへ行って、把手《ハンドル》に手をかけた。急に胸が早鐘を打ちだし、いまならまだ引返せるのだという気がしたけれど、この中にあの真珠があるのだと思うと、今さらそれもできなくて、彼女は静かに、そうっと扉を開けた。

「何でしょう？」彼女はギョッとしてあたりを見まわした。

「何でもありません。あなたの肩からドミノが辷りおちたのです。それからどうしました?」

「わたし中へ入って、扉を閉めたけれど、あまりの恐ろしさに、それを開けて逃げることもできず。その場に立竦んでしまいました」

「どうして?　夫人が起きていたのですか?」

「先客が来ていたの、わたしと同じ目的で、男よ」

「フーム、それで?」彼は固唾をのんだ。

はじめは判らなかったけれど、気がついてみると、真暗な中に金庫のところだけぽっかり明るくなっていたのが、ぐるっと廻って彼女の顔にきた。目はくらむし、足はすくむし、彼女は壁に獅嚙《しが》みつくようにして、震えていた。

すると闇の中に静かな笑い声が聞えて、誰かこっちへ歩いてくる。彼女はいよいよ恐ろしく、夢中で逃げだそうとしたが、間にあわなかった。把手に手をかけたところを捕まって、部屋の中央へ引戻された。そして懐中電燈が消えて、部屋の電燈が点けられたので見ると天鵞絨《びろうど》のズボンに赤いスカーフのアパッシュ姿が二人、舞踏場ではいくらも見かけた扮装だけれど、二人ともマスクをつけているから顔は判らない。

「わたしウンと暴れてやったわ。引搔いたり蹴ったり……でも男二人にかかっちゃ、こちらはまるで赤坊ね」まもなく足を縛られると、それきり気を失ってしまったらしい。

「それからどうしました」

「気がついてみたら、部屋には誰もいなくて、ただ時計の音ばかりが妙に冴えていたわ」

「燈火は?　ついていたんですか?」

「ええ、それに金庫が開け放しになっているの」

ジョーンは足を縛られて、ソファに臥《ね》かされていた。紐を解いて起きあがる拍子に、ふと寝台《ベッド》をみると、誰だかシーツ一枚かぶって長くなっている。からだの恰好であの夫人ということはすぐに判ったが、よくみるとどうやら呼吸《いき》をしている様子がない。それにさっきのあの騒ぎで目をさまさないのも可訝《おか》しいし、ひょっとすると……と思うとジョーンは気が遠くなりそうだった。無我夢中で夫人の部屋をとびだすと、自分の部屋へは帰らないで、しばらく舞踏場をうろつくと、そっと表へ出てタクシを呼んだのだった。

「だってわたし、あなたのところへ来るよりほか、誰も知った人がないのですもの」

カラダインはしばらく無言で相手を見つめていたが、ややキツイ調子で、

「お話はそれだけですか?」

「そうよ」

「ほかにいう事はありませんね?」

「どうして?」彼女は困ったような顔をして、眩しそうにカラダインを見た。

「では、これはどうしたのです?」

カラダインは静かに立って、小形のダイヤをプラチナの鎖でつないだ彼女の首飾りをつまんだ。

「さっきはこれをつけていなかったじゃありませんか」

「あらッ、これわたしのじゃないわ!」

彼女はびっくりして叫んだ。

「あの男たちが、逃げるとき私の首にかけていったのじゃないかしら? そうよ、きっとそうだわ。

こんな安ものだし、わたしに罪を塗《なす》りつけようと思って……」

「そういうことにもなる」

「あなた、わたしのいうこと信じないのね。あんまりだわ」ジョーンは口惜しそうに唇を噛んで、頬をピクピク動かした。

「しかしあなたはもともと盗みに入ったのだ」

「そうよ。だけどこれは違うの。あの真珠を盗ったり、夫人を殺したりしたのなら、こんなものを首にかけて、あなたのところへ来たりなんかしないわ」

そういわれてみると、もともとこの女を疑う気のないカラダインには返す言葉もなかった。時計を見るともう五時に近かったが、ホテルの方からはまだダンス曲が盛んに聞えている。

「ともかくホテルへ帰っていた方がよい。私が送っていってあげよう」

二人は無言のまま階段を降りて、表へ出た。外はもうテムズ河からほのぼのと夜が明けかかっていたが、ホテルまではほんの目と鼻の距離だから、殆んど人に会わなかった。

ただホテルの前だけに、タクシを探す仮装の連中がちらほら見えるだけだった。カラダインは女が無事にホテルへ入るのを見届けて、再び自分の家へとって返し、夜のすっかり明けきるのを待ったのである。

リカルドウとは対蹠的な落着きすました態度で、眉ひとつ動かさないで話を聞きとったアノウ探偵は、話がすむと食指でカラダインを狙うようにして、

「もうじき九時ですが、五時に家へ帰っていながら、服も着替えていませんね。何をしていたのですか?」

「あッそうでした」カラダインは改ためて自分の服装《みなり》を眺めまわして「何って、考えていたのです。どうしたものかと思案にくれて、服のことなんか考え及ばなかったのです」

アノウは静かに立ちあがり、厳粛な態度でリカルドウに向っていった。

「これから三人でこの方の家へ行ってみよう」

二

カラダインの家というのは、アデルファイの古い石造家屋の、テムズ河を見おろす二階にあった。社交界から姿を隠した男のことだから、どんなにか乱雑な、きたならしい住居《すまい》かと思っていたら、案外きちんと取片附けられ、贅沢な敷物の上に程よく配置された家具類は鏡のようにピカピカ光っており、卓上の陶器の壺にはみずみずしい紅薔薇が生けてあった。

「これは立派なお住居だ」アノウは帽子を花瓶のそばに置きながら、あたりを見まわして、「これにお独りでお住いですか？　召使たちはむろんいるのでしょうね？」

「みんな通いにしてあります」

「ほう、夜は全くお独りですか？　側使いがいなくては、御不自由じゃありませんか」

「側使いはおきません。うるさいですから。――夜はなるべく静かに暮したいと思いまして」

「ああ、そうですか。ところであなたもお疲れでしょうから、とにかくバスにでも入って、服をお着替えになりませんか。そのうえで、セミラミス・ホテルへ電話をかけて、ジョーン・カルウ嬢に来てもらいましょうか。私たちは新聞でも見ながら、お待ちしています」

アノウはカラダインを別室に送りこんで、扉を閉めきると、新聞には目もくれず、猫のように静かに、部屋の中を歩きまわった。そして戸棚を開けてみたり、大きな机の抽斗《ひきだし》をあけたり、不意に何かの下を覗きこんだりした。

「こいつかも知れないな」

見るといつのまにかモロッコ皮の小函を手にしている。アノウはそれをリカルドウのそばへ持ってきて、小さいポッチを圧《お》して蓋をあけ、中のものを手の上にぶちまけた。ころがり出たのは二三本の封蠟と、金属製の封印だけだった。アノウはなアんだという顔で、それを函に戻した。

「何か探してるんだね?」

リカルドウは、熱心にアノウのすることを目で追っていた。すると探偵は煖炉棚の前に立って嬉しそうにヒューッと口笛を鳴らした。煖炉棚の上には写真、本、葉巻の函、陶器の鉢などごたごた飾ってあったが、その中のどれがアノウの注意を惹いたのか、見ている者には判らない。とアノウはポケットから、手を出して一歩前へ進み、陶器の鉢をとりおろし、耳のそばで軽く揺ぶってみてから、蓋をとって中から何やらつまみだした。何だろう?

むずかしい顔つきでアノウは、しばらくその小さなものを検《あら》ためていたが、やっと満足したらしく、リカルドウを流し目で見てそっと入口に歩みより、扉を細目にあけてみた。浴室でカラダインが水を跳ねかす音がしきりに聞える。アノウはそっと扉を閉めて、リカルドウのそばへやってきた。

「これはなかなか面白いぜ。いや、カラダイン君の人物がさ。人の羨やむ才能を持ち、生活に困らぬ財産があり、そのうえあの美貌と青春を持ちながら、忽然社交界から姿を隠して、山の中へ入るのでもなく、ロンドン目抜のこんなところに身を潜めていたというのは、いったいどんな原因があったのだろう? 失恋? いや、まア待ちたまえ。カラダイン君は、夜はひとりでこの家にいるのだという。身のまわりの世話をするヴァレも使わずに、ほんとに孤独の生活をしているというが、生活に余裕がないわけでもないのに、不自由を忍んでまでそういうことをするのには、それだけの理由がなければならない」

「君にはその理由が判っているのか?」リカルドウはアノウの思わせぶりにイライラして、短兵急に斬りこんでいった。

「これ、何だと思う?」アノウは饒舌《おしゃべり》をやめて、リカルドウの鼻先へ手をつきだしてみせた。指の太い掌のうえに、暗緑色の丸いものがある。大きさは大きいボタンくらい、表面がざらざらしている。

リカルドウは手にとって眺めながら、

「仙人掌《サボテン》の実か何かじゃないかしら?」

「正にその通り。少し気のきいた温室なら、どこでもあるはずだ。キウ植物園にはむろんあるだろう。学名はアンハロニアム・ルイニイというのだが、メキシコのユカタン地方では簡単にメスカルと呼んでいる」

「何だってこんなものを持っているのだろう?」

「メスカルは麻酔薬なんだ。あの鉢にはまだ沢山入っているよ。これでカラダイン君が社交嫌いになった理由が判ったろう?」

「煎じて飲むのかしら?」

「煎じてもいいが、ユカタンの土人は、夜、森の奥に集って焚火をかこみながら、大勢でこいつを噛るんだ」

リカルドウは痛ましそうな顔をして、仙人掌の実を卓子の上に投げだした。阿片《アヘン》やコカインや印度《インド》大麻《たいま》などの類で、有為の前途を葬ってしまった実例を、あまりに知りすぎているからであった。

「とんだ悪魔に魅られたものだ」

「悪魔――そうさ、悪魔にはちがいないが、このメスカルという奴はね」とアノウはリカルドウの投げた仙人掌の実を大切そうに拾いとって「ほかの麻酔薬と違って、すばらしい幻覚を起させるというから、気をつけないと、こいつひどい目にあうね」

「研究したことがあるのかね？」

「ソルボンヌ大学の理学部にいる友人が熱心な研究家でね、実際自分で飲んでみたというが、百花咲きみだれた庭園に孔雀《くじゃく》が踊り、池には睡蓮が夢のように浮び、そのそばで一団の騎士たちが剣をとって闘っていたという話だ」

「ほんとうに夢の世界なんだね」

「だから、僕の友人は不思議な庭園を幻覚したが、開け放った窓際に坐って、かすかに聞えてくるダンス曲に耳を傾けながら、こいつを嚙ったとすれば、舞踏室の幻覚を見るかも知れないじゃないか」

「ではカラダインの話は、メスカルによる幻覚にすぎない。あの男は幻覚を現実と思って、僕のところへとびこんできたというのかい？」

「断定はしない。いまのところ断定はしないが、一応考えてみる必要はあるだろう。ソルボンヌの僕の友人は、ほんの少し用いただけだが、カラダインは恐らく相当多量に飲んだので、麻酔作用は長時間続いていたものと見てよかろう。仮面舞踏会には馴れきっているカラダイン君のことだ。うとうとしながら、この窓際でダンス曲を聞いていれば、自分がその仮面舞踏会に行っているような幻覚を起しても、決して不自然じゃないと思う」

「しかし、心理学上のことはよく判らないけれど、幻覚というものは、経験の再現ではないのかしら？　仮面舞踏会だけなら、カラダインは度々の経験を持っているけれど、宝石泥棒だの、人殺しだのは？……」

「待ちたまえ。経験といっても、それは小説で読んだとか、人から聞いた話だとか、いろんなものが入ってくるわけだが、ちょっとこっちへ来てみたまえ」

アノウはリカルドウを煖炉棚の前へ引張っていった。

「種はこれだよ」

「え？　どれ？」

アダム式の大きな煖炉棚の上には、前にもいったように小説本が一二冊、コップ、花瓶、陶器の鉢などがあるだけで、これといって変ったものはなかった。

「判らないかい。それ、そこにジョーン・カルウがいるじゃないか」

「あっ、なんだ、これか！」

探すものは陶器の鉢の表面に、こっちを向いて立っていた。金と緑との美しい服、真赤な靴、支那式の朱塗の卓に軽く片手をおいて立っている姿は、カラダインの話したジョーン・カルウにそっくりであった。リカルドウの顔ばかり見つめていたアノウは、どうだいといわぬばかりにニヤッと笑った。

「これさ。この女が幻覚の中に現われたのだよ」

「なるほど、そうかも知れない。するとあの話は一場の夢物語ということになってしまうわけだが、僕には一つだけどうしても腑に落ちないところがあるよ」

「何だろう？」

「自ら社会的生命を断って市井の隠者になり、麻薬の奴隷となった男が、ひとりで食卓に向うのに、ドレスを着るほど辺幅《へんぷく》を気にするものだろうか?」

アノウはピシャリと平手で卓子を叩いて、そのまま椅子に腰を落した。

「そこだ。そこが僕の説明の弱点なんだ。君に指摘されるまでもなく、僕はちゃんと気がついていたのだが、麻酔剤の愛用者が一般にだらしないのは事実だけれど、必ずそうと断定はできないと思う。そのことは十分考慮に入れて、結果を待つ必要がある」

「結果?」

「電話の結果さ」

このときカラダインの入ってくる足音が聞えたので、アノウは急いで目くばせした。紺のさっぱりした服に着替えたカラダインは、目にも生気をおび、皮膚の色もつやつやして、不健全な麻薬に蝕ばまれている男とも思えないくらいだったが、態度は妙にオドオドして、落着きがなかった。煙草をすすめたり、冷たい飲物を出したりして、話題がゆうべの話の方へ行くのを極力避ける風が見えた。風呂に入ってゆうべの垢を洗い落すと共に、すっかり目がさめて、ありもしない夢物語をしたのを恥じているのであろうか? アノウは自分の考えが的中しているらしいと思ってか、ニッと笑って、何気ない調子で訊ねた。

「セミラミス・ホテルへ電話をかけてみたでしょうね?」

「ええ」カラダインは赤くなってもじもじしている。

「それにしては話声がさっぱり聞えなかったようですね」

「寝室から掛けたのです。ここへは何も聞えなかったでしょう」

「古い建築は壁がしっかりしていますからね。で、ジョーン・カルウ嬢はいつ来るという返事でした」

「それがねえ、実際不思議でならないのですけれど、ホテルにいないというのですよ」

「いない？　出かけたのですか？」

「いいえ、そんな人は泊っていないというのです」

アノウとリカルドウは顔を見合せた。やっぱりそうだったのだ。アノウの推察が中《あた》っていたのだ。ジョーン・カルウも何もすべてはカラダインの幻覚にすぎなかったのだ。

「では私たちに、もう用はないわけですね。これでお暇《いとま》いたしましょう」

アノウが帽子とステッキをとったとき、遠くで新聞売子が早い夕刊の出たのを知らす声が窓からとびこんできた。アノウはちょっとそれに耳を傾けていたが、そのまま物をもいわずに、さっさと出ていった。

後に残されたリカルドウの立場は妙なものだったが、カラダインの気持を察しると、とてもその場に居たたまらないので、これも逃げるようにアノウの後を追った。

出てみると、アノウはもうジョン街の角のところまで行って、向うむきに立っていた。リカルドウは息を切らせながら追いついて、

「すまない。すまない。とんだところへ連れだして、ほんとにすまなかったよ。せっかく休養しているところを……」

「ちょっと！」アノウは手で制して「聞えないかい？」

遠くチャーリング・クロス停車場《ステーション》の方から、新聞売子の声が近づいてきた。

「大事件だ、大事件だ。セミラミス・ホテルの奇怪な殺人、いま出た。夕刊第一版！」

リカルドウはポカンとしてアノウの顔を見た。

「じゃカラダインの話は夢じゃなかったのかしら?」

「さア、まだ判らない。とにかく一枚買ってみよう」

そのとき一台のタクシがストランドの方から辷ってきて、いま出てきたばかりのカラダインの家の前で停ったと思うと、中から一人の若い女が降りて、ころがるように、玄関を入ってゆくのが見えた。

「引返そう。いや、君は新聞を一枚買ってきてくれないか」アノウは小走りにカラダインの家の方へ引返していった。

三

朝の八時という並はずれの時刻に、カラダインにとびこまれてから、いま十時すぎだから、たっぷり二時間あまり、リカルドウにはすべてが意外の連続であった。

セミラミス・ホテルの怪事件とは、仙人掌の実がむすぶ妖しき夢にすぎなかったのだと断じて、カラダインの家を出てきたアノウ探偵が、慌てて引返そうといいだしたのも、カラダインの家へ若い女の駈けこんだのを見ていなかったリカルドウには、たしかに意外の一つに違いなかった。が、それにもまして意外なのは、向うの角で喚《わめ》きたてている新聞売子の声であった。

「大変だ、大変だ、セミラミス・ホテルの大事件だア」

セミラミス・ホテル！　大事件！　ハッとして駈けだすリカルドウのうしろからアノウ探偵の緊張した声が追っかけてきた。

「カラダインの家の前で待ってるよ。大急ぎでね」

チャーリング・クロスの角で、スター紙の第四版を一枚買って、大急ぎで引返してみると、アノウ探偵は内心の興奮を軽い足ぶみに捌《は》かしながら待っていたが、受取った新聞を開けても見ず、そのまま小さく折ってポケットへ捻じこんだ。

「どうした、見ないのかい？」

「止そう。ジョーン・カルウがどんなことをいうか、白紙のままで聞くことにしよう。その方が面白い。それはそうと、僕はロンドンのことがよく判らないのだが、夕刊の一版は何時に出るのだろう?」

「さア、そいつは誰にも判らない問題だね」

玄関の扉は、普通の高級アパートの常として、ひる間は開け放ってあったから、すぐ二階へいってカラダインの部屋のベルを押すと、中年の女が取次ぎに出てきた。

「カラダインさんはお宅だね?」

「伺って参ります。お名まえは誰方《どなた》と仰方《おっしゃ》いますか?」

「それには及ぶまい。たったいままでここにいたのだからね」

アノウはそういって、ずんずん中へ入っていった。そして客間の扉を断りなしに押しあけたとき、中でカラダインと対談していた女が、サッと顔色をかえ、ワナワナと震えだしたのが見えた。カラダインの方は、しかし、ホッとした様子で、さも嬉しそうに叫んだ。

「アッ、この方ですよ、いま私の話したアノウさんは。――アノウさん、これがジョーンさんです」

アノウ探偵は軽く頭をさげて、ジョーンの顔色が少しく恢復したのを見ながら、

「いったいどうしたのですか? 詳しく話してみて下さい」といった。

「もうお聞きになったはずでございましょう?」

「あなたから直接には伺っていません」

そこでジョーン・カルウは、前夜の奇怪なる事件を再び語りはじめたが、聞いてみるとそれはたったいまカラダインの話したのと寸分異なるところはなかった。どんな話でも二度つづけて同じものを

聞かされては、退屈するのは当然で、リカルドウは欠伸《あくび》をかみ殺しながら、窓の外にばかり眼をやっていた。しかしアノウだけはわき目もふらず熱心に耳を傾けていた。自然ジョーンはアノウばかりを相手に話しつづけることになった。

彼女の話しぶりには、前夜カラダインを魅惑したであろうところの陽気な出鱈目《でたらめ》さなどは少しも見られなかった。それどころか、一語一語一種の熱さえ帯びて、訴えるが如く後悔するが如くに、うかうかと危地へ踏みこんでいった次第を、低い声で物語るのであった。

彼女の話が終ると、それは徹頭徹尾カラダインの語ったところと同じであったが、アノウ探偵は静かにいった。

「ありがとう。それについて私は、二つだけお訊ねしなければならぬことがあります」

「何なりとどうぞ」

このときリカルドウは急に立ちあがった。彼自身もジョーンに訊ねてみたいことを一つ持っていた。しかもそれは、アノウも気のつかぬ点に違いないと信じていたから、内心得意であったのだ。しかし、そのとき早く発せられた乱暴なアノウの質問に、彼はとびあがらんばかりに驚いた。

「失礼なことを訊ねますが、あなたはこれまで物を盗んだことがありますか?」

ジョーンはムッとしてアノウを睨みつけたが、すぐ顔色を柔らげて、

「失礼なことございませんわ。でも私、そんなこと初めてでございます」

臆するところなく、眼の中を見て答えた。アノウは両手を膝においたまま、身動きひとつするではなく聞きとって、すぐ第二の質問の矢を放った。

「けさ明方にここから帰るとき、カラダインさんから電話のあるまで、ホテルで待っていると約束し

たでしょう?」

「ええ」

「でもけさカラダインさんが電話をしてみたら……」

「それはあの」彼女は急いで引取って、「あの首飾りを持っているのが怖ろしくてたまりませんから、お電話が待ちきれなくて、押しかけてきましたの」

アノウ探偵はあっけに取られたような顔でジョーンの口もとを見つめていた。さっきカラダインは、電話をかけてみたら、ホテルにそんな客は泊っていないという返事だったと、たしかにそういっていた。アノウはその点を突込もうとしたのだが、彼女がみなまで聞かずに、シャアシャアと答えたので、ちょっと肚の中を推しはかりかねたのであった。カラダインもそれを変に思ったと見え、このとき何か云おうとしたが、アノウに目顔で制せられたのと、殆んど同時にジョーンが、みんなの腑に落ちない顔つきに気がついて、説明の口を切ったので、そのまま口を噤《つぐ》んでしまった。

「いまごろはもう、スタイン夫人の殺されたことも判っているでしょうし、判ればいつ部屋の中を調べられるかも知れません。そのときさあの首飾りが見つかったら、何といって云い逃れたらよいでしょう? 考えていると、いまにも荒々しく扉を叩く音がしそうで、私は気が遠くなる思いでした」

いまかいまかとベッドの中で海老のように身を縮めていると、折から扉に軽いノックが聞えたので、彼女は全く生きたそらはなく、ガタガタ震えだした。しかしそれはすぐに、女中が朝の珈琲《コーヒー》を持って来たのだと判ってホッとしたが、そんなことがあってみると、もう一刻も部屋に留っている気がなくなったので、そのまま起きて大急ぎで着替えをすませた。そして首飾りは脱脂綿にくるんで封筒に納めたが、それはホテル備付のものではなく、紹介状に写真を添えてオペラの支配人へ送るつもりで、ユーストン停車場へ降りてホテルへ来る途中、オックスフォード街で買い求めたやや大形の封筒であった。

「つまり名前入りでない白封筒なんですね？　どこかへもう送ったのですか？」

「セミラミス・ホテルにてスタイン夫人様として、来がけに郵便に出してしまいましたの。筆蹟《て》の判らないように、大文字ばかりで書いておきました」

「どこの局から？」

「トラファルガ・スクエアの角の局で、大きいポストに入れて来ました」

「賢こい人にかかっちゃ敵わない」アノウはジョーンの顔を穴のあくほど見つめていった。

「書留じゃないのでしょう？　紛《な》くなりゃしませんかしら？」リカルドウは心配そうな顔をした。

「ハハハ、英国の郵便事務の正確なのは、僕でも知っている」とアノウは一笑に附して、「ときにジョーンさん、ゆうべの事件がもう新聞に出ているようですが、見ましたか？」

「まア！　いいえ」ジョーンは美しい眼を見はって、からだを竦めた。

「これですがね。何かわれわれの知らない事が出ているかも知れないから、見てみましょう」アノウはゆっくり新聞を出して、卓子の上へひろげた。

　新聞には二段にわたって、スタイン夫人の殺されたことが詳報されていたが、むろん犯人はまだ判らず、ジョーンの名も出てはいなかった。そしてジョーンの話のうちになかったことといっては、夫人がクロロフォームで死んだという一事があるのみであった。検屍官の意見として、犯人はただ麻酔の目的でクロロフォームを用いたのだが、医学的知識に欠けていたため、肥満している夫人に対してクロロフォームの用量を誤り、ために死に到らしめたらしいという解釈も出ていた。

「それにしても殺人には違いないのだ」アノウは呟いた。

「私、警察へいって、何もかも正直に話してしまいますわ」ジョーンは覚悟をきめたのか、悪びれずに云った。

「そう……」アノウは賛否いずれとも顔には現わさないで、「何もかも正直にとは、真珠の首飾りを盗みに行ってみたら、アパッシュ風の男が二人いて云々《うんぬん》と話すのですか？」

「だって、その通りなんですもの」

「ホテルの舞踏会には、アパッシュに仮装した人がずい分来ていたでしょう？　百人くらいありゃしませんか？」

「そのくらいいましたでしょうね」

「それじゃ警察へ名乗って出るのは、火の中へ投ずるようなものじゃありませんか」

「それでも構わないと思いますわ」ジョーンは卓子の模様を指先でなぞりながら、ちらとアノウを見上げた目を、また伏せた。

長い睫毛《まつげ》だ。

するとアノウが突然、リカルドウのびっくりするほどのやさしみを見せて、ニコニコしながら云った。

「そうするとよろしい。こっちから先に名乗って出れば、警察は必ず好感をもって迎えてくれます。あなたの問題は不問に附してくれるかも知れない。何でしたら、私がついていってあげましょう」

「ありがとう。お願いしますわ」

四

アノウ探偵は一時間ばかりたって、独りでリカルドウの家へ帰ってきた。

「うまく話がついたよ。警視庁は非常に好意を持ってくれてね、それに早いもので、もうあの首飾りがホテルへ着いて、警視庁の手に入っていたものだから、すぐ話が判った。どうやらジョーンのいうことを信じてくれたらしい。すぐ帰されたからね。窃盗未遂の方は不問に附するつもりなんだろう」

「だって君、けさカラダインがホテルへ電話をかけたら、ジョーン・カルウなんて女は泊っていないという返事だったじゃないか。それでもあの女のいうことを、君は信じているのかい?」

「うん、あれは何でもないのだよ。ジョーン・カルウは本名だが、あの女は芸名で泊っているんだよ。さっき聞いておいた」

「何だか妙だねえ」とリカルドウはまだ腑に落ちぬ様子で、「まア、いまに犯人が捕まれば、何もかも判ることだ」

「そいつは百に一つも望みがあるまいねえ。警視庁ではだいぶ力瘤を入れているようだけれど」

「え、捕まらない? だって真珠というものがあるじゃないか。スタイン夫人の真珠は相当のものだろうが、何でもその道の者が見れば、少し名のある真珠はひと目でそれと判るという話だぜ」

「ハハ、それは事実だがね、そこにはちゃんと方法があって、盗むくらいの奴は心得たものだよ。一皮なり二皮なり剝いて、形を小さくしてしまうのさ。いま頃はアムステルダムあたりの専門工場で、細工を急いでいる最中かも知れないよ」

「そうかなア。僕は必ず犯人は捕まると思うがなア」

だがアノウの予見はどうやら当っているらしく、当局の捜査は一向進捗する模様もなかった。時あたかもロンドンは一年中で最も時候のよい時で、芝居にオペラにピクニックに、人々は争って娯楽を求め歩いた。アノウはリカルドウの案内で、テムズ河上流の森へ遊びにいったりして日を消していた。ジョーン・カルウはカヴェント・ガードンのオペラに契約ができてルイーズを唄い、たいへんな成功を見た。セミラミス・ホテル事件は迷宮に入ったままで、どうやら世間から忘れられたらしかった。

しかし、五月も終りになって、ある日ジョーンはリカルドウに手紙を送って、あす訪ねてゆくから、アノウもともども待っていてほしいといってよこした。舞台における異常な成功にも拘わらず、彼女は心配ごとでもあるか蒼い顔をしてやってきた。

「早く伺うつもりだったのですけれど、もう少しはっきりしてと思って、様子を見ていましたの。だって笑われちゃつまりませんもの」挨拶もそこそこに、彼女のいった言葉はこれだった。

「どうしたのですか？　笑いはしませんから、詳しく話してごらんなさい」アノウがやさしくいった。

「私、毎晩々々あの晩のことを夢に見ますの、怖ろしくて……眠るときっとですから、怖ろしくて、ひと晩じゅう部屋の中を歩きまわって、眠らないようにして朝を待つこともありますわ」

「それじゃ身体がつづきますまい」

「ええ、ですからつい眠ると、すぐにその夢なんですの。そしてある晩、とうとう、アパッシュのマスクがずれて……」

「え、なに？　マスクが？」アノウが鋭く問いかえした。

「二週間前です、私のからだを捕えた方の男のマスクがほんの少しずれて、額が見えましたの。ハッと思うと目がさめましたけれど、いまでも目のまえにちらつくくらい、はっきり見えましたわ」

「なぜすぐ知らせて下さらなかったのです？」

「私の見たのはほんの額だけですし、自分ではこうとはっきり判っていても、それをあなた方に判るように申しあげるのはむつかしいことです。それで、もう少し待っていれば、あのマスクがもう少し下までずれるかも知れないから、そうしたらお話しようと思いましたの。そう決心すると、もう夢をみるのは少しも怖ろしくなくなりましたけれど、妙なものですわねえ、それからさっぱり……」

「眠れなくなりましたか？」

「妙なもので、眠ようと思うと、どうしても眠れませんの。鎧戸《よろいど》の隙が白むころになって、やっと眠ったと思うと、疲れてぐっすり、夢なんか少しも見られませんの」

「世の中はそうしたもので、何でも思うことは反対に反対にとなってゆくのが常ですよ」

「そのうちに稽古が始まりました。何しろあこがれのロイヤル座で唄えるのだと思うと、寝床へ入ってからも考えるのはそのことばかり、音楽が耳について、夢をみるどころではございません。そしてとうとう初日が来てしまいましたが、ただもうボウッとしたような気持で、舞台をすましてから、有名なカーメン・ヴァレリさんなんかと一緒に夜食をたべたりしましたので、ますます興奮して、まるで雲の上を踏むような気持で帰って参りました。そしてその晩またあの夢を見ましたの」

「ふむ、で、こんどは？」

「顔のまん中に、横に黒いものがあるだけで、眼から上と、口から下がはっきり見えました。あの黒いものさえなくなれば、すっかり判るのにと残念でしたけれど、それから三日目の晩になって、とうとうそれが取れて、顔がすっかり見えました」

「知っている人でしたか?」

「それがどうしても判りませんの。いいえたしかに見たことのある顔なんですけれど……」

「あなたはルカニヤ丸でこちらへ来たのでしたね? 食堂を思いだして下さい。そこで見たのじゃありませんか? では読書室では? プロムナード・デッキは? 違いますか?」

アノウはジョーンの足あとを逆に紐育《ニューヨーク》まで辿ってゆき、紐育からミラノへ、ミラノから再び紐育へ戻ってきた。そして遂に紐育で、その顔を探しあてたのである。「あっ判りました!」というジョーンの声を聞いたときは、さすがのアノウもウーと唸って、額の汗を押し拭った。

それは第五街のスターリング夫人邸の演奏会の席であった。頼まれて舞台に立った彼女は、殆んど知った顔がなかったので、心細く唄っていたが、どうして壁際に立っているその男が特に目についたかというと、みんなこっちを見ているのに、その男だけが唄も聞いてはいないらしく、あらぬ方に目を向けていたからであった。

「やっと思いだしましたわ。年は三十五六で、背が高く、髪の毛は黒っぽくて、逞ましい顔つきの男ですの。あとで誰かと話しているのを見ましたけれど、ほんとに恐ろしそうな人でしたわ」

「誰と話していたのですか?」

「みんな私の知らない人ばかりでしたけれど、カーメン・ヴァレリさんと話していたのは覚えております」

ジョーン・カルウが帰ってゆくと、アノウはタイムスの演芸欄をひろげてみながら、リカルドウに云った。

「どうだい、気ばらしに芝居でも見に行こうじゃないか」

「芝居？　困った男だねえ、そんなことをしてていいのかい？」リカルドウが苦い顔をするのを、アノウは悪童のようにオドケた顔で受けて、

「オペラにしよう。ロイヤル座には君のボックスが取ってあるだろう？」

リカルドウのボックスは、オムニバス・ボックスの隣りで、ずっと前の方にあった。まだ開幕まえなので、アノウは満員の客席を見まわしながら、ゆっくり腰をおろして、プログラムをとりあげた。

「きょうは何だったかな。おや、これは運がよい。『マドンナの宝石』だぜ、君」

「フン、タイムスを見てきたくせに」リカルドウはまだ機嫌が直らない。

「僕はこの、カーメン・ヴァレリが見たかったのさ」

だがやがて幕があくと、二人とも美しい舞台に惹きつけられて、無駄口を叩いているひまはなかった。殊にアノウは絶えず双眼鏡を目にあてたきりで、幕が降りてからも辛抱強くアンコールに見入っていた。

「いい加減にしないと、見っともないじゃないか」

リカルドウがたまりかねて注意すると、残り惜しそうに双眼鏡をおいて、ほっと満足しきった溜息をもらした。

「すばらしいじゃないか。今晩のように面白く『マドンナの宝石』を見たのは初めてだ。これからセミラミス・ホテルへ寄って、ギャラントな紳士らしく食事をしようじゃないか」

だが、せっかくホテルへ行きながら、アノウは夜食に一向手をつけるではなく、そうかといってブ

ランディのグラスに手をつけるでもなく、しきりに入口の方を気にしていた。

「あっ、来たぜ、来たぜ。どうだいあの美しさは」

アノウの奇声に、何かと振返ってみると、カーメン・ヴァレリが食堂へ入ってきたのであった。

「舞台で見ても美しいが、こうして素顔で見るのも、いいものだねえ」

「全くだ。それにあのつれの男が見逃せないよ。スタイン夫人を殺したのはあの男なんだからね」

この一言にはリカルドウは飛びあがらんばかり驚いた。

「えッ！　まさか！　ふむ、なるほど人相はジョーンの話しの男そっくりだが……」といったが、アノウの平素を知っているリカルドウには、彼が出鱈目をいっているのでないことが判っていた。

「いつ君は知ったのだい？」

「今晩の十時に」

「だってあの男を警察へ突出すには、真珠を見つけ出さなきゃ駄目だろう？」

「真珠ならちゃんと見つけてある」

「ほんとうかい？」

「嘘なんかいうものかね」

リカルドウはもう一度振返って、二人の男女をよく見たが、むろんそのどちらかが真珠を身につけている道理はないのに気がついて、クスリと笑った。すると、華やかな舞台から、冷たい獄房へと降《くだ》ってゆくカーメンに対する同情が湧き起った。年は幾つ？　三十一二かしら？

「身から出た錆《さび》とはいっても、あの女が可哀そうだね」

「カーメンは何も知らないのだよ。共犯じゃない。アンドレ・ファヴァル――というのがあの男の名だが、カーメンはあの男にすっかり惚れこんでいるだけなのさ。だからその意味で可哀そうは可哀そうだが……おや、ロイヤル座の支配人のクレメンツ君が来たよ。ここへ呼ぼう」

クレメンツは、アノウの合図を見つけて、すぐやってきた。リカルドウもこの支配人とは顔馴染なので、三人はすぐ打ちとけて、オペラの話、プリマドンナの逸話などに興じあったが、頃合を見てアノウがカーメンを話題に出した。

「そういえば、カーメン・ヴァレリはこのシーズン何かゴタゴタがあったそうですね」

「ゴタゴタというほどでもありませんけれど、契約に骨を折らされましたよ。何しろあの女は担ぎ屋でしてね、アンドレ・ファヴァルがそいつをすっかり呑みこんでいるものですから、こんどはアメリカへ残して来たんだのに……」

「アメリカへ！」リカルドウが頓狂な声をあげた。クレメンツはびっくりしてその顔を見たが、

「カーメンはこの冬は紐育で出ていたのですよ。それを大体の契約だけで、ともかくも呼び寄せたのですが、いざ本契約というときになって、急に駄々をこねだしたのです。みんなファヴァルが紐育から電報でいってよこすのですが、カード占いでダイヤの九の次に黒のジャックが出たから、金曜日には出られないというのです。ところがその金曜日には、『マドンナの宝石』を出す手筈なのですから、こっちは手古摺《てこず》ってしまいました」

「それでどう話をつけました？」

「仕方がないからファヴァルへいくらか電報為替を送って、カード占いをやり直してもらいましたよ。すると今度はハートのエースの次に赤のクイーンが出たといって、カーメンがニコニコしながら私のところへやって来ました。それでプログラムの方はどうにかなりましたが、その代り私の送った金

で、ファヴァルが後を追って来ちまったのです。今じゃ私はまるで噴火山の上にいるような気持ですよ。何しろファヴァルときたら、お話にならない悪党ですからねえ。金なんかいくらカーメンが貢いでも、いつでもピイピイです。脅喝は働く、詐欺はする、人を殺すくらい、屁とも思っちゃいますまい。いつ私の方へ難題を持ちかけてくるかと、ハラハラしているんですが、そんな男でもカーメンがすっかり参っているのですから、どうすることも出来ません。——それはそうととんだお喋りをしてしまいました。いつのまにか殿《しんがり》になりましたぜ」

気がついてみると、あたりにお客は一人もいなくなっていた。三人は慌てて席を立った。

五

ホテルの前でクレメンツに別れて、グロヴナ・スクエアへ帰ってくる途すがらも、リカルドウはいろんなことを訊ねてみたくて、むずむずするほどであったが、こんな場合アノウが決して明確な返答を与えてくれぬのをよく知っているので、強いて何も訊ねなかった。寝床の中へ入ってからも、ファヴァルのことが、真珠のことが気になって、なかなか寝つかれなかった。まさか出まかせを云ったわけではなかろうが、いったい真珠をどこで発見したのだろう?

翌朝、少し寝すごして降りてみると、

「お早う。どうだい、考えがついたかい?」アノウはいきなり揶揄《からか》った。

「寝坊をしただけだ」リカルドウは頭を振った。

「ジョーンは紐育のスターリング夫人の家で、アンドレ・ファヴァルを見たのだろう? そのときカーメン・ヴァレリも一緒だったといったね?」アノウは割に気軽く説明をしてくれるのであった。

「ジョーンとしてはむろん心に残ったのはカーメンだけで、ファヴァルの方は見たは見たけれど、そう心にとめているわけがないから、いつか忘れてしまった。ただその姿が心の底に、潜在することになった。いわば露出だけで現像のすまないフィルムみたいなものだ。

それがロンドンへ来た晩に、例の事件を起して、犯人の顔は見なかったが、そのときの怖ろしかったことを、毎晩夢に見るようになった。それから、ロイヤル座へ契約ができて、いよいよ初舞台の晩に、唄ったあとでカーメン・ヴァレリと夜食を共にすることになった。スターリング夫人邸以来の対面なのだ。

一方、初舞台の興奮に、しばらく見なかった例の夢を、なれるにつれてまた見るようになったが、夢の中で潜在意識が次第に甦って、カーメンの聯想から、とうとうファヴァルを思いだしてしまう。しかしここが面白いところで、夢の中でファヴァルの顔を思いだしはしたが、醒めてはそれが誰だということが判らない」

「夢の中の回想作用か、面白いものだねえ。で、君は例によってアンドレ・ファヴァルという男を知っているのだね？」

「フフフ、そこが僕の強味でね、人陸方面で少し名の知れた悪党なら、たいてい知っている。このファヴァルという男なんか、一日も早く撲滅した方が社会のためなんだ」

「しかし、そうはいっても証拠のないことには、手をつけるわけにゆくまい？　あの真珠は……」

「待っていたまえ。この木曜日までだ。金曜日には、僕も巴里《パリ》へ帰るつもりだから、木曜日には立派に片をつけて見せるよ」

待ちに待った木曜日はきた。朝の食事のとき顔を合せても、アノウは何もいわなかった。午食《ひる》もそ知らぬ顔で世間話ばかりしていた。が、夕方の五時になると、今晩はオペラに行こうといいだした。

「行くのもいいが約束の……」

「黙って行けばいいんだよ。カラダイン君にも招待状を出しておいた」

「それは喜ぶだろう。あの男も近頃――ジョーンを知ってから、すっかり元気になって、ちょいちょい社交界にも出る様子だからね。どうやら仙人掌の実も止めたらしい」

　二人は少し早目にロイヤル座へと出かけていった。表の溜りのところで、知らない男がアノウに言葉をかけたが、リカルドウは気にもとめずにボックスへ入っていった。少しおくれて入ってきたアノウは、プログラムをとりあげてみて、

「きょうは『仮面舞踏会』だね。おや、ジョーンがお小姓役で出るよ。ここのところがこのオペラは、聞きどころだったね？」

　きょうの出しものも、従って配役も知りつくしているくせにと思うから、リカルドウはわざと相手にならないでいた。と、まもなくカラダインがやってきた。

「御招待どうも有りがとう」

　カラダインはどこかそわそわして、二人の間へ腰をおろすと、しきりにお客の乗りこんでくる場内を眺めまわしていた。

「さ、オヴァチュアが始まったよ」

　場内のざわめきが一時に静まると、カーテンが両方に割れて、美しい舞台が展開された。幾人かの歌手が出て唄い、それがすむと小姓役のジョーンが現われた。と、カラダインが頓狂な声で叫んだが、それはただ喜びのあまりに発した声ではなくて、彼女の衣裳が、先夜セミラミス・ホテルで着ていたのとそっくりなので驚いたのであった。リカルドウはひどく心配になって、アノウの耳許で詰《なじ》った。

「冗談じゃないぜ。もしファヴァルが来ていたらどうする？　忽ち高飛びされちまうじゃないか」

「大丈夫さ。第一あの男はカーメンの出る日でなきゃ、こんなところへ来やしないよ。それにあの男はいま、ソホのある家で賭博に夢中になっているはずだ。よし逃げようとしても、連絡列車は全部手

配してある。そして何よりも安心してよいことには、あの男には、いまロンドンを離れられない理由があるんだ。もっとももう少したつと、クレメンツから急ぎの迎いをやって、ここへ呼びよせる手筈になっているが、まアそれまではオペラをゆっくり見物するさ」

オペラが賑やかなコーラスと共に、漸く終ると、リカルドウは重荷をおろしたようにホッとしたがアノウはゆっくり立ちあがって、

「さア、これから三人で楽屋へ行ってみよう」といった。

厳重な鉄の扉をくぐり、舞台裏へぬけて、両側に楽屋の扉のずらりと並んだ長い廊下へ行ってみると、夜会服の紳士があちこちに一人二人と、ひと待ち顔に立っていた。アノウが三つめの扉をノックすると、舞台姿のままのジョーンが、不安そうに現われた。

「しっかりして！　大丈夫だから」アノウはそのまま部屋の中へ身を隠すようにして、「このまずい面《つら》はもう少し見せないでおく方がよさそうだ」と笑った。

扉が閉るのを合図のように、そこにいた何者とも知れぬ男が、ボーイを呼んで何事か吩付《いいつ》けた。ボーイはどこかへ飛んでいった。リカルドウは獲物を待つ猟師の興奮で、胸の高鳴るのを覚えた。

ボーイが去ってから緊張の五分間、やがて廊下のはずれにクレメンツとファヴァルとが現われた。二人は次のシーズンにカーメンを契約するか否かについて声高に論じあいながらこっちへ歩いてくる。

二人がジョーンの部屋の前まできたとき、突然そこの扉があいて、彼女が現われた。その音でふとそっちを振向いたアンドレ・ファヴァルは、スタイン夫人の殺された晩と同じ服装で、ジョーンが扉をうしろに恐怖に震えながら立っているのを見て、あっと叫んでその場へ立竦んだ。顔色が死人のようだ。と、脱兎の勢いで、もと来た方へ駈けだしていった。が、五歩にして夜会服の紳士のため両方

から、腕を捕えられてしまった。

そうなると、ファヴァルは少しも騒がなかった。

「何をしますか、乱暴な！」彼は鷹揚に詰った。

すると紳士のひとりが、ポケットから静かに令状を出して示した。

「スタイン夫人殺しの犯人として逮捕する」

「冗談いっちゃいけない。それは何かの間違いだろう。君じゃ判らない。さア警視庁へ行こう。いったい何の証拠があって……」

ファヴァルが見得をきったときジョーンの楽屋から出てきたアノウが静かにいった。

「証拠は小道具部屋にある」

アノウの姿をひと目見ると、ファヴァルは見違えるばかり赫怒《かくど》して、いきなり摑みかかった。「あッ、貴様だなッ！」

アノウが横へ身をかわすと、夜会服の刑事が忽ち両側からとって押えた。そして引起したときは、もう手錠をはめられていた。そのまま向へ引かれてゆく。

「小道具部屋へ行ってみましょう」

アノウはクレメンツにそういって、先に立って歩きだした。リカルドウもその後について二三歩行きかけたが、カラダインの姿が見えないので、そっと引返しかけたが、アノウに窘《たしな》められて、止めた。

小道具部屋には、もうちゃんと私服の刑事が待っていた。

小道具方はクレメンツを見て「何がお入用でございますんで？」

「マドンナの宝石を」アノウが代って答えた。

そして道具方の大切そうにとりだしたマドンナ用の胴着、硝子製のダイヤやルビー、真珠などを一面に飾りつけた中に、巧みにからみつけられた真珠の首飾りを指して、

「これがスタイン夫人の有名な真珠ですよ」

「それで『マドンナの宝石』のある晩は、毎晩来ていたのだな」リカルドウが唸った。

「そうさ、それとなく観客席から監視に来ていたのさ」

「それにしても馬鹿なところへ隠したものですねえ」クレメンツがあきれ顔で叫んだ。

「なぜ？　こんな安全な隠し場所はありませんよ。こんなところに目をつける者はひとりだってありゃしませんからねえ」

「一人もないことはない。現に君が目をつけたじゃないか」リカルドウが茶々を入れた。

「僕？　フフフフ、僕のはただの偶然さ。双眼鏡で見ていたら、ふと目についたんだ。ファヴァルはほとぼりでも冷めたら、アムステルダムへ行って細工に出すつもりだったのだろうが、危いところだったね」

ロイヤル座の楽屋を出たアノウとリカルドウは、夜食をするつもりでセミラミス・ホテルのグリルまで歩いていったが、入口の硝子戸を開けようとして、ふとアノウは止めた。

「ここは止そうよ、ね」

「何故？」

アノウの指ざしたところには、カラダインとジョーンとが一の卓子に向いあって、むつまじくフォークを動かしていた。

「ね、だからさ」

二人は跫音《あしおと》を忍ばせるようにして、その場を立ち去ったのであった。その心遣いの無駄でなかったことは、シーズンのまだ去らぬうち知れわたった。リカルドウは結婚祝いの品を買うため、喜んで半日をつぶしたのである。

十一対一

ヴィンセント・スターレット

一

正業を持つ善良なる国民諸君、諸君のうちに一度や二度、陪審に奉仕したことのない人は、一人もないことと思う。こいつばかりは公平無私なること雷の如しとでもいうか、どこへ落ちてくるか判らん。

たった一つ落雷と違うところは、同じ場所へ何度でも落ちてくることだ。落雷は、一度落ちた場所は再び襲わぬということになっているらしい。もっとも専門以外だから、たしかなことはいえないが。

例えば、私の知っている男が、何年かの間に十二回も陪審員に出されたのがいる。賃貸料金のもつれから、殺人事件に至るまで、事件の内容は雑多だった。この男なんか、迷惑がりながらも、国民の義務だといって、好きでもないのに、その都度鑵詰にされていた。また別の男は、これもやっぱり十二回くらい呼び出されながら、ただの一度も奉仕しなかったのがいる。この男はとても嘘がうまくて、いつでも判事を巧みにいいくるめては、免除されてくるのだ。

もちろん大きい事件の方が、免除を受けやすい。裁判官も、大事件となると、それだけ注意するからだ。回避するには、秘伝というほどのこともないが、要領がある。例えば、殺人事件であって、検事が犯人を死刑にしたがっていると思ったら、自分は死刑廃止論者だといい、帽子と外套を引浚《ひっさら》って、さっさと会社へ出勤すればよいのだ。それからまた、その事件なら、新聞によって詳細に研究し、一個の意見をまとめあげていると云ってもよい。そのほか方法はいくらもあるが、たいていは成功する、たいていはね。

陪審員は、何も、諸君でならなければならぬわけではない。成りたがってうずうずしている先生が、いくらもいるのだ。陪審員に選任されれば、仕事は休めるし、家庭からは解放されるし、そのうえ法廷の定められた席についてみると、何となく偉くなったような気さえする。陪審員はすべて偏見を抱かざるものたることが主要条件で、この故にこそ偏見の介在を申したて、判事の免除を受けられる仕組になっているのだが、この連中ときたら、偏見のかたまりみたいなものだ。神よ、この種の陪審員にかかる被告を憐れみたまえ。

だが、私は議論をするのが目的ではなかった。私の最初の陪審奉仕の話をするつもりだったのだ。われわれは議論を繰返すこと十日間に亙ったが、それでも評決を下すことができなかった。十二人中十一人までが死刑を主張しているのに、一人だけが初めから、無罪放免を主張してどうしても譲らないからであった。その一人というのが、かく申す私である。

十一日目になって、われわれは無罪の評決を与え、被告は直ちに釈放された。御承知の通り、陪審員の評決は、多数決できめるのではないのだ。十二人中一人でも反対者のあるときは、評決は下せない規定なのである。

むろん新聞は、その経過を書きたてた。だから被告は私を訪ねてくれ、以来極めて親密になった。そして一年くらい過ぎてから、その男は、こっちから訊ねたわけでもないのに、あることを打ちあけた。それは私が十日間頑張って、他の陪審員を説きつづけた内容と、一致するものだった。詳しいことは後で判るけれども――。

弁護士の名は、ホレース・シスルスウェイトといった。頗る発音しにくい名で、法廷は、検事がいいそこなうごとに、どっときた。検事の名はリケット。リケットは佝僂病《くるびょう》のことだから、検事は弁護士のことを、あんまり笑えた義理ではない。だからでもなかろうが、母親の胎内へ笑いを忘れて来たような検事だった。

事件の内容は、今じゃ殆んど忘れられたけれど、当時はやかましい評判になったものだった。私は最初から興味を持って、あらゆる新聞を集めては、その記事をむさぼり読んでいた。だが、まさか自分がその事件に、陪審奉仕をするようになろうとは、夢にも思わないことだった。だからこいつは、落雷だというのだ。

もっとも、呼出状には、何の事件とも書いてはなかった。それでも私には、ハハンとすぐに判った。というのは、この事件は陪審員難で、裁判所が困りぬいているのを知っていたからだ。騒がれた事件だけに、誰もが新聞で読み、偏見を抱いているの一点ばりで、逃げをうつ。

陪審員候補の方が逃げなくとも、弁護士がその点を非常に気にした。それほど新聞記事はマレーに不利だった。ちょっとでも新聞を見たといえば、忽ち弁護士が忌避してしまう。

私の呼ばれたのは、十人まで決定したときだった。あと二人で規定の人数が揃うわけだ。裁判所も懸命ならば、十人の大うそつき共も、早く裁判が始まればよいと、うずうずしていた。私も、今日まで長年、陪審奉仕を免れていた際ではあるし、嘘をつくことにした。そして型の如き質問に答えた後、陪審員の一人に加えられた。この事件に関する新聞記事は、殆んど読んでいないし、従って何の偏見も持たず、極刑廃止論者でもないと、平然としていいきったのである。

つづいて、もう一人うそつきが現われ、どうやら顔ぶれはそろった。

二

審理は、翌日から始められた。私は十一人のわが同僚諸君の顔を見わたして、よくもまアこんな愚物ばかり集めたものだと、可笑《おか》しくてならなかった。

審理は、新聞で読んで百も承知の事実を、さも初めて聞くような顔をして、神妙に聞いているのだから、およそこんな退屈なものはなかった。

主だった証人は、ウォターサイド署のウイット巡査だった。善良で、河馬《かば》みたいな大男である。巡査はアイルランド出身者の独占でないことを立証するため、巡査になったといいたげな、巨大漢だ。

この巡査は某々日の晩、正確にいえば午前二時ごろ、街上で三発の銃声を耳にしたので、音のした方へ駈けてゆくと、ランバス通りのベルヴェダ街角に、ヂェームズ・マレーが、ピストルを手にしてぼんやり立っていた。そして程遠からぬ場所に、一人の男が射殺されて倒れているのだった。

マレーは、巡査の詰問を受けて、ピストルなんか射った覚えはないし、第一何故こんなものを手にしているのか、わけが判らないと、うすく煙《けむ》の出ているピストルを不思議そうに見て答えた。泥酔しておるらしく、逃げようともせずに、命ぜられるままにウイット巡査に引かれていった。

事件の全貌はじき明白となった。被害者はハワード・ブレッシングという男で、弾丸《たま》は顎部に一発と、心臓に一発命中していた。ブレッシングは男やもめだったので、死体の処置をする一方、犯人と思われるマレーを警察へ連行したが、何分泥酔しているので、留置処へ放りこんでおいた。マレーは、前後不覚に熟睡して、翌朝おそく目をさましたので、直ちに取調べを開始したが、全面的に犯行を否認しつづける。しかし、前後の事情から見て、彼が犯人であるのは万《ばん》間違いないと考えられるので、そのまま裁判に附されることとなったものである。

マレーは射殺の事実なしと断然否認したのみか、ハワード・ブレッシングなる人物は全然知らぬと述べ、酔ったまぎれの射撃練習にしても、人間を的にするほどの野性は持合せぬと、皮肉さえ交えたうえ、第一ピストルを持ち歩くはおろか、所有してさえいぬと申立てた。この点は、多くの友人によって保証された。いずれも信ずべき、立派な人たちである。

したたか飲酒していた点は、本人の自認があったし、飲み仲間の口ぞえもあった。この連中はなお、マレーはピストルなぞ持っていなかったけれど、よし持っていたにしても、あの態《ざま》では狙いも何もつかなかったろうと、有利な証言を与えた。

兇行の現場は、帰る途すじとはかけ離れているが、マレーはすべて酒のせいにしてしまった。何故あんなところにいたのか、自分でも判らないし、ピストルを手にしていたに至っては、われながら不思議でならない。誰かが持たせて逃げたに違いない。とにかく自分はブレッシングを射った覚えは全然ないのだと主張した。彼はちょっと男ぶりがよくて、若い妻君を持っている。この妻君も美しいのだろうが、いまは蒼白に取乱し、始終おろおろして弁護士の横に控えている。

検事のリケットは、小柄で鼻が尖り、眼が鋭くて、ちょっと追いつめられた鼠といった感じの男だが、なかなか巧みに被告の急処を衝いた。しかしマレーは少しも怯《ひる》むところなく、一貫して知らぬ存ぜぬで押し通し、ピヤソン夫人の証言が検事によって粉砕されてからも、断乎として譲らなかった。

このピヤソン夫人は、被告側証人のスターだった。少なくともそのはずだったが、辛辣な検事の質問にあってたじたじとなり、はては誰のための証人だか甚だ怪しいものとなってしまった。ムクムクと肥った愛嬌のある婆さんで、見聞きしたことをあっちこっち触れ歩きたがるらしいのは、女のことだから特性として挙げるまでもあるまいが。とにかく話を聞いてみよう。

婆さんは、ランベス通りの自宅にあって、窓際へ出て良人《おっと》の帰りを待ちわびていたところ——この良人はマレーと一緒に飲み歩いたわけではなかった由——銃声の聞えた少しまえに、二人の男が家の前を通行したのを認めた。二人は激しくいい争っており、一方は手さえ振りまわしていた。面白いからよく見ていたが、二人ともマレーより大きかった。そして一方は、たしかにブレッシングであった。(その晩はかなり暗かったはずだがという検事の横槍に対して、家の近くに街燈があるのだと婆さんは答えた)なお、争う声もよく聞えたが、それはどちらもマレーの声とは違っていたというのである。

これに対して、検事が大きな爆弾を投げつけた。問題になったのは、マレーの声の点だが、実は婆さん、耳が遠いのである。弁護士は、心得て、大きい声で質問したからよかったが、意地のわるい検事にあって、すっかり化けの皮をひき剝かれてしまった。検事がわざと低い声で訊くものだから、婆さんは耳に手をあてがって、ひっきりなしに「はい?」「何でございますか?」とやらかした。

すかさず検事は追究をつづけ、実は銃声は聞かなかったのだと、婆さんに白状させてしまった。弁護士が、巧みにその点に触れないでおいた苦心も、これで水泡である。とどのつまり、婆さんのいうことは、どれも確実でないということになった。半丁と離れない銃声が聞えず、法廷で検事のいうことも満足に聞きとれない者が、どうして窓下を通行する者の声を聞きわけられよう、という責めかたである。余勢をかって検事は、ブレッシングだと思ったのも、別人であったかも知れぬと、耳だけでなく婆さんは視力の方も怪しいということに押しつけてしまった。

検事は、婆さんをやりこめるごとに、いちいち私たち陪審員の方を、得意そうに振りかえって、感銘を強化しようと計った。しまいに婆さんは泣きだしてしまった。弁護士は慌てて、啜《すす》りあげる婆さんを宥《なだ》め、検事の言葉のよく聞きとれないのは、鼻かぜのためであり、当夜は耳はたしかだったのだと強弁これつとめたが、これにはさすがの判事も苦笑をもらしていた。

次なる証人は、門番である。門番は、当夜ランベス通りを一人の男が駈けてゆくのを見たというのだ。場所は現場から数丁はなれたところ、時刻は銃声後間もなくであり、それが真犯人であったかも知れぬというのだが、死体のそばにマレーが三発射ってあるピストルを持って、立っていたという事実に拮抗するだけの証拠力はなかった。

三

だが、被告の側には、さすがの検事にもどうにもならぬ切札があった。ブレッシングは死んだ妻の小型写真を、常に肌身につけていた事実がある。この点は友人連がこぞって保証したし、中の一人は当夜彼が持っているのを見受けたとまで証言している。その男の家で出して見せてから、帰途についたというのである。しかるに、死体にはその写真が見あたらなかった。現場附近に落ちてもいなかったし、マレーも持っていなかったのである。

これは面白い点であり、いろんな暗示を与えるものだった。この事件を通じて唯一の艶《なま》めかしさであり、新聞は特にその点を強調して書きたてた。どの新聞にも、彼女の写真が出ており、陪審員たちもブレッシングの妻がどんな女だったか、よく知っていた。弁護士は、この点を力説して、マレーの無罪を主張しようとし、検事は内心困りながら、無言で軽く扱おうとした。

思うに、百人が九十九人までは、マレーを犯人と考え、事件の裏面には女性関係の複雑な事情があるものと想像しているらしかった。マレーとブレッシングの亡妻が関係していたか、またはブレッシングとマレーの妻が怪しいのではないかという話は、陪審員宿舎でもヒソヒソ噂されていた。

弁護士は、終始写真の点に獅噛《しが》みついていた。陪審員を動かすだけの大した力もなかったが、ほかに有力な材料が見あたらないから止むを得ない。あとは弁舌の力をたよるよりほかない。彼は弁舌にかけては、なかなか巧みであった。背が高くて好男子で、惜しいことには菊石《あばた》があるけれども、美しくカールした頭髪なんかは、沢山つめかけている婦人傍聴者も羨むくらいであった。まるで役者のようだ。役者になるべきだったかも知れぬ。もっとも弁護士としても成功しておる。たいていの事件に勝っているのだ。だからこそこの事件も依頼されているわけだが。

閑話休題、初めての陪審員だから、私は熱心に傾聴していた。事件には興味があるし、自分としての意見も持っていることは、前にも申しておいた。聴いていると、まるでボードビルを見るようで、別して検事と弁護士とが舌端《ぜったん》火を吐かんばかりに渡り合うところなんか、ヤンヤと喝采《かっさい》を送りたくなるくらいだった。それには検事が意地が悪くて、鋭く、ガミツク男だから一層面白い勝負だった。初めのころだったが、弁護士がウイット巡査を捕えて、銃声の聞えた正確な時刻はどうかと訊ね、マレーの立っていた場所と死体との精密な距離を問い、そのとき月はどこにあったかと質問したところ、検事はニヤリと笑って、特に陪審員の方に向い、「弁護士は、検事局が月を証人として喚問し得なかった点を、不満に思っておらるる模様ですな」とやった。

これには一同耐《こら》えきれなくて、はじめはクスクスやっていたが、ついにドッときてしまった。傍聴席を制止する守衛も、笑いを嚙みつぶすのに困っているようだった。弁護士はすかさず、「出来ればそれは望むところで、目撃者としての長い経験上、巡査の目よりもその方が確実だ」とか何とかやり返したが、これはあまりよい出来ではなかった。誰も笑わなかったようだ。

陪審員は、ちょいちょいこういう余興があるので、退屈を忘れるが、概して検事は好かれていなかった。といって弁護士も、陪審員に人気があったわけではない。少しつべこべしすぎている。ただ、不利な側に立って奮闘しているという点に、同情を寄せていただけの話だ。

四

証拠しらべが終ると、検事の論告だ。新聞はこの検事のことを、死刑検事と呼んでいる。今度もむろん死刑を求刑した。——この事件は、ウイット巡査の証言だけで十分である。マレーは現行を押えられたのだ。動機なぞ詮索するに及ばぬ。人命を奪った者は、死を以て償わねばならぬと、法律に定められているというのが、検事の論旨であった。

それに対して弁護士は、マレーは状況の犠牲となったものである。平素の行状からいっても、この男が殺人というが如き大罪を犯すはずはなく、もし咎めるとすれば泥酔して街上を彷徨したことだけであると、極力無罪を主張した。材料の乏しいことを思えば、立派な弁論であった。彼は当夜のマレーの行動を述べて、恐らく家へ帰るつもりで表へは出たが、月が美しいためつい浮れて、ぶらりぶらりと歩くうち、殺害直後のブレッシングの死体に躓《つまず》いた。見ればピストルが傍に落ちているので、何気なく拾いあげ、どうしたことかと茫然立っているところを、巡査に捕まったものに違いない。真犯人は逸はやく逃走したものであって、その点に関しては門番の証言を想起して頂きたい。

最後に、マレーが犯人でないことは、小型写真の紛失が何よりも雄弁に物語っている。マレーを真犯人とすれば、写真はブレッシングかマレーかが持っていなければならないはずである。——というのが弁論の要旨であったが、検事の抜目なく指摘しておいた通り、これは徹頭徹尾一場の夢物語にすぎなかった。マレーがピストルを手に、死体の傍に立っていたという炳《へい》たる事実の前には、月明の蠟燭ほどの明るさもない。

なおマレーの泥酔云々《うんぬん》に関して、検事は、酔っていたからという申訳は許されぬという点に、陪審員の注意を喚起しておきたい。素面《しらふ》の素行がよい故に、酔ってのマレーの罪を許すとすれば、市中は毎夜人間狩りの群で充満するに違いない。かくの如きは本職の断じて黙視し得ざるところであると大《おお》見得《みえ》をきった。

五

さて、判事から、検事及び弁護士双方の主張の要点の説明をうけ、諮問事項を指示された後、少しでも疑わしい点があれば、被告は放免されるのだとの注意を聞いて、いよいよ陪審員控室へと退いた。ディーンという名の、どこかの印刷所長だという取りすました男が、陪審長だった。陪審員の経験は何度もあるらしいが、長になったのは初めてと見え、それが嬉しくて、ダブリンの公使にでもなった気で、得々としていた。しかし、陪審の勝手を知っているので便利だった。

まず、十二人がどういう意見でいるか、ためしに無記名投票をやってみた。有罪とするもの十一に対して、無罪は一票だった。その一票は私だ。隠すこともないから、私はいってやった。

「この一票は僕だがね、納得させてもらおうじゃないか」

十一人はそれぞれ説伏につとめた。中でもディーンの奴は、まるで喧嘩腰で喰ってかかってきた。十一人を向うに廻して、一人反対説を称えるとは、無分別も甚だしいと考えているのだろう。小学生が宿題の答えを教師に出すのじゃあるまいし、そう簡単にゆくものか。ほかの連中も、初めは面白がって、何がために私がマレーの無罪を信ずるか、その理由を知りたがった。彼等にいわせれば、マレーの罪は一点疑いを容れるの余地なく、可哀そうだが死刑は止むを得ないというのだ。

「ラッセル君はどうしてそう考えるのかな。これは明々白々な事件だよ。弁護士はなかなかうまいこともいったが、要するに反証は一つもないのだ。僕も好んで死刑台へのぼせたいわけじゃない。少しでも疑念をはさむ隙があればと思うのだがねえ。結局マレーはイスカリオテのユダと同じで、弁解の余地はないよ」と一人の男がいった。

「いいや、マレーは嵌《は》められたんだ」私は負けていない。「マレーは前後不覚に酔っていた。そして丁度現場へ行きあわせたので、犯人に利用されたんだ。弁護士は、犯行後に行きあわせて、何気なくピストルを拾ったところを捕まったのだといったが、僕はそうじゃない。犯人が彼の手にピストルを持たせて逃げたのだよ」

「馬鹿な！」別の男がいった。「酔っぱらったのは、魂胆《こんたん》があったんだ。つまりその、素面じゃ気おくれがすると考えたんだよ」

「ほう、これは初耳だ。すると君は、マレーがブレッシングを知っていたというんだね？」

「むろんさ」とこれは十一人が同意見だった。

「しかし、そんな証拠は一つもあがっていないよ。検事でさえ、それは認めている」

「証拠なんか必要じゃないさ」ディーンが口惜しがった。「見も知らぬ男を殺すいわれがないじゃないか」

「殺したから、知っていたとするのは、逆じゃないかね。知らなかったから、殺したのでないともいえる。それに、写真の紛失はどう説明する気かね？」

「写真は、はじめから持ってやしなかったんだ。その晩持ってるのを見たとかいうのは、嘘なんだろう」

「これは乱暴だな。殺される三十分まえに、ブレッシングが持っているのを見たと証言しているのに、そいつを否定してかかったんじゃ、話にならない」

ざっとこんな工合で、十日間を論争に費したのである。これじゃいけないというので、初めから出なおすが、いつもこの写真の点にくると、双方自説を固持してゆずらず、睨みあいの中《うち》に疲れてしまうのだ。

十一人は私ひとりを目の敵に憎みだし、はては買収されているのだとさえ思うようになった。十二人のうち、妻のないのは私だけで、あとの連中はみんな家に妻君を残していた。はじめて三日は、ののうとした気持になったらしいが、一週間とすぎ、鑵詰生活十日となると、さすがにみんな家が恋しくなりだした。中には仕事の都合上差支える者もあるのらしい。

私はいつまでも、平気だった。あくまでも頑張って、マレーを救けねばならぬと、腰を据えていた。判事は、毎日守衛をよこして、評決の進行ぶりを見させた。こんなことなら陪審員を解散して、新たに選任しなおす方法もあるのだが、十一対一で争っているのだと知って、いまに一致するものと荏苒《じんぜん》日を送ったものらしい。

六

守衛の奴もときどき論争の仲間に加わった。私のことを飛んでもない愚物だと思い、面と向って罵りさえした。彼も心からマレーを犯人と思いこんでいるのだ。

「マレーがブランコ往生したって、何でもないじゃありませんか。あんたを死刑にしようというんじゃありませんぜ。いい加減で手を打って、家へ帰ることにしたらどうです?」

「ラッセルさん、あんたは一体自分は何だと思ってるんです? 判事さんじゃあるまいし、あんた一人で反対してみたって、始まらんじゃありませんか? 十一人を集めたより、あんたの方が頭がいいとでも思ってるんですかい?」

ざっとこんな調子である。だが私は一歩も譲らなかった。十一人を前に、まるで先生のように、諄々《じゅんじゅん》としてマレーの無罪であることを説き聞かせてやった。もっとも向うも一歩も説伏されはしなかったけれど。

やがて、彼等は私に向って復讐をはじめた。守衛の入れ智恵と助力によるのだろうと思うのだが、十一人は突然、口を揃えて葉巻をすぱすぱやりだした。私が煙草を吸わないのを知って、始めたことだ。同じに出される食事が、私のだけ半煮えのことがちょいちょいあった。ある晩、誰かが私の寝台の上へ水差しを倒しておいた。就寝まえのことだ。服を着ようとすると、見あたらぬことはしょっちゅうだった。誰も私に口を利かなくなった。そうしておいて、ディーンはちょいちょい無記名投票をやらせた。私が心を入れかえたかどうかを知るためだ。

第十一日目の朝、依然として比率は十一対一で睨みあっているところへ、守衛がやってきて、きょう中に評決が出されぬようなら、判事は陪審員を解散するといっていると告げた。これも嘘かも知れないが、とにかく守衛はそういったのだ。十一人の奴らは声をあげて喜んだ。とにかくこれで家へ帰れることになったからだ。彼等は急に元気づいて、私にも物をいうようになった。現金な奴等だ。私が、依然として無罪説をまげぬといっても、彼等はもはや相手にしなかった。

彼等の喜ぶに引きかえ、私は愉しまなかった。ここで陪審員が解散になり、新しいのが組織されたら、今度こそマレーは有罪の評決を与えられるだろう。私のように頑張りのある奴はないに決っている。私は熟慮の後、最後の手段に訴える決心をした。

夕食のあとで、私は静かに切り出した。

「諸君、お互いに対立して争うのも、きょう限りとなった。判事は、評決の出ないのを理由に、われわれに解散を命じるという。僕は困る。マレーの無罪を信じているが故に、僕は困るのだ。僕としては、ほかの陪審員によらず、われわれの手で彼を釈放してやりたく思う。それについて、僕はゆうべ寝ながらよくよく考えてみたのだが、その結果、当夜の事件を見ていたように諸君に話すことができるようになった。夢に見たのかも知れない。だが、とにかく聞いてくれたまえ。

十年ばかりまえに、スミスという男があったと思ってくれたまえ。ヂョーヂ・スミスとしておこう。このスミスが、ある娘に恋をした。

スミスは電気技師か何かで、オハイオ州のある小さな町にいたとしよう。むろん娘もその町に住んでいる。娘の方でもスミスを愛しているが、残念ながら彼には結婚するだけの金がない。そこで、どちらかに金が出来るまで待とうと、果無《はかな》い楽しみを楽しみに、娘の父の反対を押しきって、清く愛しあっていた。

そのうちに、スミスは、よその町へゆけば相当の金の手に入りそうな機会にめぐまれたので、娘に話したところ、もとより異存のあろうはずもなく、待っているという返事。そこでスミスは勇んで出かけたが、このままスミスが金を持って帰り無事に結婚すれば、何のいうところもなかった。しかし好事魔多《こうじまおお》しとやらで、計らずもここに一人の男が登場することとなる。

この男は金物会社の販売員で、男ぶりのよい気取った青年だが、毎月この町へやってくるうち、ふとしたことから、いまいう娘を知って、憎からず思うようになる。金もありそうに見えるその青年の名は、ハワード・ブレッシング」

ここでちょっと言葉を切ると、十一人の連中は、ピクッとした。はじめは何の話かと、小馬鹿にしてかかっていた奴も、急に熱心に耳を傾けるようになった。

「さて、以上のような事情があったと思ってくれれば、後は話がしやすくなる。世間にはよくあることで、スミスがいなくなると、ブレッシングは急になれなれしく娘に働きかけて、いろいろとスミスの話をする。その中には、ぽつぽつスミスの悪口も適当に織りこまれている。信じやすいは女の常だ。父親の説得もきいて、しばらく後には、スミスの出した手紙に返事が来なくなった。それからしばらくたって、スミスは、娘から爆弾のような手紙を受取った。出稼ぎにいって一年くらい後か、相当の金も出来たので、そろそろ帰って娘と嬉しく結婚しようと思っているところだった。娘の手紙には、今度ブレッシングと結婚することになったとあったのだ。

娘ばかりを責めてはいけない。ブレッシングはとても嘘が上手で、スミスを悪者と思いこませることに成功したのだ。娘の方も初めは信じられないが、スミスがそばにいないから、訊いてみることもできない。そのうちすっかり丸められてしまった。

スミスは、一時は何が何やら判らず、ただ驚くばかりだったが、そこは男同志のこと、やがて大体のことが判ってきた。彼がブレッシングを憎んだのは、断るまでもなかろう。まもなく、その町に居残っているスミスの手許へも、結婚の披露状が届けられた。

これで第一巻の終りだ」

七

十一人はすっかり魅せられたように、熱心に聞いている。私は心の中でしめしめこれならワケはないと思った。だが、途端に、ディーンの奴に気づかれてしまった。

「面白い。君は小説家になるといいね。ところでそれが、マレーとどう関係があるんだね？」

「まア終りまで聞きたまえ。質問はそれからでいいだろう。ところで、娘の話はそれからどうなったと思う？　どうにもならないで、何年かの月日が流れたのだ。が、その何年かの後、ある日スミスは娘の母親から手紙を受取る。この母親は、スミスを好いていたので、いまはブレッシング夫人のあの娘が、死んだことを報らせたのだ。娘の死は、ただの死ではなく自殺だった。

　ブレッシングは、結婚当時こそおとなしくしていたが、一年とたたぬうち馬脚を現わし、妻らしい取扱いさえしないようになった。母親も一緒になって心配したけれど、彼の素行はおさまる模様がない。その辺のことを母親は老《おい》の筆でこまごまと訴えていたが、それはスミスも多少知らぬでもないことだった。

　そしてブレッシングが、別に女を拵えるに至って、娘は思いあまってついに自殺したのだった。そういう内気で可憐な女で、彼女はあったのだ。諸君も恐らく新聞の写真で見て、この性格は認めてくれたことと思う。

さて、スミスは取敢えず、母親に手紙を送って、やさしく慰さめてやったが、内心では、ブレッシングに会ったらこそと、ある決心をする。ブレッシングは手こそ下さなかったが、娘を殺したのだ。法律は殺人罪に問わないけれど、これは立派な人殺しではないか」

私は十一人の顔を見わたした。人いにもっともと、頷いて賛意を表明している者もあった。みんな妻のある連中ばかりだから、身にしみて聞いてくれたのに違いない。中には年ごろの娘のある男もいるのだろう。

「スミスは、母親の手紙によって、ブレッシングがいかにして娘に、スミスを悪者と思いこませたか、うすうす想像はしていたが、はっきり教えられた。その結果が今度の事件になるのだが、その後スミスは一度、ブレッシングに会ったことがある。その時は、空《むな》しく逃げられてしまった。しかし、そのために、スミスは、ブレッシングが妻の死後、その町に居たたまれず、自分の町即ちわれわれの現在いるこの町に来ていることを知った。ブレッシングの方は、迂闊にもそれを知らず、遂に一命を失うことにもなったのだ」

ここまでくると、ディーンまでが熱心に話を聞くようになった。私がスミスを知っており、初めから事情に詳しく通じているものと信じてのことだ。

「いやによく知ってるんだね」一人の男が我慢しきれなくなって口に出した。

「知ってるさ。そこで、二度目にあったのが、マレーの捕まった晩だ。第一回のとき以来、ブレッシングは万一を思って、常にピストルを放さぬことにした。しかしスミスは、何も持っていなかった。彼はもともとブレッシングを殺す気はなかったのだ。殺す代りに、殆んど死ぬほどひどい目にあわせてやろうと思っていたのだ。

二人は偶然、パッタリ顔を合せた。ブレッシングは逃げられぬと見て、しきりに弁解をはじめた。はては、懐中から写真を出して、さめざめと泣いてみせたりさえした。スミスはムカムカッとして、写真を奪いとるなり、打ってかかった。そこでブレッシングはピストルを取り出した。だが、これも、スミスは取りあげてしまった。そのとき一発だけ、放銃したわけだった。

それから三発。これはスミスが射ったのだ。僕はスミスを曲庇《きょくひ》しようとは思わぬ。彼はたしかにブレッシングを殺したのだ。ピストルを取られて、ブレッシングが摑みかかってきたので、夢中で三発射ったのだ。だから罪はたしかにスミスにある。だが、人間誰しもそういう場合はあるものだ。殺す意志はなかったけれど、その場のはずみで、引金を引いてしまった。この点は諸君もよく判ってくれることと思う」

「で、スミスとは一体誰なんだね？　マレーかい？」ディーンが突込んできた。

「マレーとは違う。門番が見たという駈け去った男、あれがスミスなのだ。マレーは、捲きこまれたのだ。スミスは、自分のやったことに愕然として、われを忘れて逃げようとした。そこへ偶然、泥酔したマレーがふらふらと通りかかり、酔眼を見ひらいて何事かと傍へ寄ってきたので、夢中でその手にピストルを押しつけ、一目散に逃げたのだ。だからマレーに罪はない。彼は朦朧《もうろう》状態で立っているところを、おくれて駈けつけた巡査に捕まったのだ。マレーは釈放されなければならない」

感極まって、しばしは誰も口を利かなかった。目ばかりパチクリやっている。が、しばらくたって、またしてもディーンが陪審長の責任を思いだした。

「話はよく出来ている。だが、それが事実ならば、君はスミスという男を知っているのに違いない。犯人を知っている者は、陪審員になれない規定なのに、どうして君はそれを黙っていたのか……それはまア構わぬとして、何か証拠がなければ、君の話を信ずるわけにゆかないね。お伽噺を聞いて、マレーを釈放するというわけには……」

「いいとも、何を出したら信じてくれる？」私もこうなったら、後へは引かれない。

「そうさ、スミスを連れて来てもらうんだね。但し、その場合スミスが、例の写真を提示してくれなくては困る。いまはあの写真が唯　の証拠なんだから。ね、諸君？」

一同異議はないと答えた。いつでも異議のない連中ばかりなんだ。

「承知した。だが、そのまえに訊いておくけれど、スミスはどうなる？　マレーの代りに法廷に立たされるのかね？　スミスは君たちの一言で、法廷に立たねばならぬことになるんだが、どう処置する気か、それから先に聞いておきたい」

「許してやる」四人ばかりが言下に答えた。ほかの連中はどうかと見廻すに、いずれも同じ考えらしい。彼等とても、スミスの立場に立ったら、やりかねないという同情があるからだ。そこが私のつけ目でもあった。

「これが写真だ。よく見たまえ。僕はあれ以来、この写真を肌身はなさず持っていた。僕がスミスだよ」私はついに写真を一同の前に抛り出した。

十一人は、信じないわけにゆかなかった。事実だから仕方がない。写真の顔は、新聞に出たのと全く同じであった。

彼等は写真から私の顔へ、それから窓外へと目を移した。口を利く者なんかない。私はいまにも縄をかけられるかと、首がむずむずした。だが、私は彼等の心理を観ぬいていた。私がスミスだったと知って、これまでブレッシング夫人につき失礼な想像を逞しゅうした連中は、内心恥じているようだったが、そんなことは気にするに及ばぬ。すべては真理を探究するためだったのだ。

やがて、マレーを死刑にしたがる急先鋒だった老人が、ごくさくい調子でいった。

「さア、みんなもっと寛ろごうじゃないか。ラッセル君も心配せんでよい。誰も君のことを喋る者なぞありゃせん。それでは投票をしよう。最後の投票をな。今度こそ全員一致だ。無罪とね」

いまだから話せるのだ。久しいまえの話、ここからずっと遠い町での思い出である。

赤髪組合

コナン・ドイル

一

『四つの署名』事件に書いたような事情で、ワトスンは結婚したので、それまでながいこと共同生活をしていたシャーロック・ホームズをベーカー街の家にのこし、ケンジントン区のほうへ家を求めて新家庭をむすぶことになり、同時にそこで町医者として看板を出すことになった。

しかし別居はしたといっても、ワトスンはいやで別れたのではないから、ちょくちょくシャーロック・ホームズを訪ねては、最近の事件の話をきかせてもらったり、どうかするとお手つだいをしたりしていたのである。

ある日例によってワトスンが、ベーカー街へいってみると、ホームズはかなりの年輩の、髪の毛が燃えるように赤くて、ずんぐりした男と何か熱心に対談中であった。

「やあ、ワトスン君、いいところへ来たね。ちかごろ事件らしい事件がさっぱりないので腐っていたら、どうやら幸運がめぐってきたらしい、というのは、このウイルソンさんの事件が、いま話を聞きかけていたところなんだが、近来にない奇怪きわまるものらしいのだ。ではウイルソンさん、恐縮ですが、あらためて最初からお話しねがえませんか。こちらはワトスン君と申しましてね、いつも私の事件には協力してくれているのです」

いくらか愚鈍らしくみえるウイルソンは、ポケットから、皺だらけの古新聞を一枚だし、広告欄の

なかほどを太い指でおさえて、

「これです。この広告が事のおこりなんです。ま、読んでみて下さい」

ワトスンは新聞をうけとって、声をだして読みあげた。

赤毛組合――アメリカ合衆国ペンシルバニア州レバノンの人、故イゼキア・ホプキンズ氏の遺言により設立されたる当組合に一名の欠員あり、平易なる勤務あるのみにて組合員には一週四ポンドを支給す。世の頭髪赤き男子にして年齢二十一才以上の者はすべて組合員たる資格あり。月曜日午前十一時、フリート街七なる組合事務所内ダンカン・ロスまで本人来談あれ。

新聞は二ケ月まえのクロニクル紙だった。

「というわけで」とウイルソンは額の汗をふきながら「いまも申すとおり、私はコバーグ街で小さな質屋をいとなんでいるものですが、近年は商売が思わしくゆきませず、店員もいまでは一人きりにしてしまいましたようなことでそれも見習だから給料が半分という約束になっておりますからよいようなものの、さもなければとても雇いきれませんような始末です」

「ほう、いくら見習いだからといっても、今どき給料が半分というのは、あなたの店員運がいいのですよ。何だかしかし、その店員のほうが新聞広告よりも面白そうじゃありませんか。名は何というのですか?」ホームズがきいた。

「スポルヂングと申します。給料が半分といっても、この男には欠点もあるんです。世のなかにあんな写真きちがいというものがあるものでしょうか。働くこともよく働きますけれど、何しろヒマさえあれば、カメラをもちだしてパチパチやり、まるで兎のように穴倉へ現像しにもぐりこむのです」

「ご家族は?　奥さんはおありにならないのですか?」

「私は独身で、むろん子供もありませず、この男と十四になる小娘の三人ぐらしで、この娘が台所をやってくれます。

で、ことの起りはこの新聞広告からですが、ある日スポルヂングがこの新聞を手にしてそとから帰ってきまして、赤髪組合に欠員ができたというから、さっそく申しこんだらどうだと申します。私は商売がらあまり外出はしませんし、もとより世間のことはよく知らないほうですが、赤髪組合なんて聞いたこともありませんから、よく聞いてみますと、スポルヂングはこの新聞広告を見せて、この組合はホプキンズというアメリカの富豪でかわり者だった人が設立したもので、生前髪の毛が赤かったので世の赤髪の人にたいへん同情していたらしく、遺言によって莫大な遺産から生れる少なからぬ利息を、ごく簡単な仕事をさせるだけで赤髪の人たちに分配するのだということです。――なんでもこのアメリカ人はロンドンの出身だそうですから、一つにはロンドンへの恩がえしの意味もあるのでしょう。応募者はロンドンの人でなければならず、それに髪が赤いといっても、うす赤いのや黒ずんだのは駄目で、燃えるように赤いのでなければいけないといいます。ですからぜひ行ってごらんなさい。旦那ならきっと合格しますよ。それに一週四ポンドといえば、一年には二百ポンド以上になりますからね。落第するまでも一応はいってみる値うちはありますよ――

ごらんの通り、私の頭髪は、申しぶんのない色をしています。その点は十分自信がありますけれど、何だか話があんまりうますぎるようで気のりはしませんでしたが、スポルヂングがあまりすすめるものですから、私ひとりでは心ぼそくもあり、とにかく一日だけ店をしめておいて、スポルヂングをつれて行ってみることにしました」

二

「ところがどうでしょう、ホームズさん、私は二度とあんな光景が見られようとは思いません。ロンドン中で少しでも頭髪の赤いと思う男は、ことごとく広告によって集ってきたので、フリート街は頭の赤い人で埋ってしまいました。まるでオレンヂを積んだ八百屋の店さきです。あんな小さい広告一つで、よくもこう集ってきたものです。レモンいろ、オレンヂいろ、煉瓦いろ、セッター犬いろ、茶褐色、粘土いろと、あらゆる種類の赤い頭が集っているのです。でもスポルヂングも申したように、ほんとうに火のように赤いのといっては、そう見あたるものではありません。

それでもこれだけ沢山いるなかには、燃えるように赤いのも一人や二人はありましょうし、何しろ欠員は一人だけだといいますから、さきに来たものが採用されてしまうだろうと、あきらめて私は帰るといいましたが、スポルヂングのほうがかえって承知しません。おおぜいのなかを掻きわけ突きのけ、あの男はとうとう私を事務所の入口の石段の下までつれていってくれました。

見るとそこにはわれこそはと希望にみちて階段をのぼってゆく者とはねられてしおしおと降りてくる者と、二つの流れになってたくさんの人の列が昇り降りしています。私たちはその行列に割りこんでいますと、まもなく事務所までおし流されてゆきました。

事務所のなかはテーブルが一つと粗末な椅子が二脚あるだけで、そのテーブルの向うに私のよりもっと頭髪の赤い小柄の男が腰をおろしていて、応募者が入ってくると二三なにか話してみて、すぐまたどこかに欠点を見つけて、はねつけてしまうのです。

そのうち私の番がきますと、その小柄な男はうってかわって愛想よくなりました、とくに何かと内談のできるように、立って入口のドアを閉めてしまいました。

『ふむ、これは適任ですな。要求にぴたりとあっている』

その小男は一歩うしろへさがって、首をかしげながらしげしげと私を見つめていましたが、つかつかと前へ出てきて、

『よろしい。あなたを採用することにします。しかし、しかしですぞ、失礼ながら一応の用心はしておかんければなりませんでな』といきなり私の頭髪を両手でつかんで、グイとつよく引いたので、私は思わずアッと声をあげました。すると『うん、涙が出たな。不都合はないようだ、じつは以前にカツラや染め粉で騙されたことがあるので、十分注意することになっとるのです』

といってその男は窓のところへゆき、合格者が決定した旨を大きな声で告げました。すると窓の下の群衆からがやがやと失望のざわめきが起りましたが、それでも思い思いに散ってゆき、まもなく静かになりました。

『私はダンカン・ロスと申します』

小男はあらためて名のって、家族のことなど訊きますので、妻も子もないことを申しますと、ロスはたちまち顔いろをくもらせて、この基金は赤髪の人の保護もさることながら、種族の発展をはかるのが目的なのだから、独身では困るといいだしました。やれやれと私はがっかりしましたが、スポルヂングの口ぞえもあり、髪のいろが申しぶんないから、なるべく赤髪の婦人と結婚するという条件で

譲歩してくれました。

勤務は毎日十時から二時までこの事務所に出てくることというのですが、質屋というものはほとんどが夜の商売で、ことに給料のわたる土曜日のまえの木曜と金曜の晩だけがいそがしいのです。それにスポルヂングというものもおりますし、ひるま四時間くらい私が店をあけても心配はありません。それで週給四ポンドくれるというのですからね。

それから仕事の内容ですが、それは大英百科辞典をうつすのです。ペンとインクは自弁ですが、辞典は戸棚のなかにありますから、それを毎日ここへ来てうつせばよいというのです。なるほどそんなことなら造作はありません。

『仕事は楽だけれど、勤務時間中はこの事務所に詰めていなければなりませんよ。もし一歩でもそとへ出たら、その日かぎりあなたは組合を除名されます。これは遺言にはっきりうたってあるのですから、くれぐれも注意して下さい』ロスは念をおしていいました。

『一日たった四時間のことですから、外出したくなるとは思いません』

『病気でも、用事があっても、そのほかいかなる理由があってもいけませんぞ』

『承知しました』

『明日から出勤していただけますね？　では今日はこれでお引取り下さい』

私はスポルヂングをつれて帰ってきましたが、心のなかは嬉しさでぞくぞくしました。一週四ポンドといえば、本業の質屋の利益にも匹敵《ひってき》するのですから、私は急に収入が倍になったわけです。

しかし夜になってから、私は急に元気がなくなりました。というのは、どう考えてもこれは何かのまちがいとしか思われないのです。たかが大英百科辞典をうつしとるくらいの仕事に、一週四ポンドも出すなんて、どうしてもほんとうとは思われません。

ですから翌日私はフリート街へはゆくまいと思ったのですが、スポルヂングがしきりにすすめますので、だまされると思ってインキの小壜とフールスカップを七枚だけ買いととのえて、フリート街さして出かけました。

ところが、行ってみると驚いたことには、そして嬉しかったことには、何もかもほんとうらしいのです。ダンカン・ロスが私の仕事にかかるのを見とどけに来ていました。ロスは私にAの字から写しはじめさせておいて、帰りましたが、ちょいちょい私の仕事ぶりを見にやってくるのでした。二時になると、仕事のはかどったことをほめて、もう帰ってよいといい、私の出るのを待ってそとからピンとドアに錠をかってしまいました。

こうして毎日おなじことをくり返しました。そして土曜になると、ロスは帰りにきちんと四ポンド払ってくれました。つぎの週もおなじで、それからずっと同じことが続きました。毎朝十時に出勤して二時にかえり、土曜にはロスが四ポンド渡してくれます。そのうちロスは朝一度だけしか見にこなくなり、やがてまったく顔をみせなくなりました。でも絶対にこないと決めてしまうわけにはゆきませんから、むろん私は一歩だってそとへは出ません。何しろこんなよい仕事が、またとあるもんじゃありませんから、下手なことをして除名されてはつまりません」

三

「こういう状態が八週間つづきました。筆写のほうもよほどすすみ、この調子で勉強すればやがてAをおわってBの部にはいれると喜んでいますと、とつぜん、万事がパタリと行きどまってしまったのです」

「行きどまりに？」

「そうです。今朝も例のとおり十時に出勤してみますと、どうしたことかドアには錠がかかっていて、まんなかに小さな紙が鋲《びょう》でとめてありました。これです」

といってウイルソンのさしだしたのは、一枚の便箋で、その中央に大きく「赤髪組合は解散されたり。十月九日」と書いてあった。

ホームズとワトスンはこの妙な文句と、その手紙を手にしているウイルソンの悲しげな顔とをしばらく見つめていたが、たまらない可笑《おか》しさに思わず噴きだしてしまった。

「これは驚いた！　なにがそんなに可笑しいですか？　ひとを笑うばかりで何もできないのなら、私はよそへ頼みにゆきます」ウイルソンはムッとして、まっ赤な髪の生えぎわまで顔を赤くした。

「まあまあ」と、怒ってはや腰をあげかけるウイルソンをおし戻しておいて、ホームズは「こんな珍らしい事件をとり逃してたまるものですか。しかし失礼ながらたしかにユーモアもありますよ。それでこの貼紙をみてから、あなたはどうしました？」

「腰をぬかしました。しばらくはどうしてよいやら分らず、その場にポカンとしていましたが、気がついて、家主をたずねて訊いてみますとダンカン・ロスという人は知らぬが、二階の四号室ならウイリアム・モーリスという頭髪の赤い弁護士に貸しておいたが、新しい事務所ができあがったからといって、モーリスは昨日《きのう》そっちへ移っていったということです。

　引越しさきを教えてもらって、セントポール寺院のちかくまでわざわざ行ってみましたが、その番地の家は義足の製作工場です。ウイリアム・モーリスだのダンカン・ロスだのって聞いたこともない名だといいました」

「それからどうしました？」

「店へ帰りました。帰ってスポルヂングに相談しましたが、あの男にもよい智恵はありません。そのうち郵便でなにか通知がくるかも知れないというだけです。でもそれでは困りますよ。あんなよい仕事を、おさおさ失ってはたまりません。それで、あなたは困る人の相談にのって下さると聞いていますので、こうしてお訪ねしたわけです」

「それはたいへんよいところへお気がつきました。喜んで調べておあげしましょう。これは見かけによらぬ重大な事件らしいですよ」

「重大ですとも！　何しろ一週四ポンドですからね」

「あなたとしては三十ポンド以上もお金をもらったうえ、百科辞典のAの部に出ている項目について、精密な知識が得られたのですから、すこしも損はなかったわけです。ところでそのスポルヂングという店員は、いつからどんな手づるで雇ったのですか？」

「広告の出る一月ばかりまえに、新聞広告を出して募集しました。からだは小柄ですけれど万事ぬけ目のない、なかなか間にあう男です。年は三十ちょっとすぎでしょうか、額に白い痣《きず》のようなものがあります」

「ほう、そんなことだろうと思った」ホームズはひどく興味をそそられたらしく「その男の耳には耳輪の孔がありゃしませんか」

「ありますよ。子供のときジプシーがあけてくれたのだとかいっていました」

「その男はいまでもお店にいるのですね？　いや、よく分りました。今日は土曜ですから、月曜日までには何とか解決できるつもりです」

客が帰ってゆくと、ホームズはパイプを口にして椅子のなかにとぐろをまきじっと考えこんでしまった。ワトスンはそろそろねむ気がさしてきたが、一時間ばかりするとホームズは急に起きあがっていった。

「午後からセントジェームズ会館でサラサーテ・ヴァイオリン演奏があるから、聞きにゆこうじゃないか」

二人はオルダースゲートまで地下鉄でとばした。そこからちょっと歩くと、ウイルソンの質屋のあるコバーグ街だった。そこは、小さな袋小路で、金の玉を三つ重ねてつるした質屋の目じるしの下に、ウイルソンの看板が出ていた。

ホームズはそのへんをゆっくり歩いて、近所の家をしさいに見きわめてから、質屋のまえの敷石をトントンと強く、ステッキで叩きドアをノックした。するとドアをあけて顔をだしたのは利口そうな若い男だった。客だと思ったのだろう、入れといったが、ホームズはこれからストランドのほうへ行くにはどういったらよいかと、妙なことをたずねた。男はぶあいそな返事をしただけで、バタンとドアを閉めて引っこんだ。

「さ、ここは大体わかったから、こんどは表通りを見にゆこう」

質屋の店のうしろが表通りになっていて、そこは大ロンドンの西北部と中心地とをむすぶ主要道路だったから、車馬の往来がはげしく、じめじめしたような質屋の前とは、まるで一枚の絵の表と裏ほどの対照をなしていた。ホームズはその街なみを見わたして、

「ええと、こっちの角がモーチマの店で、つぎが煙草屋、そのつぎが雑誌屋、それからサーファーバン銀行のコバーグ支社か、それから野菜料理で、つぎがマクハレン馬車製造所の倉庫で角になっているね。じゃワトスン君、仕事はこれですんだから、どこかでサンドイッチでもたべて、サラサーテを聞きにゆこうよ」

ホームズは自分でもヴァイオリンを奏するが、その午後中を彼は最大の幸福にひたって、ほそ長い指を音楽にあわせて静かに動かしていた。赤髪事件なんか、心の隅にも残ってはいないらしかった。

演奏会が終って表へ出ると、少し用事があるから、ここで別れるといいだした。

「今日は土曜日だからね。ちょっと面倒なことになりそうなんだ。こんばん君に手を貸してもらいたいがどうだろう？」

「いいとも。いく時《じ》に行けばいい？」ワトスンはお手つだいができると聞いて、嬉しそうだった。

「十時なら間にあうだろう」

「じゃ十時にベーカー街へ行くよ」

「たのむ、すこし危険があるかも知れないから、ピストルをポケットに忍ばせてきたまえ」

そういってホームズは手を振り、たちまち群衆のなかへ姿をけしてしまった。

四

ワトスンには何のことだかさっぱり分らなかったが、とにかくその夜九時十五分にケンジントンの家を出て、ベーカー街へと向った。ハイドパークをぬけて、オクスフォード街からベーカー街へ曲ってゆくと、ホームズの家のまえには二台の馬車がとまっていた。部屋へ通ってみると、ホームズは二人の客と元気に話していた。一人はワトスンも知りあいの警視庁のジョーンズ警部で、もう一人は見知らぬ背のたかい人であった。

「あ、来たね。これで人数はそろった」ホームズはワトスンの姿をみるなり立ちあがって、背のたかい人をメリウエザ氏だと紹介した。

四人は待たせてあった二台の馬車に分乗して、すぐに出発した。ゆくさきはひる間みてきたコバーグ街のサーファーバン銀行の支店だった。

ホームズはワトスンと同じ馬車にのっていたが、たいへんな元気で、ワトスンの分らぬことをいろいろと説明して聞かせた。

「メリウエザ氏はあの銀行の頭取《とうどり》だが、たいへんな悪事をたくらんでいる奴がいるんだよ。ジョン・クレーといってね。まだ若い奴だが、悪事にかけてはすごい腕がある。殺人犯人で窃盗で、贋金つかいで、いのちがいくつあっても足りない奴で。祖父は公爵で、本人もイートンの貴族学校やオクスフォード大学にまなんだことがある。神出鬼没というがたとえばいまスコットランドで泥棒をはたらいたかと思うと、来週はもうコーンウォールに現われて、孤児院の設立をたねに金を集めているといった調子で、ときどき片鱗をみせることはあっても、なかなか所在を知らさない。僕もまだ正体を見たことがないくらいだ。しかし今夜こそは、そいつをとって押えられるかと思うと、ぞくぞくするよ」

話しているうちに、馬車ははや銀行へ着いた。一同は馬車をかえして、メリウエザ氏の案内で横の入口から銀行の地下室へ降りていった。そこは周囲の壁ぎわに大きな木箱など積んであるかなり大きな地下倉庫だった。

「これじゃ上のほうはそう無用心じゃありませんね」ホームズがメリウエザ氏の角燈を借りて、あたりを見まわした。

「下だって大丈夫ですよ」といってメリウエザ氏はステッキの先で、床にしきつめてある石をトントンと叩いたが「おや！　なんだかうつろな音がするぞ！」驚いて叫んだ。

「困りますね。お静かにして下さらなければ。せっかくの計画が台なしになってしまいます」ホームズが強くたしなめた。

メリウエザ氏はにがりきって、そばの木箱に腰をおろした。ホームズは床のうえに膝をついて、拡大鏡をだして角燈の光りで敷石と敷石のあいだのあわせ目をしらべていたが、すぐに満足したらしく、立ちあがっていった。

「いま十一時ですから、まだ一時間は余裕があります。というのは、あの人のよい質屋さんが床につくまでは、手が出せますまいからね。しかし、よいとなったら一分間でも躊躇はしていません。少しでも早く仕事をすませば、それだけ逃亡の時間が多くなるわけですからね。ワトスン君、不敵な悪人が、いまこの銀行の地下室へ吸いつけられているのは何のためだか、その理由はメリウエザさんに訊ねてみたまえ」

「それはナポレオン金貨のためです」メリウエザ氏が低い声でいった。「私どもでは信用をあつめる必要がありまして、三月ほどまえに、仏国銀行からナポレオン金貨で六十万フランだけ借りいれました。ところがその金は封をきる必要すらないことになりまして、そのまま地下室へ抛りこんでありますが、そのことが世間へパッとしました。いま私の腰かけているこの箱にも、鉛板につつんで四万フラン入っているのですが、一個の支店としてかく多額の現金を保留するのは例のないことでもあり、悪い奴に狙われはすまいかと、私どもでも内々心配していたところです」

「何しろ相手はジョン・クレーですからね。ところでいよいよ始まりそうですから、その角燈に覆いをして暗くして頂かないといけませんね」

「まっ暗ななかで待つのですか？」

「仕方がありますまいね。敵の準備がすすんでいるようですから、灯《ひ》をつけておくのは危険です。そのまえに、こっちの手筈をよくしておきましょう。私はこの箱のうしろに忍んでいます。あなたがたはそちらに隠れて下さい。そして私がパッと敵に灯《あかり》をさしむけたら、いっせいに飛びだすのです。もし向うが発砲したら、ワトスン君はかまわないから、用捨なく射ち殺していいよ」

ワトスンはピストルの安全錠をゆるめて、隠れている木箱のうえにおいた。ホームズは角燈の前面にすべり板をいれて、あたりをまっ暗にしてしまった。金属のやける匂いがかすかにするだけで、地下室はしんの闇である。

「逃げ路はあの質屋しかない。ジョーンズ君はお願いした通りにしてくれましたろうな？」ホームズは暗い中で小さな声で云った。

「警部に巡査を二人つけて、表に立たせてあります」

「じゃ敵は袋の鼠です。あとは黙って待っているばかりだ」

ワトスンにとって、それがいかに長く感じられたことか。あとで調べてみたら、一時間と十五分にしかすぎなかったが、もうそろそろ夜があけるのではあるまいかとさえ思われた。

とつぜん、まっ暗ななかにちらりと明るいものが眼にうつった。はじめ敷石のうえに黄いろい光がちらと見えたと思ったら、しだいに広がって黄いろい線になった。すると不意に、なんの先ぶれもなく、音さえたてないで、敷石のあいだに割れ目ができたとみえ、そこから女のような白い手が一本あらわれて、その明るい所を手さぐった。そのあいだが一分間くらい、指さきで何かさぐっていると思ったら、ニュッといったん床の表面に突き出て、そのますっと引込んでしまったあとは、割れ目だけが黄いろく残った。

ひと息おいて、ガラガラッとすさまじい音をたてて、割れ目をはさむ大きな白い石が横ざまにはね起され、四角な穴があんぐりと口をあけて、そこから角燈の光りがさっと流れ出た。と、その穴の口にくっきりした子供っぽい顔が一つ、ニュッと現われて鋭くあたりを見まわし、穴のふちに手をかけて肩をぬき、腰をあらわし、片膝を穴のふちにかけたかと思うと、ヒラリと身がるに上へあがってしまった。そして、すぐ後から上ろうとしている仲間――小柄で頭髪のまっ赤な男を引きあげにかかった。

「いい具合だぞ。早くあがれ。――おやッ！　逃げろ！　アーチイ、逃げるんだ」

ホームズがいきなり飛びだして、第一の男の襟首をつかんだのである。アーチイとよばれたほうは、すぐ穴のなかへ飛びおりたが、咄嗟にジョーンズがその男の服をつかんだので、ビリビリと破ける音がした。キラリとピストルが光った、間髪をいれず、ホームズの鞭がその手首をハッシと打った。ピストルは音をたてて石のうえに落ちた。

「そんなものが役にたつものか、ジョン・クレー」ホームズがおだやかにいった。

「だがアーチイだけは助かったらしいね」相手は憎いほど落ちついて答えた。

「ところが表には三人ばかり、あいつを待ちうけているんだよ」

「ほんとかい？　そいつはばかに手廻しがいいな。感服のいたりだ」

「お前にも感服するよ。赤髪組合なんて実に、独創的だったね」

「仲間にはすぐ会わしてやる」ジョーンズがそばへ寄ってきた。「あいつ穴もぐりにかけちゃ、おれより上手《うわて》だて。さア手をだせ」

「なあ、そんなけがれた手で触るのはよしてもらいたい」ジョン・クレーは手錠をはめられながらいった。「君は知るまいが、僕は皇室の血をうけている身だ。何かいうときは、あなたとかどうぞとか、ていねいな言葉を使ってもらいたい」

「よろしい」ジョーンズは眼を丸くして、笑いをかみ殺しながら、

「では恐れいりますが、どうぞ上へおあがり下さい。殿下を警視庁へご案内申しあげたいと存じます」

「それならよかろう」ジョン・クレーはジョーンズに送られて、しずしずと歩みさった。

「そこはねワトスン君」とホームズはベーカー街へひきあげてから、説明した。「あの赤髪組合の不

思議な広告や、百科辞典を写させたことの真の目的は、ただ一つ、すこしお目出たい質屋の主人を、毎日何時間か留守にさせるということ以外には、考えようがないほど初めから分りきったことだったんだよ。むろんクレーの奴が、相棒の頭の赤いところから思いついたのに違いない。一週四ポンドといえば、誰でもとびつくからね。番頭が給金半額で住みこんだと聞いた時から、何かその位置を得なければならない強い動機の存在していることに、僕は目をつけていたんだ」

「それにしてもその動機をどうして知ったんだい？」

「あの質屋にもし女性がいたら、僕も情事関係に眼をつけたかも知れないが、じっさいは、その点は問題じゃなかった。つぎにあの質屋はごくけちな店だから、質屋そのものには、あれほど手数のかかる準備行動をとったり、資本をかりたりする価値はないはずだ。してみれば問題はあの家以外にあるということになる。では何だろう？

そのときふと僕は、番頭が写真道楽――しょっちゅう穴倉へもぐりこむという話を思いだした。穴倉だ。問題は穴倉にある。そこで番頭のことをよく訊いてみると、意外にも、冷静で大胆なこと無類のジョン・クレーだと分ったのだ。ジョン・クレーが穴倉のなかで何かしている。何だろう？　そこで僕はトンネルだと気がついたのだ。

君といっしょにあの質屋を見にいったとき、僕はそこまで推理をすすめていた。そしてステッキで敷石を叩いてみると、トンネルは前じゃなかった。ついでにドアをノックしてみたら、さいわい番頭のジョン・クレーが出てきたが、ズボンの膝があの通り損じていた。穴倉で何をしているかが、膝に書いてあるようなものだった。

それからうしろの通りへ廻ってみたら、銀行が質屋と背なかあわせになっていた。ここまでくれば問題はもう解けたというものだ、音楽会を出て君と別れてから、僕は警視庁へ廻り、それから銀行頭取に会った。その結果はすべて君が見たとおりさ」

「それにしても今晩仕事をするというのは、どうして分ったんだい？」

「赤髪組合の事務所を閉鎖したのは、彼らの準備が完了したことを意味する。準備が完了したら、一日もはやく実行しないと、トンネルのからくりが発覚するかも知れず、また金貨が他へうつされるかも知れないからね、それに実行には土曜の夜がいちばんいい。少なくとも月曜日までは露見の心配がないわけだからね」

編者解題

論創ミステリ叢書として『延原謙探偵小説選』（二〇〇七年。以下『Ⅰ巻』とする）および『同Ⅱ』（二〇一九年。以下『Ⅱ巻』とする）が刊行されたことで、延原謙の書いたエッセイの一部とともに小説の大半が収められ、創作家としての一面を容易に見ることができるようになった。

では翻訳はどうかとなると、新潮文庫版のコナン・ドイル作品以外はほぼ新刊書店から姿を消しているようである。新潮文庫にしてもホームズ物語は養子の延原展《てん》によって改版されたもので元の形ではない。前記の『Ⅰ巻』には、ドイルの真作かと一時は考えられ、後に別人の作と判明した、幻のホームズ物語の翻訳「求むる男」が収録され、『Ⅱ巻』には延原夫人勝伸枝（本名・延原克子）のほぼ全創作とともに、延原謙の手になる翻案なども若干収めた。しかし、延原の訳業がホームズ物語以外はわずかにしか知られていないのは残念である。翻訳者としての業績にもっと注目したい。今回、翻訳短篇の中から選んで本叢書の一冊を編むのはそのための得難い機会であった。

延原謙は竹内《たけのうち》（旧姓・馬場）種太郎、文《ふみ》夫妻の次男として京都に生まれ、父が夭折したために、母の里である津山に移り住み。当地の津山中学校に進む。祖母や叔母などが読んでいた『万朝報』に連載され、家族がスクラップしていた黒岩涙香作品に大きな影響を受けた。のち、十五歳のときに東京に母、兄とともに移り住み、早稲田中学校を経て一九一五年七月に早稲田大学理工科電気工学科を卒業した。早稲田中学校時代か大学に入ってからかは不明確だが、英訳されたモーパッサンの短篇

「港」を私的に訳して母を感激させたこともあった。

卒業後はごく短い期間に大阪市電鉄部、日立製作所設計課、逓信省電気試験所と勤め先を転々とした。日立を辞めて家でごろごろしているときに、神田の古書店で見つけて入手した、ドイルの『四つの署名』を翻訳した。これを友人の井汲清治《いくみきよはる》が博文館に持ち込み、それが森下雨村の目に留まり、博文館の「院外団」の一員としての道が開けた。その翻訳は天岡虎雄名義で一九二一年に刊行された『古城の怪宝』である。こうして翻訳家としての活躍が始まった。

延原は次第に『新青年』にエッセイなどの原稿も書くようになり、編集をまかされることにもなった。博文館入社は『新青年』編集長就任と同時である。だが、それは長くは続かず、『新青年』から派生して創刊された『探偵小説』編集長となり、『朝日』編集長も務めたのちに退社する。一時期は小説も書いたが、本領は終始翻訳にあったと言うべきだろう。戦雲急になって英米ミステリの翻訳もしづらくなったために見切りをつけたのか、一九三九年に中国へわたり、貿易商と映画館経営をして羽振りが良かったが、終戦とともに着の身着のままで帰国。一時期は『雄鶏通信』編集長として活躍するが、のち翻訳一本で生活するようになり、シャーロック・ホームズ物語個人全訳を果たした最初の人となった。

晩年の十年近くをベッドで過ごしたが、そんな中にあっても調子のよい時には昔訳した作品に修正を加えて原稿用紙に新たに書きおこしていた。

亡くなったのは一九七七年六月二一日、享年八四。鎌倉極楽寺の墓苑に眠っている。

初めて訳した『古城の怪宝』は『新青年』に掲載されたわけではなく、ドイルの短篇四篇とともにいきなり「探偵傑作叢書」第四編として世に出た。その出版以前に延原は別の翻訳を『新青年』に載せていてもおかしくはない。天岡虎雄名で同誌に掲載された作があり、また訳者名のない翻訳作品の中にも彼の筆になるかもしれない数篇が存在する。しかし、天岡虎雄は数名の共同筆名《ハウスネーム》だと今日では考えられているから、そのすべてを延原謙に帰するのは無理である。また、後述のように、無署名の「死の濃霧」は延原の手になると言われてきている。しかし、本格的に翻訳面で活躍するようになるのは、やはり『古城の怪宝』刊行以後になる。

　どんな作を初期に訳しているのか。なんと言っても、まとまったものとしては、アーサー・モリソン『十一の瓶』が目につく。一九二二年八月刊行の『新青年』夏季特別増刊号に、一四〇頁を使って、一挙掲載されたものである。これは後の一九二九年に「世界探偵小説全集」第八巻として刊行された『モリスン集』で『緑のダイヤ』と改題され、以降そのタイトルで知られることになる作であり、ほとんどの作品を自ら見つけて訳した延原としては、たぶん森下雨村からだっただろう、作品を指定して訳すようにと言われて訳した、ほとんど唯一の作品であると自身で書いている。

　延原謙が『新青年』などの雑誌に、あるいはいきなり独立した本の形で翻訳した作家としては、十八番《おはこ》のコナン・ドイルを除くとＬ・Ｇ・ビーストン、ジョンストン・マッカレーなども含めて小粒の作家の作が多いイメージがあるが、おもしろい作を見つける能力がとても高いことを指摘できる。彼が訳した中で、今日でも著名な作家の作と初訳年を摘記してみる。アガサ・クリスティの短篇六篇の訳である「ポワロの頭」（一九二四年）、同じくクリスティ『十二の刺傷』（『オリエント急行の殺人』のこと。一九三五年）、エドガー・ウォーレス『正義の四人』（一九二五年）、ヴァン・ダイン『ケンネル殺人事件』（一九三三年。原書発行二年後）、コール夫妻「梟」（一九三三年）、アンソ

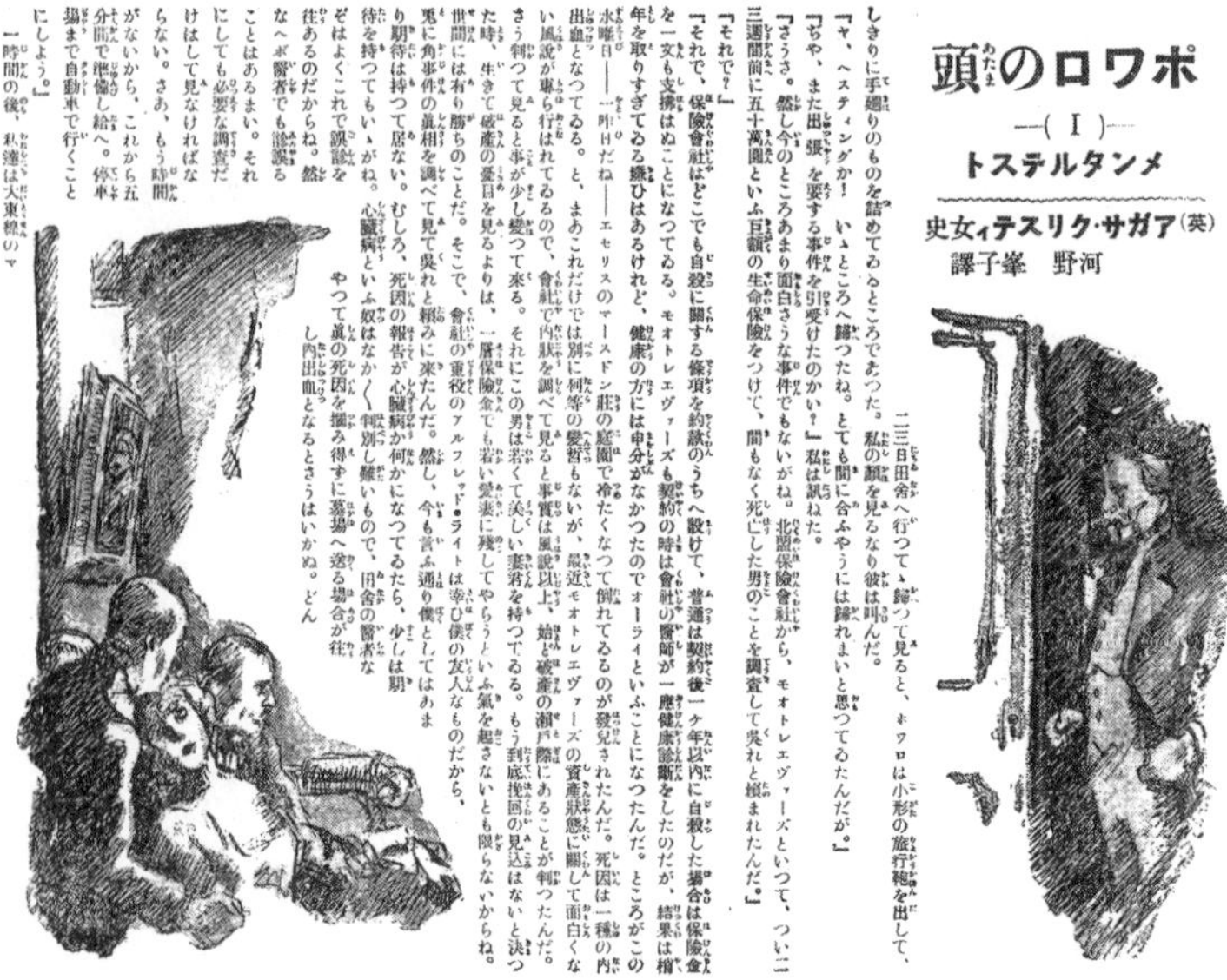

ポワロの頭《あたま》

(I)

メンタルテスト

(英)アガサ・クリスティ女史

河野峯子譯

二三日田舍へ行つてゝ歸つて見ると、ポワロは小形の旅行鞄を出して、しきりに手廻りのものを詰めてゐるところであつた。私の顔を見るなり彼は叫んだ。

「ヤ、ヘスティングか！　いゝところへ歸つたね。とても間に合ふやうには歸れまいと思つてゐたんだが。」

「ぢや、また出張を要する事件を引受けたのかい？」私は訊ねた。

「さうさ。然し今のところあまり面白さうな事件でもないがね。北盟保險會社から、モオトレエヴァーズといつて、つい二三週間前に五十萬圓といふ巨額の生命保險をつけて、間もなく死亡した男のことを調査して呉れと頼まれたんだ。」

「それで？」

「それで、保險會社はどこでも自殺に關する條項を約款のうちへ設けて、普通は契約後一ヶ年以内に自殺した場合は保險金を一文も支拂はぬことになつてゐる。モオトレエヴァーズも契約の時は會社の醫師が一應健康診斷をしたのだが、結果は稍年を取りすぎてゐる嫌ひはあるけれど、健康の方には申分がなかつたのでオーライといふことになつたんだ。ところがこの水曜日――一昨日だね――エセリスのマースドン莊の庭園で冷たくなつて倒れてゐるのが發見されたんだ。死因は一種の内出血となつてゐる。と、まあこれだけでは別に何等の變哲もないが、最近モオトレエヴァーズの資産狀態に關して面白くない風説が専ら行はれてゐるので、會社で内狀を調べて見ると事實は風説以上、殆ど破産の瀬戸際にあることが判つたんだ。さう判つて見ると事が少し變つて來る。それにこの男は若くて美しい妻君を持つてゐる。もう到底挽囘の見込はないと決つた時、生きて破産の憂目を見るよりは、一層保險金でも若い愛妻に殘してやらうといふ氣を起さないとも限らないからね。世間には有り勝ちのことだ。そこで、會社の重役のアルフレッド●ライトは幸ひ僕の友人なものだから、兎に角事件の眞相を調べて見て呉れと頼みに來たんだ。然し、今も言ふ通り僕としてはあまり期待は持つて居ない。むしろ、死因の報告が心臟病か何かになつてゐたら、少しは期待を持つてもいゝがね。心臟病といふ奴はなか〳〵判別し難いもので、田舍の醫者なぞはよくこれで誤診をやつて眞の死因を掴み得ずに墓場へ送る場合が往往あるのだからね。然し内出血となるとさうはいかぬ。どんなへボ醫者でも診誤ることはあるまい。それにしても必要な調査だけはして見なければならない。さあ、もう時間がないから、これから五分間で準備し給へ。停車場まで自動車で行くことにしよう。」

一時間の後、私達は大東線のマ

河野峯子・訳「ポワロの頭（1）　メンタルテスト」（『新青年』大正13年5月号より）

ニー・バークリー（「偶然は裁く」）（『チョコレート殺人事件』の原型。一九三四年）、エラリー・クイーン『暹羅《シャム》兄弟の秘密』（一九三四年。原書発行一年後）、イーデン・フィルポッツ「バルバドス島事件」（一九三五年）、E・C・ベントリー『トレント最後の事件』（一九三五年）、ダシール・ハメット「黒い羊」（一九三七年）など。戦後になってからはこれらの作家の代表作も訳した。その例としては、クイーン『Xの悲劇』（一九五〇年）、ヴァン・ダイン『グリーン家殺人事件』、『ベンスン殺人事件』（ともに一九五〇年）など。ほかにフランシス・アイルズ『殺意』（一九五三年）、M・R・ラインハート『螺旋階段』（一九五五年）、パット・マガー『怖るべき娘達』（一九五九年）などもある。

　クリスティについては特筆しておくべきだろう。この作家の作品を最初に邦訳したのは延原謙だった。「ポワロの頭」の総題のもと、六つの短篇が『新青年』五巻六号から一二号にかけて掲載された（一〇号を除く）。一九二四年のことである。記念すべきクリスティ連載第一回は「メンタルテスト」の訳題になっているが、原題は*The Tragedy at Marsdon Manor*、すなわち「マースドン荘の悲劇」、これが日本で最初に紹介されたクリスティ作品である。

ただしこのとき、訳者は河野峯了と表記されていて延原とはわかりづらく、そのために彼のクリスティ紹介者としての業績が気づかれていないことが多い。河野峯は延原謙の最初の夫人の実名である。津山市志戸部の人で、戸籍によれば一九二八年一〇月二〇日には離婚している。したがって普通に考えれば、延原夫人が翻訳したことになるのだが、『月刊探偵』一九三六年六月号（二巻六号）掲載の座談会で、おもしろい原作をどのように発見するかが話題になった際、延原に話を向けたのは甲賀三郎だった（［ ］は引用者による）。


甲賀。延原氏は大分発見して居るでせう。アガサ・クリスティはあなたぢやないですか。

延原。あれはスケッチと云ふ雑誌に出たのです。初め森下氏が持つてゐたのですがそれが震災で全部焼けてしまつた。ところが震災後僕が神田を歩いてゐてふとスケッチ誌を発見したといふだけの因縁なんです。

甲賀。それは何でした。

延原。沢山あります。スケッチ誌が百冊近くあつた。その中からクリスティの出てゐるのを選りだして買つて来たのです
［中略］

甲賀。所で延原君は、クリステーをミツスだと思つて居つた……
延原。いや子供を二人置いて撮つた写真を見た。子供が二人ある。
横溝［正史］。あれを女の名前で出したのがあるね、川田うめ子。
水谷［準］。河野みね子と云ふのもあるやうだが。
田中［早苗］。あれは奥さんのお名前だつていふぢやありませんか。
延原。あれは其時に他の連載ものをやつてゐたもんだからね。
浅野［玄府］。皆悪事を働くね

河野峯子は夫人の旧姓名を借りての延原の筆名であることがわかるだろう。クリスティ作品を掲載した *The Sketch* 誌を買い集めて、そこから訳したのである。なお、横溝正史が指摘した川田うめ子は記憶違いと考えられる。この当時、延原は逓信省電気試験所勤めをしながら『新青年』誌に寄稿していた。そこであまり実名を出すのはまずいという事情があって筆名を用いた。その一つが河野峯子だった。

肖像画家スミソン・アロードヘッドが描いたポワロのイメージ。『新青年』大正13年5月号より（『スケッチ』誌からの転載）

他にも延原が使った筆名がある。大井六一の名は主に科学随筆に使用しているが、翻訳に使った例としては、クレメント・フェザンディィエの「仮死の秘密」（一九二三年）がある。

篠谷潜もたぶん延原謙だとして間違いないと筆者は考えている。大井六一の名は、彼が当時大井町六一四〇に住んでいたところから作られたことは確実であるし、同じ住所の別表記なのか、東京府下大井町篠谷六一四〇に住んでいたことを示す記録があり、そこから篠谷潜を作ったらしいことも推測されるのである。もっともそれだけではあまりに証拠力が弱いと指摘されるだろうから、いま少し述べると、篠谷潜の名はジャック・ゴットリイブ作「おやおや！」（一九二三年）、ビーストン作「愛してはならぬ女」（一九二四年）、匿名作家作「恐怖の一夜」（一九二四年）に使われている。ビーストンと延原がつながるのは明らかである。そして、もう一作品、これは、クレメント・フェザンディエ作「姿を見せぬ男」（一九二四年）が「篠谷浴」訳として掲載された。これは、篠谷潜のほかに篠谷浴がいたわけではなく、篠谷「潜」と書いたものを「浴」と誤植されたものと考えるべきだろう。フェザンディエの作は前述したように、大井六一が訳した以外に、延原謙の名によっても「百年後の社会」と「人間の鰓」の二作品（ともに一九二三年）が訳されているのである。これをもって延原謙＝大井六一＝篠谷潜であることは明らかだと考えられる。

その時代に当時の夫人の名も使ってしまったのである。少しあとには小日向台一丁目に住んだところから、小日向逸蝶とも名乗った。この名前では、「西洋笑話」を一九二七年から二八年にかけて『新青年』に三回載せているほかに、ドイルの「グロリア・スコット号事件」、「感激の場面」（ともに一九二九年）が掲載されている。前者は延原のものとして納得がいく。後者は翻訳ではなくて、甲子園野球の魅力を語った文章で、野球好きだった延原が書くにふさわしい題材である。

もうひとつ問題の作がある。一九二七年に『探偵趣味』に掲載された「手術」である。実はこの作で小日向の名が初登場したのだったが、問題を起こしてしまった。というのもこれはドイルの「初め

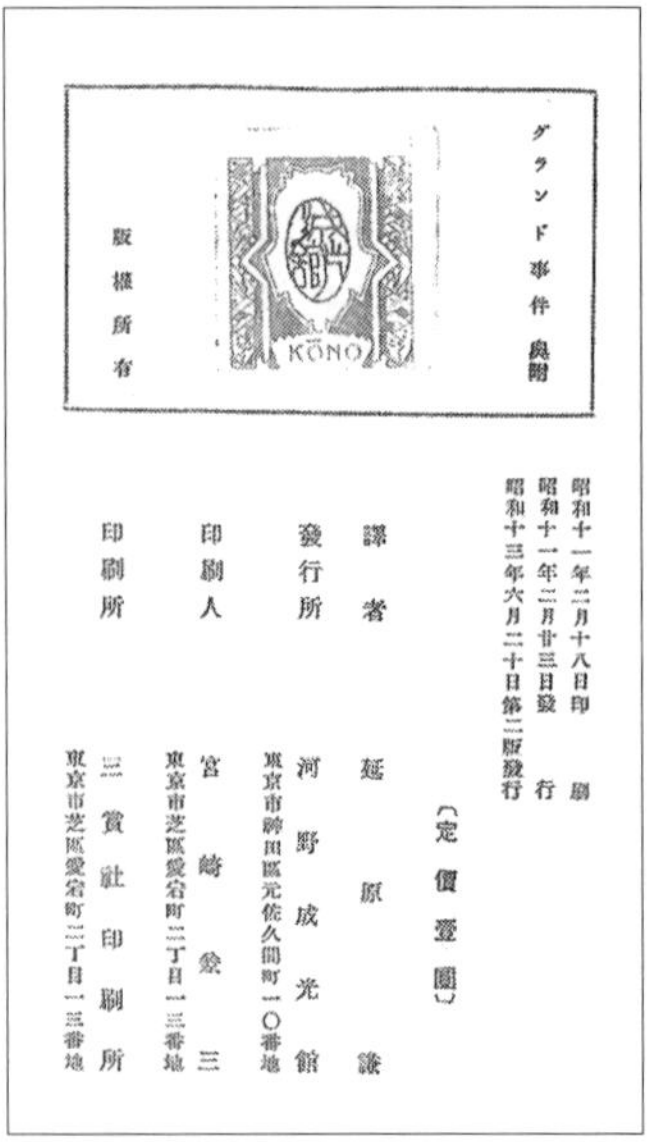

グランド事件 奥附

版權所有

KŌNO

昭和十一年二月十八日印　刷
昭和十一年二月廿三日發　行
昭和十三年六月二十日第二版發行

（定價壹圓）

譯者　延原謙

發行所　河野成光館
東京市神田區元佐久間町一〇番地

印刷人　宮崎繁三
東京市芝區愛宕町二丁目一三番地

印刷所　三賞社印刷所
東京市芝區愛宕町二丁目一三番地

『世界探偵傑作叢書９　クリヴドン事件』二刷復刻版の書影と奥付（資料提供：湘南探偵倶楽部）

ての手術」と同一内容だからである。読者がそのことに気づかぬはずはなく、クレームが寄せられたとみえる。延原自身も知らされなかった措置だったのだろうか。次の号の「編輯後記」に「あれは勿論ドイルの「赤いランプ」中のものの翻案であるが、巧みに日本化されてゐるといふ点からのみではなく、実は翻訳家として声名高い某氏の、今から十年程前の懐しい珍品であるといふ意味で頂戴したのだつた。」との謝罪が載ることになってしまった。某氏とはもちろん延原謙である。

余談になるが、本書編集担当の黒田明氏から、湘南探偵倶楽部が二〇二〇年二月に復刻したオークレイ夫妻著、新井無人訳『クリヴドン事件』（黒白書房、一九三五年刊）の奥付に訳者として延原謙の名があるとの教示があった。

現物を確認したところ、復刻の原本は一

九三八年六月発行の第二版であるが、たしかに延原の名になっていた。となると、新井無人も延原かとあわてたが、国立国会図書館のデータを調べてみたところ「奥付の責任表示：西田義郎」とあり、大阪府立中之島図書館の「藤沢〔桓夫〕文庫目録」Ｗｅｂ版でも（書題は『クリブドン事件』表記）「奥付の訳者」は西田義郎と注記されている（藤沢文庫―八四二）。どちらも未見ながら、それぞれ初版だろうと想像される。

ともに二八六頁であり、第二販も同じページ数であるから、内容には変りがなく、同じ版の増刷であろう。第二版の方の奥付の書名は「グランド事件」と誤植され、印紙の印は西田でも延原でもなく、「成光館」、その下にローマ字で「ＫＯＮＯ〔引用者注：最初のＯの上に長音記号がある〕」とあり、横に「版権所有」、下に発行所「河野成光館」と明記されている。初版と第二版で訳者名が入れ替えられたのは謎である。わざわざ入れ替えたとなると、延原の可能性を検討しなければならないが、現在のところ不詳と言うしかない。

ほかにも延原が使った筆名はあるが、翻訳に関わるものとしては、筆者の判断では天岡虎雄（のちのいくつか）、大井六一、篠谷潜、小日向逸蝶の四種である。

戦後、『雄鶏通信』編集部で延原の下で働いていた加島祥造が延原謙追悼文を『ミステリ・マガジン』に寄せたときに、病に臥せっている際に延原が書いた原稿用紙が手元にあると書いていた。筆者はそれを読んで、原稿類はいまはどうなっているのかと手紙を書いた。氏はそれまでまったく面識のなかった筆者にリンゴ箱一箱にもなる資料をいきなり送ってくださった。どう処分しようか困っていたときだったのだと、あとで言われたものである。リンゴ箱の中は原稿だけではなく、赤の入ったゲラ刷やら数部の『探偵作家クラブ会報』などもあり、加島さんが延原に送った手紙（の下書き?）まで入っていた。

その中に「有名探偵作家五十人集（上）」と記された一袋がある。上のみで中も下もないのだが、延原が選集を編もうとしていたことがうかがえる。その内容が袋のおもてに記してある。著者表示や番号付、それぞれの枚数などを延原謙が書いた通りに転記してみる。なお、「s」は昭和の略で、『新青年』誌掲載年月などを記したものだと考えられる。

有名探偵作家五十人集（上）

その一　シャーロック・ホームズ探偵　三人の学生（コナン・ドイル）九四枚

その二　ピーター・ウイムジイ卿　真珠のネックレス（ドロシイ・セイヤーズ）五三枚

その三　エルキユール・ポワロ探偵　グランド・メトロの宝石泥棒（アガサ・クリステイ）七六枚

四　偶然は裁く（A・バークリー）（s9—2—3）八八枚

五　サミユエルローレンスの経験（パーシヴァル・ギボン）三七枚

六　崖の上の幽霊（C・D・H&M・コール）七五枚

七　からみネコ（H・C・ベイリイ）（12—6—8）八八枚

八　三つの鍵（ヘンリー・ウエイド）九三枚

九　不運なアイザックの話（W・コリンズ）（s3—2—3）一一六枚

一〇　テリーの改心（ジェームズ・ロナルド）（s7—7—3）二六枚

一一　めくらクモ（L・J・ビーストン）（s2―1―2）六七枚
一二　友情（オー・ヘンリー）（s3―2―3）五四枚
一三　デリング丘殺人事件（アガサ・クリスチー）（s9―2―3）六四枚
一四　一万ドル札（F・デーヴィス）（s5―3―3）五三枚

内容的には、選りに選って「三人の学生」のように、ホームズ譚なら他に佳作があるだろうに、なぜこれをあえて選んだのかと首をかしげたくなる作もある。先に述べたクリスティには延原自身こだわりがあったのだろう、ご覧のように二作が選ばれている。配列の順番も特に法則性があるようには見えない。

当初、延原の遺志を重んじ、このプランに従って一書を編むことも検討したが、二百字詰原稿用紙で千枚にもなろうとする分量であり、とても一冊では収まりきらずに断念した。二作選ばれているクリスティについてはぜひ収めたかったが、残念ながら翻訳独占権の問題で収録が難しく、加えて、新訳が近年に刊行されている作品も見送らざるを得なかった。九番目の作のように、岩波文庫をはじめとして比較的容易に別訳が入手できるものもある。また、翻訳選集を編むならぜひ入れたい作も別にある。

そこで、延原自身の選択はここでは横に措き、新たに編者が選ぶこととした。その結果、延原が考えた案と一致したのは八、一一の二作だけとなってしまった。ぜひこれをと選んだものが、例えば新装なった『世界ミステリ短篇集』に別訳で収められている場合もある。おもしろいと思う作品は誰が見てもある程度は一致しているということだろう。その点も考慮しつつ、しかし、他で別訳が読めるものでも、延原の訳を知っていただく意味で若干はあえて重複させたという次第である。

「死の濃霧」『新青年』一九二一年十月号（二巻十一号）

原作はコナン・ドイルの *The Adventure of the Bruce-Partington Plan*（「ブルースパティントン設計書」、一九〇八年発表）である。初出時には訳者名は明記されていない。しかし、この作については、中島河太郎が『ミステリ・マガジン』一九八〇年五月号（二八九号）掲載の追悼文「翻訳界の長老、延原謙」で「氏の訳稿で「新青年」に載ったのは、大正十年十月号の「死の濃霧」が最初である」と明記している。その説に対して異論は出ておらず、延原謙が『新青年』のために訳した最初の作であるとするのが通説となっている。ただ、訳文は原作とはだいぶ違っており、後の延原訳、例えば新潮文庫版の訳とも比較ができないほどかけ離れている。このように原作から離れた翻訳は戦前にはごく普通にあったことで、怪しむに足りない。忠実な翻訳と比べてみるのも一興であろう。この作は、のちに天岡虎雄訳『古城の怪宝』に収録されている。

「妙計」『新青年』一九二三年六月号（四巻九号）

原題は *Three-Fingered Joe*。イ・マックスウェルは Elinor Maxwell のことのようだが、不詳。連続宝石強盗の噂を聞いて帰宅したデンジャフィールド夫人を、噂の主である三本指のジョーがテーブルの下で待ち構えているらしい。それに気づいた夫人の妙計と最後のどんでん返し。掌編ながらサスペンス感横溢の見事な作、見事な翻訳である。

「**サムの改心**」『新青年』一九二四年一月号（五巻一号）

原題は *Thubway Tham's Inthane Moment*。作者のジョンストン・マッカレー（Johnston McCulley。一八八三〜一九五八）はアメリカの小説家。快傑ゾロなど多数の作品を書いたが、中でも地下鉄サムのシリーズは戦前から日本で特に人気があった。地下鉄専門のスリであるサムを主人公とするユーモア小説である。改心してスリを辞め、煙草屋で働きだしたサムだったが、偽札をつかまされるは、賭けに負けるはの惨憺たる始末。サムが登場する作を、延原は『新青年』に、もう一作だけ訳している。わずかに二篇だけであり、専門だったというわけではない。このシリーズを中心的に訳したのは坂本義雄だった。博文館から一九二九年に刊行された「世界探偵小説全集」の二二巻は『マッカリ集』で、それに「ランドン集」を付した形になっている。全体が坂本義雄の訳であり、延原は「マッカリとランドン」のタイトルの解説を書いているに過ぎず、坂本訳の地下鉄サム物一七作を収めた。したがって、そこには本作は収録されていない。延原はその解説で、「マッカリのものは総じてプロットの巧みさよりも、ウイットで読ませるものが多い」と記している。延原自身の訳は、会話文でのユーモアのある文体をうまく使いこなして、まさに自ら記したとおりのものになっている。

「**ロジェ街の殺人**」『新青年』一九三〇年二月号（十一巻三号）

マルセル・ベルジェはフランスの作家と考えられるが、Marcel Berger（一八八五〜一九六六）のことだろうか。全編が男の日記によって構成されている。心理を巧みに吐露させた叙述形式の語りが緊迫感を募らせている。それを丹念に訳出している。

この作品は一九五六年になって東京創元社の「世界大ロマン全集」四巻『緑のダイヤ』の中にリチ

ヤード・デーヴィスの「霧の夜」とともに収録された。そのときはこの表題ではなく、別のものに差し替えられた。何と替えられたかと言えば、最初からネタバレのタイトルに変えられたとだけ言っておこう。そこでは「あとがき」に延原自身が「マルセル・ベルジェについては何も分らない」と書き起こし、当時の翻訳は自分で訳すべき作品を探し出して翻訳し、持ち込むものだったと書いた後に「雑誌にしてもストランドやプリミアはありふれている。そこで、ほかの人はどうしていたか知らないけれど、当時は郵便局から簡単に外国へ送金できたから、私は雑誌でも単行本でもすべてロンドンなりアメリカなりへ直接注文していた。そのなかの一つに*20 Story Magazin*［ママ］というロンドン発行の雑誌があった。毎号かならず二十篇の小説がのっていた。そのなかにあったのがこのマルセル・ベルジェなのである」と記している。森鷗外の『諸国物語』に「一疋の犬が二疋になる話」が収められていて、作者が「マルセル・ベルジェエ」と記されている。同一人物だろうか。

なお、九〇頁の「カラ」は「カラー」のこと。延原は長音をできるだけ省略して表記することにこだわった。

「めくら蜘蛛」『新青年』一九二七年一月号（八巻二号）

原題は*The Cavern Spider*。作者L・J・ビーストン（Leonard John Beeston。一八七四～一九六三）はイギリスの作家だが、詳細不明。戦前の日本で人気を博したのと比べて、英米ではほとんど重んじられていない。「メクラグモ」はザトウムシとも呼ばれ、いつも洞窟のようなうす暗いところにいるクモのこと。暗黒の世界に生息して目が見えない蜘蛛がコガネムシを捕まえるように、スポォディングは、一番大切なものを奪った復讐だとしてフリッカを殺しに来る。窓の外に追い詰められたフリッカ。予想外の展開が不思議な余韻を伴った作。

「深山《みやま》に咲く花」『女性』一九二八年二月号（十二巻二号）

オウギュスト・フィロンはAugustin Filon（一八四一〜一九一六）のことだろうか、それとも別人か。その正体、本作の原作ともに未詳である。

老婆が子どものころの思い出を語る。それは偶然に見かけた山の遭難事故のことだった。不思議なことに、妻を亡くしたあとで、その男と自分との間に縁談が起こる。

「グリヨズの少女」『文藝春秋』一九三二年七月号（十年九号）

原題は*The Greuze*。「グリヨズ」の表記に驚かされるが、十八世紀の画家ジャン・バティスト・グルーズのことである。グルーズが描いた「少女」の絵にちなむ作。仲介業のラムリが、イギリスの華族のもとにある真作を買い取ってきてほしいとアメリカの富豪に依頼される発端から、ひねりの効いた結末まで間然するところのない展開の傑作である。これは後に創元推理文庫『クロフツ短篇集　二』に井上勇訳で収録された。作者フリーマン・ウィルス・クロフツ（一八七九〜一九五七）は『樽』を代表作とする、地道な捜査によって進められる推理に特色がある作家であることはいまさら言うまでもない。しかし、この物語はむしろホームズ型に近いかもしれない。もっとも、活躍するのは警察だが。延原謙が訳したクロフツの作は、これ以外に「急行列車殺人事件」（『新青年』一九三三年五月号一四巻六号）があるが、長篇はない。

なお、本作初出時は小書きを用いず、すべて大書きで印刷されている。したがって訳者がどう記すつもりだったのかは判断できない。その上にこの訳者は長音を用いない傾向がある。そこで、ここでは標題を除き、「グリョズ」の表記を採用することとした。

「三つの鍵」『新青年』一九三七年六月号（一八巻八号）

原題 *The Three Keys*（短篇集 *Policemen's Lot* 一九三三年所収）。のちに吉田誠一訳が創元推理文庫『探偵小説の世紀　下』に収録されている。著者ヘンリ・ウェイド（Henry Wade 一八八七〜一九六九）は本名ヘンリー・ランスロット・オーブリー・フレッチャー。准男爵であり、オックスフォード大学卒業。二〇篇の長篇ミステリと二冊の短篇集を遺した。代表作は『推定相続人』、『死への落下』、『リトモア誘拐事件』など、いずれも一九五〇年代のものが挙げられるのが通例だが、一九二〇年代からすでに活躍している。共同経営者が分担して持っている三つの鍵のうち二つは金庫の扉を開けるためのもの、もう一つはダイヤの入った引き出しの鍵。金庫と引き出しの鍵の二つが揃わないとダイヤは盗めない。そのダイヤが盗まれた。アリバイ崩しミステリである。

「地蜂が螫《さ》す」『新青年』一九三七年十二月号（十八巻三号）

リチャード・コネル（Richard Edward Connell Jr.。一八九三〜一九四九）はアメリカの作家、ジャーナリスト、映画作家と幅広く活躍した文筆家である。タキシードを着て賽の目に切ったビフテキをポケットに入れた男が胸を撃たれて死んでいる。積年の確執がある銀行家が容疑者となり、有罪は間違いなしとされて、弁護士がマシウ・ケルトンに助けを求めてくる。この謎をケルトンはいかに解くか。本格的な謎解きミステリの佳作である。原作未詳。

「五十六番恋物語」『新青年』一九三七年八月号（十八巻十一号）

原題は*Number Fifty-Six*。作者スティーヴン・リーコック（Stephen Butler Leacock。一八六九〜一九四四）は戦前の読者にはなじみの名前だった。イギリスのハンプシャー州生まれだが、六歳でカナダに移り、マギル大学の政治学教授などを務める傍らユーモア作家として多くの作品を遺した。中国人の洗濯屋ア・イエンが五十六番とニックネームを付けて呼んでいた人物の成長と行く末を、彼が出す洗濯物によって推理して語る。のちに『ミステリ・マガジン』二七一号に浅倉久志訳が載った。そこでは「アーエン」のルビ付きで「阿炎」と訳されている。ア・イエンの推理の「分析的推理法はある人気作家が最近発表した小説で読んで知っていた」のを応用したというわけだが、「人気作家」をからかおうとしたのかとニヤリとさせられる。

「古代金貨」『新青年』一九三三年八月号（十四巻十号）

著者のA・K・グリーン（Anna Katharine Green。一八四六〜一九三五）は「世界で最初の女流探偵作家であり、アメリカで最初にすぐれた長篇探偵小説を書き、また世界で最初に女流探偵を創案した」と評される（九鬼紫郎『探偵小説百科』）。代表作は『リーヴェンワース事件』。九鬼の解説によると、ヘイクラフトが「信じられぬほどの悪文」と評したそうだが、『霧の中の館』（論創海外ミステリ）に収録された短篇などを読む限り、なかなかのものである。原題は*The Thief*。パーティで金貨が客の手から手へ渡されていくうちに行方不明となる。身体検査が提案されて応じた客がある中、クリフォードは断固として拒否する。主人は身体検査を始めたことを恥じ、クリフォードは帰っていく。さてその結末は。謎を伴った人情話として読ませる。

「仮面」『新青年』一九三五年十月号（十六巻十二号）
A・E・W・メースン（Alfred Edward Woodley Mason。一八六五～一九四八）はオックスフォード大学を卒業後、一時は舞台俳優を目指したが、歴史小説・冒険小説、やがてはミステリを書くようになる。『矢の家』が代表作。本作は、短篇集 *The Four Corner of the World*（一九一七年）所収 *The Affair at the Semiramis Hotel* が原作。のちに「セミラミス・ホテル事件」として、田中融二訳により『名探偵登場　二』に別訳がある。

「十一対一」『新青年』一九三八年二月号（十九巻三号）
作者ヴィンセント・スターレット（Vincent Starret。一八八六～一九七四）はアメリカのジャーナリスト、詩人、ミステリ研究家である。シャーロキアンとしても高名で、その分野では古典的な『シャーロック・ホームズの私生活』の著書がある。ミステリも多数遺しているが、長篇よりも短篇の方が評判が良いようだ。原題は *The Eleventh Juror*。ブレッシングが撃たれて死に、泥酔したマレーがピストルを持っているところを逮捕される。陪審員の十一人は死刑と判断するが、唯一ラッセルはそれに反対し続ける。さてこの裁判の行方は。中島河太郎監修「『宝石』総目録」（『宝石推理小説傑作選三』によれば『宝石』一九五九年十月号に高橋泰邦訳が掲載されている。

「赤髪組合」『探偵クラブ』一九五二年十一号（三巻一号）
ドイルの周知の作品 *The Red-Headed League* の翻訳である。この翻訳発表は月曜書房版の「シャーロック・ホームズ全集」最終巻となる第一〇巻『恐怖の谷』とほぼ同じ時期に当たり、新潮文庫版刊行開始の少し前という微妙な時期である。その時期にこの形で翻訳したのは、出版社への信義上どうなのか、いささか不思議と言えば不思議だが、月曜書房は印税の支払いに問題があったと、別のところで延原が不満を述べているくらいだから、こんなこともあるのだろう。一方で月曜書房版の宣伝の意味もあったようだ。もっともこちらの方は原作を忠実に訳したものではなく、かなり省略されている。原作ではワトスンが記述する形であるが、第三者による記述形式に変えている。新潮文庫版の翻訳と比べると、相当に省略がなされていて、本来の味わいが薄れている部分も多い。細かなことだが、「赤髪組合」の住所がここでは「フリート街七」となっている。原作では「フリート街ポープス・コート七」である。原作の最後にホームズがフロベールを引用する場面もない。よくある簡略版だが、延原による別ヴァージョンとしての意義があるだろう。

本書を成すにあたっては延原謙の著作権継承者である成井やさ子さんとご子息の成井弦さんのご理解を得ました。資料については、故中原英一さんから提供いただいていた『赤髪組合』のコピーを活かすことができました。新井清司さんからは、珍しい『講談雑誌』掲載の「まだらの紐」をいただいていましたが、新潮文庫版に近い翻訳だったために採用できなかったのが残念です。横井司さんには底本との本文照合などでお世話になりました。担当編集者の黒田明さんには、いろいろな面で配慮いただきましたが、なによりも、作品選択を編者の自由に委ねてくださったのは願ってもないことでした。

以上の方々に限りない感謝を申し上げます。

訂正　『延原謙探偵小説選　Ⅱ』（論創ミステリ叢書　一二一）に収録した「幽霊怪盗」につき、平山雄一さんから、これはアーサー・リーヴ原作で延原自身が『新青年』一九二三年十月から翌年五月にかけて連載した『拳骨』（*The Exploits of Elaine*）の翻案ではないかとのご指摘がありました。確認したところそのとおりで、呉健作はクレイグ・ケネディを日本人に移し替えたものでした。気づかなかったことをおわびし、平山さんの慧眼・ご教示に感謝いたします。

〔訳者〕
延原謙（のぶはら・けん）
1892年、京都府生まれ。本名・謙（ゆずる）。早稲田大学理工科卒業後、逓信省電気試験所に勤務。1928年に博文館へ入社し、『新青年』や『探偵小説』など文芸雑誌の編集長を歴任する。戦時中は揚州へ渡り、貿易業と映画館経営に従事した。終戦直後に帰国し、47年から51年まで『雄鶏通信』編集長として活躍、同誌が廃刊してからは翻訳業に専心し、52年に日本で初めて〈シャーロック・ホームズ〉シリーズの個人全訳を完成させた。77年、急性肺炎により死去。

〔編者〕
中西裕（なかにし・ゆたか）
1950年、東京都生まれ。早稲田大学第一文学部日本史専修卒。早稲田大学図書館司書、昭和女子大学短期大学部助教授を経て、同大人間社会学部教授となる。2015年に退職し、現在は昭和女子大学や早稲田大学の非常勤講師として教鞭を執る。編著書に『ホームズ翻訳への道 延原謙評伝』（日本古書通信社）、『延原謙探偵小説選Ⅱ』（編書、論創社）など。

死《し》の濃霧《のうむ》　延原謙翻訳《のぶはらけんほんやく》セレクション
——論創海外ミステリ　250

2020年3月30日　初版第1刷印刷
2020年4月10日　初版第1刷発行

著　者　コナン・ドイル　他
訳　者　延原　謙
編　者　中西　裕
装　丁　奥定泰之
発行人　森下紀夫
発行所　論 創 社

〒101-0051　東京都千代田区神田神保町2-23　北井ビル
TEL:03-3264-5254　FAX:03-3264-5232　振替口座 00160-1-155266
WEB:http://www.ronso.co.jp

組版　フレックスアート
印刷・製本　中央精版印刷

ISBN978-4-8460-1905-1